광기의 시대와 반시대적 문학
- 채만식과 그의 문학에 대해

광기의 시대와 반시대적 문학
- 채만식과 그의 문학에 대해

김 연 숙 著

한국학술정보(주)

〈머리말〉

채만식과 그의 문학이 있었던 시대를 '광기의 시대'라고 명명하고 보니 나 자신이 자칫 역사에 대한 심판자로 여겨질 수도 있을 것 같다. 그러나 여기서 '광기'란 문자 그대로 사회의 모든 코드가 엉망으로 뒤얽혀버렸다는 의미일 수도 있고, 그런 시대의 문학작품에서 견고하게 조직화된 논리보다 아슬아슬하게 경계를 넘나드는 체험, 즉 광기의 체험을 엿볼 수 있다는 뜻이기도 하다.

채만식은 자신의 시대를 반시대적으로 살아간 작가이다. 흔히 채만식의 몇몇 대표작품에서 민족주의적이거나 현실비판적인 메시지를 운운해왔지만, 그의 문학이 가장 빛을 발하는 이유는 이질성과 모순, 혼란을 그자체로 껴안고 있기 때문이라고 생각한다. 식민지적 근대가 배제·억압한 자들이 작품 속에서 각기 발화하는 다른 목소리를 포착하는 작가의 예리한 시선. 더욱이 그 시선이 외부에서부터 오는 것이 아니라 자기 내부의 타자를 보는 반성의 노력이었다는 사실이 채만식의 매력이다. 혼란과 모순으로서의 주체의 근대체험. 그 혼란과 모순을 자기 자신의 시선 속에 가두어 놓는 것이 아니라 타자의 시선으로 판단해 보는 일이 채만식 문학이 이루어 놓은 궁극적 성과라 할 것이다.

대학원 박사과정을 거치면서 근대문학에 관한 몇몇 소논문을 썼고, 박사과정을 마무리하면서 채만식을 주제로 잡고 학위논문을 썼다. 이 과정에서 채만식이라는 작가를 온전히 드러내지도 못했고, 이제 학위논문을 아주 조금 손보아서 단행본을 펴내려니 더욱 걱정이 앞선다. 그러나 이것이 연구의 종착지가 아니라 나 스스로 출발점을 확인하는 일이라는 각오를 다지며 부끄러움을 대신할까한다. 이 출발점을 확인하는 일조차 우둔한 나는 많은 이들에게 빚을 졌다. 공부하는 일이나 살아가는 일에 기꺼이 많은 것을 나누어 주셨던 선생님들께 그리고 선후배, 동료에게 깊이 감사드린다. 그만큼 더 성실하게 나갈 것을 스스로에게 다짐해본다.

2005. 겨울 아침에

Ⅰ. 광기의 시대, 식민지와 근대

1. 채만식과 그의 문학을 주목하며

본 연구는 채만식 문학에 나타난 근대체험과 주체 구성 양상을 고찰하는 데 목적이 있다. 백릉(白菱) 채만식(1902-50)은 1924년 『조선문단』에 「세 길로」를 발표하면서 등단한 이후 1950년까지 지속적으로 창작활동을 펼쳐왔다. 채만식의 문학활동은 근대로 이행하는 시기, 일제 강점이 본격화된 시기, 일제 강점 말기, 해방 이후라는 역사적 급변기 속에서 이루어졌다는 점에서 우리 문학사의 중요한 부분을 차지한다.

일제 강점기 현실의 비판적 묘사를 중점적으로 다룬 채만식의 문학은 당시 카프 계열의 경향파 문학과 주제적 공통성을 갖는다. 그러나 그의 문학은 전통과 접합하는 미학적 형식성을 끊임없이 고민했고, 경향파 문학이 심도 있게 보여주지 못한 다양한 장르와 형식 실험을 추구하였다. 당대 문학사에서 그의 자리는 사회주의적 전망과 이념을 표방한 이기영, 한설야의 문학과 거리를 두면서도, 관념적인 자의식을 표출했던 이상, 박태원의 문학과도 다른 위치에 있다. 비슷한 중도적인 계열의 작가로 평가되는 염상섭의 문학과 비교해 볼 때도 채만식의 문학적 특성은 선명히 변별된다. 채만식은 염상섭의 사실주의 문학이 추구했던 일상과 세태의 관찰적 묘사에 깊은 관심을 가졌다. 그러나 그는 문학 속에서 엄정한 관찰자라기보다는 끊임없이 식민지 현실의 지식인이 느끼는 내면적 갈등을 표출함으로써 자신의 문학을 차별화시켰다. 그에게 문학이란 근대적 문물의 매혹을 가져다주면서도 현실적 빈곤으로 인한 자괴감과 고통을 느낄 수밖에 없는 지식인의 모순을 고스란히 표현하는 매개체였던 것이다.

본 연구에서 채만식의 문학에 새롭게 주목하고자 하는 이유도 바로 여기에 있다. 그동안 채만식 문학에 대한 연구 또한 문학작품 속에 나타난 근대성을 확인하고, 보편적인 근대성에 비추어 평가하는 태도가 일반적이었다. 이에 따라 채만식 문학은 전근대와 근대, 식민지와 반식민지, 보수와 진보라는 이항대립 구도에서 설명되어왔다. 그러나 전통문학적 층위와 서구 근대문학의 층위가 혼재되어 있었던 것이 이 시기 문학이었고, 채만식의 문학은 특히 이질적인 요소들의 다층적 혼재를 드러냈다는 점에서 새로운 연구 태도를 필요로 한다.

채만식은 진보와 개화에 관심을 두는 한편 전통과 습속의 세계로부터 미분화되어 있는 지식인의 자의식을 예민하게 자각했던 작가이기도 했다. 그의 문학은 전통과 근대 사이에서 충돌하는 작가의 내면의식을 생생하게 보여준다. 그러한 의식은 작품의 형식적 측면에도 고스란히 반영된다. 채만식은 단편소설과 장편소설, 희곡, 비평, 동화, 방송극, 수필, 꽁트 등의 다양한 장르 실험은 물론이고 표준어와 방언을 혼용해서 자유로운 언어실험을 시도하였다. 풍자적인 언어 활용 및 다양한 기법, 전통문학과의 연계성, 다양한 장르 변용, 생생한 방언 구사 등은 서구적 근대소설의 양식이 아닌 독특한 전통과의 접합을 꾀했던 작가의 노력을 보여준다. 판소리 양식이나 사설체, 구어적 서사 역시 전통과 새로운 문물이 혼합되어 있던 당대현실의 모순적인 양상을 반영하는 실험이라고 할 수 있다.

　채만식의 문학세계가 함유하고 있는 풍부한 내용적, 형식적 특성은 기존의 연구들에서도 다양하고 상반된 관점의 평가로 나타난다. 예를 들어 채만식을 〈사회적 자유주의자(social liberalist) 혹은 자유주의적 개혁주의자(liberal reformer)〉[1], 〈민족주의 사상의 소유자〉[2], 〈허무주의자〉[3], 〈현실주의적 전략의 실행자〉[4] 등으로 다양하게 해석한 것은 채만식 문학을 단일한 세계로 파악하기 어렵다는 사실을 보여준다. 작가가 당대의 지배적인 문학담론에 종속되지 않고 다양한 형식과 가치관의 혼재를 보여준다는 점은 그의 문학을 일관된 기준을 가지고 탐색하기 어렵게 만든다. 그러나 역설적으로 전통과 새로움 사이에서 충돌하며 긴장을 일으키는, 그리하여 어느 하나의 형식이나 주제로 쉽게 환원되지 않는 특징이야말로 채만식 문학의 역동적인 해석의 가능성을 입증하는 것이라고 할 수 있다.

---

1) 이주형, 「채만식 연구」, 서울대 석사, 1973.
2) 장양수, 「채만식의 민족주의문학 연구」, 동아대 박사, 1988.
3) 김윤식, 「채만2식의 문학세계」, 『채만식』, 문학과 지성사, 1984.
　　조남현, 『한국지식인소설연구』, 일지사, 1984.
　　정호웅, 「채만식의 허무주의와 역사담당 주체의 문제」, 『외국문학』 18호, 1989.
4) 황국명, 「채만식 소설의 현실주의적 전략 연구」, 부산대 박사, 1990.

14

한편 전근대와 근대, 과거와 현재, 중심부와 주변부를 초월하고 넘나드는 채만식 문학의 주제적, 형식적 특성은 우리의 근대사가 보여주는 균열과 모순을 그대로 담아낸다는 점에서 주목된다. 이를 적극적으로 읽어내기 위해서는 기존의 채만식 연구 및 우리 문학사에서 상정되어왔던 근대성의 의미를 새롭게 고찰하는 시도가 필요하다. 기존의 근대문학사 연구에서 규명되어왔던 근대성은 그 저변에 서구적인 의미의 근대체험을 전제하고 있는 것이 사실이다.5) '전통이식론', '전통단절론', '내재적 발전론', '근대의 극복', '근대와 반근대', '근대의 초극' 등등의 논의들도 서구적인 근대성이 전제된 연장선상에서 설명된다. 근대성에 대한 지금까지의 다양한 연구들은 서로 다른 형태를 주장하지만 파행이 아닌 정상적 과정, 즉 이상적인 형태로서의 근대가 명료하게 상정되어 있다. 그러나 이와 같은 암묵적인 전제 속에 내재하는 근대성의 관점에서 바라보게 되면 채만식 문학이 포함한 이질적이고도 다양한 문학적 특질들을 올바르게 평가하지 못한다. 예를 들어 서구적인 근대의 소설 형식의 개념을 우위에 둘 때 채만

---

5) 1930년대 대표적인 비평가였던 김기림이 「우리 신문학과 근대의식」에서 보여주었던 근대에 대한 회의론은 이러한 문제의식을 단적으로 엿볼 수 있다. 그는 〈조선에 있어서 지금까지의 신문화 코스를 한 마디로 요약한다면 그것은 근대의 추구〉였는데, 우리 문학은 동양적 후진성, 근대화 과정의 비정상성 등의 요인으로 인해 근대정신을 완전히 체현하지 못했다고 보았다. 이는 유일한 보편성으로 상정된 근대와 그에 미달한 조선 문학에 대한 비판에 다름 아니다.(김기림, 「우리 신문학과 근대의식」, 『시론』, 백양당, 1946.)

식의 소설이 함유한 탈장르성과 다양한 언어실험은 미완적이
고 퇴행적인 것으로 읽힐 수밖에 없다.

이러한 맥락에서 본 연구에서는 우리 근대문학사를 바라보
는 데 있어서 근대 내부의 모순과 분화를 들여다보는 논의가
필요함을 전제로 삼는다. 서구적 의미의 고정된 근대성은 우
리에게 극복되어야 할 대상으로 남는다. 근대성은 확고 불변
한 실체가 아니며, 비동시적인 것의 동시성이야말로 근대성
의 한 특질이다. 그러한 의미에서 근대성은 그것을 넘어서는
탈근대의 조건6)이 된다. 현실은 언제나 하나의 겹이 아니라
여러 겹이 서로 연결되며, 어떤 한 겹으로 환원될 수 있는
것이 아니기 때문이다. 따라서 보편적 근대성, 동일성으로서
의 근대성에 대한 반성적 사고를 기초로, 역사적으로 재구성
되는 근대성을 탐색하는 연구태도가 필요하다는 것은 현재의
많은 연구자들이 자각하고 있다. 실제로 최근 몇 년간의 근
대문학사 연구는 이러한 보편적 근대성, 동일성으로서의 근
대성 기준에 의거해 한국문학의 근대성을 찾아내는 작업이
식민지적 근대성을 극복하지 못한다는 견해를 내놓고 있다.7)

---

6) 이광호, 「문제는 근대성인가 - 한국문학의 근대성 이론 비판」, 『미
   적 근대성과 한국문학사』, 민음사, 2001, p.71.
7) 이광호, 앞의 책 ; 이외 최근 '미적 근대성'에 대한 논의나 근대
   성 담론에 대한 반성적 연구도 보편적 근대성에 대한 문제의식
   을 공유하고 있다고 판단된다. 예를 들면 고미숙(『한국의 근대
   성, 그 기원을 찾아서』, 책세상, 2001.)과 권보드래(『한국근대소
   설의 기원』, 소명, 2000.), 서울사회과학연구소(『근대성의 경계
   를 찾아서』, 새길, 1997.) 등 최근의 연구 경향은 근대성 내부
   의 모순과 분화를 인정하고, 근대성에 대한 역사적 재구성을
   주장하고 있다.

이러한 연구의 진전된 성과에 힘입어 이 책에서는 채만식 문학에 나타난 근대체험의 이질성과 모순성을 적극적으로 규명하고자 한다.

채만식 문학에서 근대성과 탈근대성, 식민지성과 탈식민지성이 혼재하는 현실의 모습이 어떻게 드러나는가를 구체적으로 살피기 위해서 본 연구에서는 근대체험과 주체의 구성 양상을 분석하고자 한다. 작품 속에서 주체가 어떻게 타자와 관계 맺으며, 새로운 가능성을 추구하는가의 문제는 문학의 미학적 형식에도 영향을 미친다. 이때 주체의 개념은 단일하고 고정된 주체가 아니라 역사적·사회적 맥락에 따라 형성·구성되는 주체를 상정하는 것이다. 주체가 어떻게 타자와의 관계를 통해 새로운 주체로 재구성되는지를 해석하는 과정 속에서 작품이 추구하는 주제적, 형식적 새로움의 특성이 선명히 나타나리라고 본다.

이와 같은 연구과정은 채만식 문학의 풍부한 함의를 문학사적으로 올바르게 규명하는 동시에 근대문학사의 중요한 쟁점으로 대두된 문학적 근대성의 논의에 진전된 성과를 보태는 데 목적을 두고 있다. 근대적인 의미의 문학이 다양한 형식으로 개화했다고 평가되는 1920-30년대의 문학사에서 채만

한편 히야먀 히사오는 중국의 루쉰과 일본의 소세키를 통해 동양이라는 독자적인 공간에서 근대를 창출하려한 문학적 노력을 분석해내고 있어 주목할 만하다. 특히 루쉰과 소세키가 전근대에 대한 극복과 주어진 서양이나 주어진 일상세계를 '유일한 진리'로 인정하는 것을 거부하고, 주어지지 않은 역사의 창조를 문학적 지향으로 삼았다는 분석은 본 연구에도 시사하는 바가 크다.(檜山久雄, 정선태 역, 『동양적 근대의 창출』, 소명, 2000.)

식의 문학세계는 전통과 현대를 가로지르는 근대 극복의 힘
겨운 과정을 암시하는 상징적인 좌표에 해당한다. 일제강점
기와 분단의 역사를 거쳐 모순적이고 복합적인 근대화를 체
험했던 우리의 삶 속에서 문학을 통해 바라본 근대성의 문제
는 우리가 살아온 과거와 현재의 삶의 조건들에 대해 근원적
으로 성찰할 계기를 마련해준다고 할 수 있다.

2. 경계에 놓인 지식인으로서의 삶

채만식의 생애사는 그의 문학에 대한 연구가 본격적으로
시도된 1970년대 이래 상당한 수준까지 진척되어 왔다.[8] 채
만식은 1902년 전북 임피군 군내면 동상리에서 비교적 부유
한 가정의 6남 1녀 중 5남으로 태어났다. 그의 가계에 대해
서는 몰락한 양반(殘班) 출신으로 보는 설[9], 상인 계급으로

---

8) 고헌, 「채만식 문학의 배경에 관한 연구」, 『군산대 논문집』 3
   집, 1982.
   이복웅, 「백릉 채만식의 생애와 문학」, 『군산문화』, 군산문화원,
   1996.
   이선영, 「창조적 주체와 반어의 미학」, 문학과사상연구회 편, 『채
   만식 문학의 재인식』, 소명출판, 1999.
   방민호, 「채만식 문학에 나타난 식민지적 현실 대응 양상」의
   Ⅱ-1 채만식의 생애와 문학의 관련양상, 서울대 박사, 2000 등
   이 대표적이다. 이하 생애사에 대한 언급은 이들 연구를 종합,
   요약한 사실이다.
9) 방민호는 채만식의 사후 그의 생가(生家)터에 양조장이 생겨난

18

보는 설10)이 양립하고 있다. 전자의 경우 족보에 근거를 두고 있지만, 족보는 후대에 내용이 윤색·첨가되는 일이 흔하다는 사실을 감안할 때 설득력이 부족하고, 후자의 경우 구체적인 근거를 제시하고 있지 않아 둘 다 추정에 가까운 사실이라 할 수 있다.

여기에서 흥미로운 사실은 몰락한 양반출신이라는 설에 따르면, 채만식이 조선 전래(傳來)의 전통적 계급이 몰락하는 역사적 단계를 생득적으로 체험했다는 점이 주목된다. 또 상인계급이라는 설에 따르면, 채만식은 이웃 유림 마을의 유교적 영향과 상인집안으로서는 독특한, 유교적 분위기에 영향을 받아 실제로는 복합적인 성격의 계급11)에 속해있었다는 점을 주목해야 한다.

내용 면에서는 두 가지의 논의가 상이하지만, 공통적으로

탓에 그의 선대가 술도가를 했다는 오해가 생겼고, 그 외 아전 집안, 상인 집안이었다는 설도 모두 속설이라 판단한다. 그는 채만식의 족보에 근거하면 17세(世)에 해당하는 홍제(弘濟)가 가선대부(嘉善大夫)에 오를 정도로 양반에 속했던 집안이라 주장한다.(방민호, 위의 글, pp.14-5.)

10) 대표적인 논자로는 고헌과 이선영을 들 수 있다.

11) 이선영의 경우, 채만식이 원래 상인 가계에서 태어나 그 출생신분으로는 별반 내세울 것이 없지만, 실제 가정환경이나 성장 분위기로 보면 유교적이고 양반스런 데가 있었다고 지적한다. 따라서 채만식은 양반도 아전도 상민도 아닌, 그 모든 요소를 혼합하여 지닌 복합적인 성격의 계급에 속해 있었다고 결론짓는다. 특히 이런 계급의 복합성은, 자신의 가정과 마을 그리고 이웃 고을의, 서로 상반되고 여러 이질적인 요소들이 뒤섞여 있는 생활환경과 언어 공간의 복합성과 서로 연결되는 사실이라고 설명한다.(이선영, 위의 글.)

지적하고 있는 것은 계급적 혹은 출신적인 복합성이다. 즉 양반과 평민, 상인과 양반의 이질적 계급의 혼재가 채만식의 생애에 큰 영향을 미쳤다는 것이다.

이후 채만식의 성장과정을 살펴보면, 6~7세부터 집에서 차린 서당에서 한문공부를 시작해, 임피보통학교에 입학한 이후에도 한문 공부를 계속했다. 1918년 서울에 올라와 당시 이름이 사립 중앙학교였던 중앙고등보통학교에서 공부했고, 1922년 일본 와세다 대학에 입학하여 문학을 전공한다. 이후 관동 대지진으로 유학 1년 반 만에 학업을 중단하고 귀향, 첫 작품 「과도기」를 창작한다. 농촌 지주였던 아버지의 영향으로 부유한 편이었던 채만식의 집안은 전답방매, 미두, 금광 사업으로 파산에 이른다. 이로 인해 1924년에는 학업을 완전 중단한다. 그는 생계를 위해 경기도 강화 사립학교, 동아일보사, 개벽사, 조선일보사 등 여기저기에서 잠깐씩이나마 직장 생활을 하는 한편, 작품 활동을 지속한다. 1936년 이후 조선일보사 퇴사를 마지막으로 창작 활동에 전념했고, 별다른 공식적인 활동 없이 생애를 마감한다.

이상과 같은 연보에서 채만식의 생애는 몰락과 가난, 경계에 놓인 자의 체험으로 요약할 수 있다.

우선, 앞에서 이미 채만식의 가계에서 계급적 혹은 출신적인 복합성이 드러난다는 점을 언급한 바 있다. 이에 덧붙여 그의 고향 임피는, 각종 농산물이 집산되고 5일마다 향시(鄕市)가 서는 상가도시이면서도, 향교와 서원이 중심적인 이웃 유림 마을의 영향을 받는 곳이었다.12) 그러나 1912년 호남선이 개통되고, 군산 – 익산 간에 철도가 개통됨에 따라, 김제·만경평야를 비롯한 전라도 지방의 농산물이 일본에 강탈당하는 군산항의 직·간접적 영향을 받는 곳이기도 했다.13) 가계구도나, 고향의 환경은 채만식에게 전근대적 세계와 근대적 세계의 혼재, 계급적인 복합성, 근대문물(철도)과 식민지 억압을 함께 경험하게 했던 것이다. 이외에도 보통학교를 나와 한문 수학기를 거쳐 고등보통학교로 진학해서는 일본 유학 후 중퇴했고, 서울 유학 중 3.1운동에 가담하나 곧장 부친의 강요에 의한 결혼 생활로 괴로워한 사실을 눈여겨 볼 필요가 있다. 채만식은 당시 만세! 만세! 조선독립만세!를 외치며 군중과 함께 시위를 하고, 해가 저물어 하숙으로 돌아와서는 상급생의 지시에 따라 독립신문을 돌리게 되었던 것을 가슴 벅차게 느꼈다고 회고한다.(채만식, 「기미 3·1날」, 1946, 『채만식 전집』 10권, pp.472-3.) 그러나 채만식의 부친은 아들이 3·1운동에 가담한 낌새를 채고, 그를 귀향하게 하여 결혼을 강요해, 채만식은 1920년 19세의 나이로 1년 연상의 구여성인 은선홍과 결혼한다. 이처럼 봉건제도의 모순을 경험했던 사실들을 고려한다면, 결국 그의 삶은 전근대적 세계와 근대적 세계가 착종된 상태에 놓여 있었다는 것을 짐작할 수 있다.

---

12) 당시 인근 고을의 유교적인 분위기는, 구한말 을사조약에 항의하여 의병을 일으킨 최익현, 임병찬 등의 유림이나, 의분을 참지 못해 자결한 송승준 등의 유림의 일화에서 짐작할 수 있다.(이선영, 위의 글)

13) 이러한 사실이 채만식의 『탁류』의 전반적인 배경을 이루고 있기도 하다.

한편, 제법 부유했던 집안이 파산했던 경위를 자세히 살펴보면, 수리조합이 생겨나고 미두나 금광 사업이 활발해지기 시작했던 시대 상황에 영향 받은 결과라 할 수 있다. 채만식의 부친은 고향에 수리조합이 생기면, 땅을 거저 뺏긴다는 헛소문을 듣고, 많은 전답을 헐값에 방매한다. 이후 그것을 벌충하기 위해 미두에 손을 댐으로써 일시에 가산이 거덜 나고 생활이 궁핍해진다. 더구나 형제 중 몇몇이 집안을 일으키기 위해 금광업, 청부업 등의 사업을 벌이지만, 계속 실패만하고 집안의 몰락은 가속화된다. 이와 같은 사실은 수필로 회고되기도 하고(「어머니의 슬픈 기원」, 1940) 소설 작품에서도 나타난다.(「집」, 1941 : 「처자」 유고-1961) 즉 일제를 통한 자본주의화 과정에서 몰락한 농촌 부르주아의 경험은, 채만식에게 식민지적 근대화의 이중성을 체험하는 계기가 된다. 또 일생의 대부분을 극심한 가난 속에서 보냈으며, 일제 강점 말기에는 대일 협력을 했고, 해방 이후 이에 대해 자기비판을 거치는 등의 경험으로 미루어 보아 채만식은 부정적 가치와 긍정적 가치의 경계에서 자신의 세계관을 확립하였다고 판단된다.

문학 세계에서도 경계에 놓인 경험은 마찬가지였다. 초기에는 경향문학(KAPF)의 변두리에 있었고14) 이후 전 생애에

____

14) 특히 채만식의 초기 문학은 사회주의에 대한 이념적 지향을 적극적으로 표현한다. 그 대표적인 예로 소설 「창백한 얼굴들」(1931), 「병조와 영복이」(1930), 「산동이」(1930)이나, 희곡 「농촌 스케치」(1930) 등을 들 수 있다 그러나 「현인군의 몽을 계함」(1932)에서 자신을 〈방랑적 프로문사〉로 규정한 현인의 주장을

걸쳐 중심 문단과는 일정한 거리를 두었다.15) 심지어는 문단의 조직적 활동이 가장 활발했던 해방직후에도 채만식은 낙향해서 창작활동만 했다고 밝혀져 있다.

결국 채만식의 생애에서 뚜렷이 드러나는 바는 일제강점기에서 해방기에 이르는 한국 근대사의 급격한 변화 시기에 역사의 중심부가 아니라 오히려 변화의 경계에 놓인 자의 체험이라 할 수 있다. 근대와 전근대, 근대화와 식민지지배, 부유한 부르주아와 가난한 지식인이라는 양 항을 넘나들었던, 또 한편으로는 두 범주의 혼재를 경험했던 주변인으로서의 체험은 채만식 문학을 연구하는 데 있어 중요한 전제가 될 것이다. 경계에 놓인 자의 체험과, 이질적 요소들의 혼재, 전근대적 가치와 근대적 가치의 착종 등으로 요약할 수 있는 채만식 생애사의 특징은 그의 문학에 여실히 반영되었으며, 이 점은 또한 식민지적 근대, 해방기에 이르는 역사적 과정에서 추출되는 특징이기도 하기 때문이다.

반박하면서, 조직적 문예운동을 못하고 있지만, 심정적으로는 카프작가와 다를 뿐 없다고 자신의 처지를 설명함으로써, 주변부적인 자신의 위치를 변호한다.

15) 예를 들면, 문단의 조직적 활동이 가장 활발했던 해방 직후에도 채만식은 〈'변방'의 고립자로 존재〉했다는 평가를 받는다.(방민호, 앞의 글.)

3. 연구사 검토

채만식 문학에 대한 연구는 1925년 등단 무렵 『조선문단』의 창작평으로부터, 300여 편을 훨씬 넘는 논문, 채만식 문학에 대해 직접적으로 논평하거나 분석한 비평, 소논문, 저서 및 평전 등이 있다.16) 그러나 방대한 양에 비해 연구 방법이나 연구 대상이 되었던 작품이 비교적 단일했고, 연구자에 따라 시대에 따라 다소 상이한 평가가 내려져 있다.

지금까지의 연구를 살펴보면, 대체로 1970년대 이후 본격적인 연구가 시작되었고 그 이전까지 채만식에 대한 논의는 매우 간략한 편이었다.17)

당대의 평가는 주로 동반자적 경향에 대한 것18)과 작가의

---

16) 채만식 문학에 대한 연구를 총괄적으로 살펴본 논문으로는
박천화, 「채만식 비평사 연구」, 중앙대 석사, 1986.
윤영옥, 「연구현황과 과제」, 국어문학회 편, 『채만식 문학연구』, 한국문화사, 1997.
이현식, 「채만식은 학문적으로 어떻게 인식되어 왔는가」, 문학과사상연구회 편, 『채만식 문학의 재인식』, 소명출판, 1999. 등이 있다.

17) 이현식, 「채만식은 학문적으로 어떻게 인식되어 왔는가」, 문학과사상연구회 편, 『채만식 문학의 재인식』, 소명, 1999.

18) 주로 KAPF 측 이론가들에 의한 것으로 채만식을 동반자적 경향파에 포함시키거나, 〈방랑적 프로문사군〉으로 명명하면서 채만식이 프롤레타리아적 성격이 강하지 못함을 비판하고 있다. 대표적인 글로는 김팔봉, 「조선문학의 현재의 수준」, 『신동아』, 1934. 1.
함일돈, 「창작계의 二三고찰」, 동아일보, 1931. 1. 30.
______, 「9月 창작평」, 『문예월간』, 1931. 10.
현인, 「문단촌침」, 『비판』, 1932. 1. 등을 들 수 있다.

성격·인상을 작품과 관련시킨 인상비평[19], 작품론을 위주로
한 논의[20]들이 대부분이다. 작품론에서는 세태소설논의를 중
심으로 『탁류』가 가장 많이 거론되었으며[21] 이외 「치숙」, 「소
망」의 풍자적 성격[22]이, 「반점」, 「모색」의 작품성[23]이 논의되
었다. 이들 평가는 대체로 부정적이다. 특히 임화는 세태소설
의 성행이 〈무력한 한 시대의 특색〉이라 보고 채만식의 소설
은 통속적인 요소가 다분한, 세태묘사에 그친 것으로 평가[24]
한다. 이 평가는 이후 연구자들에게 많은 영향을 미쳐, 『탁류』
를 논하는 데 있어 통속적이거나 세태 묘사에 그친 단점을 지
적하는 계기가 되기도 한다.

　1950~60년대에 들어서도 본격적인 채만식 연구는 충분히
이루어지지 않고, 간략히 언급하거나[25] 동반자 작가, 경향적

---

19) 채고영, 「채만식 인상기」, 『동광』, 1932. 7.
　　안회남, 「채만식 논변 – 그의 사람된 꼴과 작품」, 조선일보, 1933.
　　6. 28-29.
20) 김우철, 「채만식론」, 『풍림』, 1937. 3.
21) 김남천, 「세태풍속묘사·기타」, 『비판』, 1938. 6.
　　＿＿＿, 「채만식 저 『탁류』의 매력」, 조선일보, 1940. 1. 15.
　　백철, 「채만식의 『탁류』를 읽고」, 매일신보, 1939. 12. 28.
　　임화, 「세태소설론」, 『문학의 논리』, 학예사, 1940.
　　＿＿, 「현대소설의 주인공」, 1934. 7.
　　정의호, 「인간성격의 분열 – 『탁류』의 인물의 제상(諸相)」, 『인문
　　평론』, 1940. 10.
22) 임화, 「골계와 풍자의 한계」, 동아일보, 1938. 5. 6.
　　＿＿, 「소화 三十년도 개관」, 『조선문예연가』, 인문사, 1939.
23) 임화, 「현대소설의 귀환」, 매일신보, 1939. 7. 19.
24) 임화(1940), 위의 책.
25) 김우종, 『한국현대소설사』, 선명문화사, 1963.

작가로 분류하는 정도26)에 그쳐있다.

　이후 70년대에 들어서부터 채만식은 집중적인 연구대상이 된다. 이는 채만식의 유고 작품이 발굴·소개되고, 전기적인 사실이 상당부분 보충되었다는 점, 당시 민족문학에 대한 관심에 따라 채만식 문학이 새롭게 조망되었다는 점 등에 힘입은 바 크다. 이 무렵 채만식에 대한 평가는 대부분 식민지 현실에 대한 날카로운 관찰과 비판을 했다는 관점에서 언급되기 시작한다.27) 후대 연구자가 이 시기의 연구경향이 〈조금 도식화시켜 말한다면 그가 얼마나 문학적으로 저항적이었는가가 평가의 주요한 관점〉28)이었다고 지적할 만큼 문학 사회학적 경향이 우위를 차지했다. 이는 지금까지도 채만식 연구의 가장 큰 흐름이기도 하다. 뒤이어 작품에 대한 연구도 활발하게 이루어지지만 역시 문학 사회학적 흐름에 크게 벗어나지는 않는다. 이때 주목을 받은 작품도 일제 강점기의 현실을 얼마나 잘 묘사했는가를 기준으로 한 것들이다. 예컨대 『탁류』, 『태평천하』, 「레디메이드 인생」, 「치숙」 등이 주로 언급된 작품들이다.29)

　백철, 『신문학사조사』, 백양당, 1949.
26) 백철, 『신문학사조사』, 민중서관, 1958.
27) 이때에 이르러서야 채만식에 대한 본격적인 작가론이 쓰여졌다.
　　민현기, 「채만식 연구」, 서울대 석사, 1977.
　　송하춘, 「채만식 연구」, 고려대 석사, 1974.
　　우명미, 「채만식론」, 서울대 석사, 1977.
　　이주형, 「채만식 연구」, 서울대 석사, 1973.
28) 이현식, 앞의 글, p.236.
30) 구인환, 「역사의식과 풍자」 『한국근대소설연구』, 삼영사, 1977.

　문학 사회학적 연구 방법은 일제 강점이라는 부정적 현실이 국가와 민족은 물론 개인의 존재근거를 위협하며, 정체성을 무화시키는 것이었다는 데서 논리적 입지점을 마련하고 있다. 일제 강점의 경험은 타의에 의한 것이었음에도 불구하고, 개인이 경험할 수 있는 것 중 가장 원초적인 경험과 같은 영향력을 행사했다. 이 경험은 개별 주체들에게 거의 동일한 것으로, 세계는 단일한 부정성으로 인식되기에 충분해 보였다. 이 때문에 채만식 문학을 식민지 체험에 대한 리얼리즘적 해석으로 설명하는 것은 의미 있는 연구라 할 수 있다.

　이와 같은 의의에도 불구하고 리얼리즘 해석의 문제점은 채만식 문학에 나타난 다양성을 충분히 설명하지 못하고 있다는 점이다. 극단적인 경우 가치 평가의 획일화와 이념적 단순화, 이론 편향주의의 부정적 경향을 드러냈던 것이다. 예를 들어 식민지 체험의 비판적 형상화를 작품평가의 유일한 기준으로 삼는다는 점, 작품 해석에 있어 모든 요소를 작가의 현실 인식의 문제로만 국한시키는 점 등이 그러하다.

　이상에서 거론한 작가론의 측면이나 작품론과는 조금 다른

　정한숙, 「붕괴와 생성의 미학」, 『한국현대 작가론』, 고려대 출판부, 1976.

　천이두, 「프로메테우스의 언어들」, 『문학사상』. 1973. 12. 등이 그 대표적인 논문들이고,

　이후 80년대에도 이와 같은 관점은 채만식 문학 연구에서 주류를 이룬다.

　(그 예로 이래수, 「상황과 미학의 조화」, 『채만식 소설연구』, 이우출판사, 1986: 한형구,

　「채만식 문학의 깊이와 높이」, 『한국문학의 리얼리즘과 모더니즘』, 민음사, 1989 등을 들 수 있다.)

시각에서 채만식 문학에 접근하기 시작한 것은 1980년대에 들어와서이다. 우선 고전문학과의 연관 속에서 채만식 문학 작품이 가진 전통성에 주목하여 판소리, 탈춤 등과의 관계를 구명하고 있는 연구를 볼 수 있다.30) 판소리의 몰입/차단 구조와 해학적 어휘구사, 탈춤의 장면 구성, 고전 작품의 패러디, 짜임새 등을 분석한 이들 연구는 전통 계승과 창조라는 측면에서 새로운 주목을 한다. 이에 비해 전통적 요소나 기법의 분석에만 치중한 나머지 채만식 문학과 전통성의 상관관계에 대한 총체적 이해를 보여주지 못하고 있다.

　이와 더불어 기존의 연구가 문학 사회학적 관점에 치중했

30) 김성수, 「이야기의 전통과 채만식 소설의 짜임새」, 정신문화연구원 석사, 1983.
　　박기원, 「연암과 채만식의 풍자소설 비교」, 1977.
　　배봉기, 「채만식 소설에 나타난 판소리의 서술양식에 대한 고찰」, 연세대 석사, 1985.
　　송현호·유려아, 「한국 근대소설의 전통예술 수용양상: 〈태평천하〉의 서사구조와 서술방식을 중심으로」, 『국어국문학』 제108집, 1992.
　　신상웅, 「삼대」와 『태평천하』의 구조에 관한 대비연구」, 중앙대 박사, 1989.
　　신상철, 「놀부의 현대적 수용과 그 변형」, 이상택·성현경 편, 『한국고전소설연구』, 새문사, 1983.
　　유화수, 「채만식 소설연구 — 서사 전통과의 연계 양상을 중심으로」, 전북대 박사, 1996.
　　이래수, 『채만식 소설 연구』, 이우출판사, 1986.
　　이인숙, 「현대소설의 판소리 수용연구」, 고려대 석사, 1981.
　　임명진, 「한국근대소설의 엮음에 관하여(1)」, 『비평문학』 제8집, 1994.
　　최원식, 「채만식 고전소설 패러디에 대하여」, 『민족문학의 논리』, 창작과 비평사, 1982.

던 점에 대한 비판을 출발점으로 삼아, 언어적 측면 혹은 기법적 측면에 주목한 연구가 있다.[31] 이들 연구는 채만식 문학에 대한 다양한 방법론의 시도와 질적인 확대라는 점에서 의미가 있다. 그러나 기존의 채만식 문학 연구의 문학사회학적 편향성을 극복하고자하는 연구자의 의도가 지나치게 부각된 결과, 개괄적인 해석 수준으로 그치거나 기호론, 담론, 구조주의 등의 연구방법에만 치중해 또 다른 편향성을 낳을 위험을 내재하고 있다는 데 문제가 있다. 이현식의 경우[32] 채만식 연구가 그 양적 확대에도 불구하고 풍성해 보이지 않는다는 문제점을 지적하면서 한혜경, 우한용 등의 연구의 의의를 높이 평가한다. 그러나 그 역시 거대담론에 회의를 가진 연구자들의 노력은 의미 있는 것이지만 결국 기존 연구에서 어느 정도 합의된 것을 넘지 못했다는 점을 비판하고 있다.

이외에도 화자, 인물, 시점, 문체, 플롯, 모티프, 장르, 공간성, 여성성 등을 핵심으로 하는 연구 성과[33]들이 나와, 채만

---

31) 기법의 측면에서는 풍자, 아이러니에 관한 연구가 대부분으로,

    민현기, 「채만식 연구-풍자소설을 중심으로」, 서울대 석사, 1977.

    정한숙, 「붕괴와 생성의 미학」, 『한국현대작가론』, 고려대출판부, 1976.

    이주형, 「태평천하의 풍자적 성격」, 김윤식 편, 『채만식, 문학과지성사, 1984. 등이 있다.

    언어적 측면에서는

    우한용, 「채만식 소설의 담론 특성에 관한 연구」, 서울대 박사, 1991.

    한혜경, 「채만식 소설의 언술구조 연구」, 이화여대 박사, 1993. 의 경우가 대표적이다.

32) 이현식, 앞의 글, p.246.

식 문학이 단일한 의미로 해석될 수 없는 다양성을 특징으로 하고 있음을 반증한다. 그러나 수사학적인 풍부함과 작품에서 추출되는 특징적인 요소들을 바탕으로 한 이와 같은 연구들은 채만식 문학 논의를 풍부하게 해주는 장점에도 불구하고 채만식 문학의 전반적인 특질을 살펴보기에는 상대적으로 부족하다. 예를 들면 풍자를 비롯한 다양한 문학적 기법들에 대한 연구는 사실 여부만을 지적하고 기법을 작가 의식의 탐구차원으로 연관시켜 설명해내지 못하고 있다.

요컨대 연구는 전문화, 세분화되었고 양적인 발전은 계속되었지만, 전체적인 연구방향은 70, 80년대 연구 성과를 크게 넘어서지 못한 것이 현 상태라 할 수 있다. 한 논자가 지적했듯이 채만식 문학 연구는 일종의 불균형 상태-풍자·패로디·화자·인물·시점·문체·플롯·모티프·장르·현실인식 등을 둘러싼 연구 성과는 매우 풍부한 반면 채만식 문학의 다양성을 포괄하는 연구는 상대적으로 부족한 상태라는 비판은 여전히 유효하다.[34)

채만식의 생애는 전근대 세계와 근대 세계의 착종, 근대성과 식민지성의 혼재 등 다양하고 이질적인 요소들이 교차하는

---

33) 강헌국, 「채만식 소설의 서사구조」, 고대 석사, 1986.
　　김종현, 「채만식연구-풍자기법을 중심으로」, 중앙대 석사, 1988.
　　임경순, 「채만식 풍자소설의 시간구조 연구」, 성대 석사, 1993.
　　임기현, 「채만식 소설의 공간성 연구」, 충북대 석사, 1997.
34) 방민호, 「채만식 문학에 나타난 식민지적 현실 대응 양상」, 서울대 박사, 2000. p.8.

경계인으로서의 특징이 나타난다. 그의 문학 또한 하나의 일관된 세계로 단순화하여 설명하기가 어려울 정도로 여러 갈래로, 다양한 모습으로 변주되면서 시대적 조류에도 민감하게 반응해왔다. 이런 점에서 탈식민주의 이론 혹은 탈근대성 이론을 바탕으로 한, 최근 연구들은 새로운 시사점을 준다.35)

방민호의 경우 채만식의 문학적 변모양상을 체계적으로 밝혀내었고, 송현호는 전통적 문학의 창조적 수용이 탈식민적 경향과 깊은 관련이 있음을 시사하고 있다. 또 이상호는 「제향날」의 치밀한 분석을 통해 탈근대적 전망을 확보하고자 노력한 작가의식이 투영되어 있음을 밝혀내었다. 윤영옥은 채만식의 풍자 소설들이 서술대상에 대하여 다양한 가치평가와 상이한 시각을 함의하기 때문에, 탈/반지배적 담론의 형성의 토대가 되었다고 평가한다. 이 연구들은 공통적으로 채만식의 문학이 가진 다양성을 지적하고 그 의미를 탐색한다는 데 특징이 있다. 이러한 점은 본 연구의 문제제기에 많은 영향을 주었다. 그러나 위 연구들은 변모과정이나 전통계승양상에만 지나치게 치중한 결과 대다수의 작품이 단선적으로 읽혀지거나 혹은 몇몇 작품의 분석에만 그쳐 애초의 문제의식이 전체 문학세계로 확장되지 못한 단점이 있다.

---

35) 방민호, 앞의 글.
   송현호, 「채만식의 탈식민적 경향에 대한 고찰」, 『관악어문연구』, 서울대 국문과 1992.
   윤영옥, 「채만식 풍자소설의 서사기법 연구」, 전북대 박사, 1999.
   이상호, 「채만식의 희곡 〈제향날〉 연구」, 『민족학 연구』, 한국민족학회. 2000.

 따라서 기존 연구를 비판적으로 수용한 가운데 채만식 문학에 나타난 근대체험과 경계, 주변부의 특징에 기초한 다양성을 읽어내기 위한 좀 더 적극적인 방식이 요구된다고 할 것이다. 우선 본 연구에서는 채만식 문학에서 주체가 경험하는 세계에 주목하고자 한다. 이를 통해 전근대적 세계와 자본주의적 식민지 현실의 복합성이 어떻게 문학적으로 형상화되고 있는지를 살펴보게 될 것이다. 이러한 현실인식을 바탕으로 주체는 어떻게 타자와 관계 맺으며, 새로운 가능성을 추구하는가를 검토하고자 한다.

 특히 그동안 채만식 문학에서 간과되어왔던 여성 타자의 문제를 구체적으로 살펴볼 것이다. 근대, 식민지라는 체계는 여성을 타자화해 왔음은 주지의 사실이다. 근대와 식민지라는 거대담론 앞에 작가가 여성인물이나 여성 화자를 두드러지게 내세운 의미를 살펴보고, 주체가 재구성될 수 있는 가능성을 고찰해볼 것이다. 마지막으로 이러한 내용들이 표현되는 문학적 서술양식을 검토하고자 한다. 이를 통해 채만식 문학에서 지적되어온 기법의 풍부함이 현실의 다양성을 확보할 수 있는 서술 양식, 타자성을 구현할 수 있는 서술 방법의 가능성을 모색하게 될 것이다.

4. 연구 방법 및 대상

　그동안의 한국근대문학사 연구를 비판적으로 검토하고 있
는 한 논문은 '민족문학사'를 대상으로 다음과 같이 문제점을
지적하고 있다.36) 민족문학사론은 〈근대 이후 근대성을 확립
하기 위해 다양한 방식으로 이루어진 문학적 실천을 단선화,
단순화시켜, 좀 거칠게 말하자면 절반의 문학사〉를 만들었다
는 것이다. 왜냐하면 그것은 〈민족의 생존을 위협하는 요소
를 "제 명을 훨씬 넘겨가며 존속하는 봉건세력의 착취와 제
국주의 열강의 침략 및 압제"로 한정〉하고, 〈제국주의 열
강의 침략 및 압제와 함께 스며들어오는 사물화 현상이나 보
편적 내러티브를 앞세운 오리엔탈리즘의 논리 등〉을 고려하
지 못했기 때문이다. 따라서 일제 강점기 문학에서 경향문학
및 리얼리즘 문학에 문학사적 정통성을 부여하고, 그 외 모
더니즘 계열을 비롯한 다른 경향의 문학작품들은 거의 배제
해버리는 결과를 낳았다는 것이다.

　'민족문학사론'에 대한 비판은 앞에서 행한 문제제기, 즉
리얼리즘적 해석이 채만식 문학의 다양성을 설명하지 못한다
는 본 연구의 견해와 일맥상통하는 것이어서 흥미롭다. 사실
상 '민족문학사론'의 비판이나 본 연구의 문제제기는 모두 근

---

36) 류보선, 「중심을 향한 동경 – 한국근대문학연구의 정치적 무의
　　식」, 『한국근대문학연구』 창간호, 태학사, 2000: 이하 '민족문학
　　사'에 대한 언급은 류보선의 논의를 정리한 것이다.

대의 복합적인 성격과 관련된 것이다. 한국의 근대란 잘 알려져 있듯이 저개발 자본주의 국가의 것이며, 식민지의 것이자 동시에 제3세계의 것이기 때문이다.

따라서 근대성과 식민지성이라는 두 요소는 한국의 근대를 이해하는 데 수많은 논란을 불러일으키는 원인이 되어왔다. 기존의 '전통적'인 견해는 식민지성과 근대성을 배타적인 것으로 이해하면서, 적어도 식민지 시기 근대성 형성의 가능성 자체를 부정하는 것이었다.[37] 또 한편에서는 '식민지적 왜곡' 속에서도 진행된 자본주의 발전의 보편적 경로에 주목하면서 식민지성과 근대성의 화해를 도모하고자 한다.[38] 그러나 최근에는 이 두 가지의 견해를 지양하고 근대성과 식민지성은 배타적인 범주가 아니며 불가분의 관계라는 인식에 이르렀다. 즉 양자가 서로 얽혀있으며, 그때그때의 상황에 따라 동태적으로 변화하면서 오늘날의 우리를 규정하고 있다는 것이다.[39] 본 연구에서 이론적 토대로 삼고 있는 탈근대적 인식론은 이와 같은 입장을 전제로 출발한다.

탈근대적 인식론은 서구 중심의 근대성을 비판적으로 성찰한 데서 비롯된다. 근대성의 전개과정은 합리적 주체에 대한 신념을 바탕으로 한 이성 중심주의와 과학 중심주의의 가능성을 중심으로 하고 있다.[40] 이성과 과학을 중요시하는 근대

---

37) 조형근, 「역사구부리기」, 서울사회과학연구소 편, 『근대성의 경계를 찾아서』, 새길, 1997.

38) 조석곤, 「수탈론과 근대화론을 넘어서」, 『창작과 비평』 96호, 1997.

39) 김진균·정근식, 「식민지 체제와 근대적 규율」, 『근대주체와 식민지 규율권력』, 문화과학사, 1997.

34

의 특유한 사고방식은 타자(他者)의 배제를 통해 자신의 동일성을 확보하는 체계를 가지고 있다. 주체와 타자의 이분법적 대립구도는 근대적 사유의 전형적인 양상이다. 예를 들어 이성과 비이성, 과학과 미신, 계몽된 지식인과 몽매한 대중, 기독교도와 이교도, 백인과 비백인, 서양과 비서양, 문명과 야만 …… 등의 이항대립이 무수히 만들어졌고, 전자는 정상으로 후자는 비정상─격리시키거나 전자의 항목으로 교정되어야 할 것으로 취급당했다. 이 점에 근거해 미셸 푸코는 근대 이후 '비정상'으로 분류되었던 것들을 주목하고 권력이 작용하고 있다는 점을 읽어냈으며, 동양을 낙후된 저발전 공간, 비정상 사회로 취급하는 근대적 담론이 서양에 존재함을 밝혀낸 것이 에드워드 사이드의 연구이다.[41] 결국 서구 특유의 근대적 담론은 그 내재적 계기로서 비서구사회의 식민지화를 요구하고 있었고, 그 연장선상에서 일본 제국주의에 의해 서구적 근대성을 받아들였던 것이 우리의 근대 식민지 실정이었다. 따라서 우리에게 근대성이란 서구적 근대성과 식민지적 근대성 사이의 상호작용, 그 뒤얽힘의 특이한 양상으로서 존재한다. 결국 식민지성과 근대성은 상호 배타적인 것이 아니라 차라리 〈식민지가 근대의 실험장〉[42]이 됨으로써 얽혀

---

40) 조형근, 위의 글.

41) 푸코의 연구 결과는, 대체로 『광기의 역사』(김부용 역, 인간사랑, 1991), 『감시와 처벌』(오생근 역, 나남, 1994), 『권력과 지식』(홍성민 역, 나남, 1991)에서 살펴볼 수 있고, 사이드의 견해는 『오리엔탈리즘』(박홍규 역, 교보문고, 1995)에서 찾아볼 수 있다.

42) 姜尙中, 이경덕 역, 『오리엔탈리즘을 넘어서』, 이산, 1997.

들었다고 보아야 할 것이다. 이와 같은 관점에 입각한 것이
탈근대적 인식론43)이다.

본 연구에서는 이와 같은 사실 때문에 채만식 문학을 연구
하는 데 있어 탈근대적 인식론을 방법적 토대로 삼고자 한
다. 채만식이 일제 강점기에 가장 활발한 문학활동을 했고,
그 이후에도 여전히 자기 정체성을 수립하는 문제를 자신의
문학적 과제로 삼았다는 점에서 탈근대적 인식론의 방법적
활용은 유용할 것이다. 아울러 앞에서 언급했던 것처럼 근대
체험과 경계, 주변부 논리에 기초한 채만식 문학의 다양성을
논의하는데, 탈근대적 인식론은 적절하리라 판단된다.

본 연구에서 사용하는 '주체, 타자, 타자성'이라는 개념은
근대적 주체 개념을 반성적으로 사유하고, 타자와의 관계 속
에서 주체가 비로소 구성된다는 논리를 기본으로 한 것이다.

일반적으로 근대적 주체는 데카르트가 의심할 수 없는 사
고 주체인 코기토(cogito)를 발견함으로써 확립되었다고 본
다. 데카르트의 전체적인 철학작업은 불확실성(uncertainty)
에 의해 제기되는 불안을 극복하고, 확실성(certainty)에 의
해 안정성에 도달하려는 것이다. 그는 전혀 의심할 수 없는

---

43) 엄밀하게 정의하자면 서구 근대 담론을 비판적으로 고찰하는
    입장이 탈근대이론이라면 그와 유사하지만 식민지적 입장, 비
    서구인 입장을 보다 강조한 것이 탈식민주의 이론이라고 할 수
    있다.(Gandhi, L., 이영욱 역, 『포스트 식민주의란 무엇인가』,
    2000.) 그러나 본 연구에서는 한국의 근대가 근대성과 식민성
    이 혼재되어 있었던 만큼 탈근대적 시각과 탈식민주의 시각의
    가능성이 모두 포함되어 있다고 보고, 이하 탈근대적 인식론으
    로 총칭하기로 한다.

사고 주체인 코기토(cogito)를 발견할 때까지 모든 것을 의심한다. 그에게 있어 진리와 확실성은 동일한 것이며, 진리는 지식으로서의 의식에 관한 문제이다. 여기서 데카르트의 회의는 자신의 현존이 확실하다는 인식에 이르렀을 때에야 멈추게 된다.

데카르트의 사유를 바탕으로 한 근대적 주체의식의 특징은 자신에게서 확고한 토대 내지 근거를 찾는 데 있다. 즉 실체로서의 주체는 출발점인 동시에 회귀점이자 모든 사물을 평가하는 좌표계인 동시에 원점이다. 이와 같은 '주체' 개념에 따르면 모든 사물은 근거로서의 주체로부터 출발해서 생산되고 구성된다.44)

결국 데카르트의 명제는 모든 사물이 동일한 방식으로 인식 가능하다면 그것들은 실질적으로 동일한 것임에 틀림없다고 주장하는, 사유를 바라보는 전체적이며 통합적인 사고방식을 제안하는 것이다.45) 이것은 결국 '동일성의 논리' 즉 '타자'를

---

44) 양운덕, 「탈구조주의의 이론과 기초」, 한국철학사상연구회 편, 『시대와 철학 3호』, 동녘, 1991, p.146.

45) Descombes, B., 박성창 역, 『동일자와 타자』, 인간사랑, 1996, p.53. 따라서 데카르트적 주체의 현존은 동시에 타자의 부재·생략·배제 그리고 침묵의 장소임이 드러난다. 데카르트의 동일성 철학은 단순히 타자를 생략하는 것에서 더 나아가, 그 생략된 타자와의 폭력적이고도 강압적인 관계를 통해 유지된다. 근대 합리성이 위험한 타자성에 흔히 일탈자의 형상을 부여하듯이, 그것은 또한 모든 문화적 타자성의 징후를 폭력적으로 제압하려고 한다. 이러한 점에 근거해서 아도르노, 호르크하이머 그리고 바우만은 논쟁적인 방식으로 파시즘을 타자에 대한 계몽주의의 공포가 빚어낸 것으로 규정한다.(Gandhi, L., 앞의 책, pp.58-59.)

‘동일자’에 환원시키고 ‘차이’를 생략·배제하는 사고이다.

　‘동일성의 논리’, ‘주체 중심주의’로 규정되는 이런 논리에 대립해 ‘차이에 기초한 사유’가 주장된다. 이때 ‘타자’에 대한 인식이 전환됨에 따라 주체 개념이 변화한다. 이성 중심의 단일한 실체로 존재하는 근대적 주체 개념은 언제나 ‘주체화되고 있는 주체’, ‘과정 중에 있는 주체’로 파악된다. 타자와 관계하는 ‘주체’에 보다 주목한 대표적인 논자들로는 레비나스, 데콩브, 푸코, 라캉, 들뢰즈를 들 수 있다.

　레비나스[46]의 경우, ‘나’라는 동일자로 결코 흡수되지 않는 ‘타자’가 있음을 드러내는 데 주목한다. 그는 ‘존재 안에 머무르려는 경향’에 따라 욕구를 충족시키는 것이 주체성의 근본을 이루는 것이 아니라, 타자와의 관계를 통해 비로소 근본적으로 나의 주체성이 구성된다고 주장한다. 또한 나를 주체로 만드는 타자의 역할을 강조하고, 타자를 자기의 지평 위에 종속시키는 제국주의적인 주체에서 벗어나 오히려 타자의 도래를 통해 비로소 탄생하는 주체, 즉 ‘타자성의 주체’를 전망한다.

　푸코[47]의 경우 주체는 어떤 불변하는 ‘실체’가 아니라 자신과의 관계에서 완전히 자신과 일치할 수 없는 여러 가지 형식으로 나타나는 존재라고 설명한다. 그는 주체를 거부하는

---

46) Levines, E., 강영안 역, 『시간과 타자』, 문예출판사, 1996.
　　서동욱, 「주체의 근본구조와 타자—레비나스와 들뢰즈의 타자이론」, 『차이와 타자』, 문학과지성사, 2000.
47) Foucault, M., 이정우 역, 『담론의 질서』, 새길, 1993.
　　――――, 홍성민 역, 『권력과 지식』, 나남, 1991.

것이 아니라 각각 다른 형식의 주체가 어떻게 역사적으로 구성되는가에 특별히 주목했다. 그는 특히 타자의 입장에서 동일자들이 타자를 어떠한 방식으로 억압하고 관리해왔는가를 정교하게 분석하고, 이를 권력의 차원에서 해석한다. 이를 토대로 푸코는 범죄자, 광인, 병자, 외국인, 동성애자, 이방인, 여성 등을 포괄할 만큼 타자 개념을 확장시켰다는 점이 주목된다.

데콩브48)의 경우 푸코의 문제의식을 한층 심화시켜 '동일자'와 '타자'의 관계에 주목한다. 그는 구조주의가 등장하기 이전까지 프랑스 철학을 '동일성의 논리'라고 비판한다. 그는 동일자가 '타자'에 대응하면서 '타자'를 억압하고 배제하는 과정에 대해 주목한다. 또한 동일자와 타자의 '차이'는 〈동일성으로 하여금 그 자신이도록 하는 것〉이고 〈동일자가 그것이 주장하고 의도하는 바 그 자체가 되는 것은 타자 덕분이다〉라고 주장한다.

라캉49)의 경우 주체에게 '타자'에 대한 의식이 싹트기 시작하는 과정에 대해 설명한다. 인간은 '거울단계'에서 자신을 '타자'와 구별하는 상징적 단계로 이행하면서 비로소 주체로 구성된다는 것이다. 또한 라캉은 한 주체의 무의식에는 타자의 담론이 스며들어 있으며 〈주체의 욕망은 항상 타자에 의존한다〉고 주장한다.

---

48) Descombes, B., 앞의 책.

49) Lacan, J., 권택영 외 역, 『욕망이론』, 문예출판사, 1994.
   도정일, 「자크 라캉이라는 좌절/유혹의 기표」, 세계의 문학』, 1990. 여름.

들뢰즈[50]의 경우, 근대적 주체의 동일성 담론이 지극히 억압적임을 비판하고, 주체 개념을 아예 없애버리고 비인격적 익명성으로, 인간 아닌 것으로 비인칭 혹은 4인칭이라 불리는 어떤 동일성도 전제하지 않는 파편적인 '특정한' 조각들, 익명적 사건들, 요컨대 '차이들'로서 살아갈 수 있는 길을 열어 보이고자 한다. 그는 주체성의 탄생은 근본적으로 타자의 개입을 통해 이루어짐을 강조하고, 타자는 가능세계의 표현으로서, 세계와 그 상관자로서의 주체의 정립을 가능하게 한다고 설명한다.

이상과 같은 논자들의 주장에서 공통된 것은 주체를 자명한 출발점으로 간주하지는 않는다는 점이다. 거꾸로 주체는 이제 특정한 사회적 혹은 역사적 과정을 통해 구성되고 만들어지는 것으로 간주된다. 주체란 이미 처음부터 전제된 무엇이 아니라 특정한 역사적 조건 속에서 만들어지는 것이라는, 비판적 문제설정을 공유하게 된다. 이처럼 주체를 절대적이고 선험적인 의지를 지닌 탈역사적 개념으로 보지 않고 구체적인 조건 속에서 생성되어지는 것으로 본다는 입장이 주체구성주의의 관점이다.[51] 이러한 점에서 포스트 구조주의 및

---

50) Deleze, G., 신순범·조영복 역, 『니체, 철학의 주사위』, 인간사랑, 1993.
　　서동욱, 「들뢰즈의 주체 개념」, 『현대비평과 이론』 14호, 1997.
51) 네하마스는 "각 주체는 그것이 생각하고 원하고 행위한다는 사실뿐만 아니라, 그것이 생각하고 원하고 행위하는 내용에 따라 구성된다"고 설명한다. 이는 주체를 구성하는 요소 가운데는 욕망, 욕구 기대뿐만 아니라 갈등, 모순, 비일관성과 같은 것이

포스트 모더니즘에서 흔히 오인하는 것과 같은 주체의 절대 부정과는 변별된다. 주체 구성의 관점에서는 고정된 주체, 불변하는 주체를 거부하고 '차이성', '관계성', '미결정성'의 입장을 중시하는 것이다. 이때 '미결정성'이라 함은 단일 원인으로는 복잡한 결정 관계를 설명할 수 없다는 뜻이지 결코 절대적인 결정 불가능성을 뜻하는 것은 아니다.

이런 연장선에서 '타자'(Other)의 의미는 주체 중심적 동일성에 순응하지 않고 그 강제적 동일화에 반발하는 존재라고 설명할 수 있다. 레비나스가 강조했듯이 타자는 동일자로의 환원에 저항하는 타인들의 특별한 이타성을 보존하고 있으며, 주체와 비대칭적 관계에 놓여있다.[52] 이와 같은 타자의 성격상 근대의 담론 중심에서 배제되었던 주변부적 존재들은 주체를 구성하게 해주는, 긍정적인 타자로 재조명된다. '남성/여성, 어른/아이, 과학 혹은 문명/자연, 근대적 주체(정상인)/빈민·광인·부랑자, 서구/비서구, 제국주의 민족 혹은 국가/피지배 민족 혹은 국가'의 이항대립에서 이전까지 후자가 폐지되어야 할 것, 혹은 교정·개선되어야 할 것이었다면, 이제 이들은 타자성의 주체를 구성하게 해주는 긍정적인 요소로 부각된다.

특히 레비나스는 현실을 벗어나게 해주는 초월의 의미를

들어있다는 말이며, 끊임없이 변화하고 있는 주체를 강조한 것으로 해석된다.(Nehamas, A., Nietzsche: Life as Literature, Cambridge, Massachusetts, 1985. p.177.)

52) Davis, C., 김성호 역, 『엠마누엘 레비나스 – 타자를 향한 욕망』, 다산글방, 2001. p.278.

부여하는 데 있어 '여성'을 강조하고 있어 새로운 주목을 요한다. 그에 의하면, 〈초월적 타자성, 즉 시간을 열어주는 타자성의 개념은 무엇보다도 내용의 타자성, 즉 여성성을 출발점으로 해서 추구〉53)된다는 것이다. 본 연구에서도 주변부적 삶을 살아가고 있는 타자들 중에서 특히 여성 타자에 주목할 것이다. 이는 레비나스의 주장에 근거한 것이기도 하지만, 실제로 채만식이 여성문제에 깊은 관심을 보였고 문학작품에서도 여성인물이 중요하게 해석된다는 사실을 고려한 것이다.

본 연구에서 사용하고 있는 타자 개념에서 강조하는 바는 '타자'란 나로 하여금 동일성의 주체화 담론을 벗어나 '타자성의 주체'로 구성될 수 있게 해준다는 것이다. 이전의 타자 개념은 상호 주관성의 보장을 바탕으로 나와 '동일한' 또 다른 주체로서의 타자였다. 따라서 궁극적으로는 소통 가능성을 공유하는 '주체들'의 공동체가 어떻게 가능할 것인가라는 묻기 위한 것이었다는 사실에서 본 연구의 문제의식과는 관점을 달리 한다. 주체는 타자를 인정함으로써, 그리고 타자의 관점과 자기에 대한 타자의 견해를 고려함으로써 비로소 새로운 주체로 구성될 수 있다.

본 연구는 다음 세 가지 단계로 이루어져 있다.

첫째, 근대화 이후 시·공간의 변모는 개개인의 생활세계 전반을 재조직하고 사회구조를 재편시켰다는 전제 아래, 채만식의 문학작품 속 주체들이 경험하고 있는 현실을 살펴보

---

53) 레비나스, 앞의 책, p.24.

았다. 이를 위해 전근대적인 체험, 일본 제국주의에 의해 강제 이식된 자본주의의 체험, 식민지 체험으로 나누어 고찰했다. 이를 통해 궁극적으로는 주체가 관계하고 있는 세계의 부정성이 어떻게 주체를 변형시키고 있는 지를 살펴보았다.

둘째, 본 연구에서는 작품 속 주체가 타자와 관계하고 있는 양상을 살펴보았다. 특히 채만식 문학에서 주변부로 배제된 타자들이 적극적으로 형상화되고 있음을 주목했다. 여성, 아이, 룸펜 지식인 등이 바로 그들이다. 이들이 어떻게 자신의 이질성을 발현하고, 주체와 관계 맺느냐에 따라 탈식민지적 의미 혹은 탈근대적 의미를 확보하는 주체가 구성되어 나갈 수 있다고 판단했다.

셋째, 서술양식에서 서술자의 개입과 의미해석 및 수용의 문제, 주변부 언어로써 방언의 문제를 살펴보았다. 기존 논의가 채만식 문학의 형식적 특질의 다양함을 세밀히 분석해내었다면, 본 연구에서는 그것이 작가의 창작의도, 작품 주제와 어떻게 연관되는 지를 고찰하는 데 중점을 둔 시도라 할 수 있다.

본 연구에서는 채만식의 소설과 희곡을 중심으로 근대체험이 드러나는 양상, 주체가 변화, 구성되는 양상을 살펴보았다. 그 외 평론, 서평, 수필 등은 2차 자료로 사용했다. 특히 본 연구의 연구목적과 채만식의 희곡은 '레제드라마'로서의 성격이 강하다는 점을 고려54), 소설과 희곡은 대체로 같은

---

54) 서연호, 「현실인식과 대응방법 – 채만식의 희곡을 중심으로」, 『한국극예술연구』, 한국극예술학회, 1992. : 신아영, 「1920-30년대 한국 희곡의 극적 구조와 수용에 관한 연구: 김우진・채만식・

차원에서 다루어질 것이다. 그 외 장르상의 변별점은 Ⅳ장에
서 살펴볼 것이다.

　본 연구의 텍스트는 『채만식 전집』(창작과 비평사, 1987)
을 기본으로 한다. 채만식의 경우 텍스트들 사이에 개작(改
作)이 거의 없고, 전집의 경우 전체적인 문학작품을 체계적
으로 살펴보기에 용이하다는 점이 고려되었다. 따라서 본 연
구의 작품 분석에서는 발표 연도와 전집의 인용 페이지만 밝
히기로 한다. 단 필요한 경우는 발표 당시 작품과 비교·고
찰할 것이며, 이때의 인용부분은 따로 밝힐 것이다.

유치진의 작품을 중심으로』, 이화여대 박사, 1996.

Ⅱ. 채만식 문학의 주체와 근대체험

1. 전근대적 가치세계와 고립된 주체

1.1. 풍류와 장식으로 존재하는 전통 습속의 세계

채만식 문학에 나타나는 과거는 계승해야 할 전통이나 극복해야 할 전근대적 유물이 아니다. 그것은 구체성이 사라져 가치판단마저 불가능한 박제된 풍류일 뿐이다. 현실적인 힘을 잃은 '추상적 무시간성'의 형식은 텍스트 속 인물들의 삶과 어떠한 관련도 맺지 못한다.

『태평천하』(1938)에 등장하는 〈윤직원〉은 소작 농사보다는 수형 할인이나 어음 등으로 재산을 축적하는 데 아주 익숙하다. 즉 자본주의적 경제 질서를 누구보다도 잘 활용하고 있는 인물이다. 그러나 한편으로는 〈남도 소리나 음률 가사〉 같은 전통 음악에 대한 선호가 남다른 인물이기도 하다. 그는 매일 기생이나 광대를 불러 소리판을 열고 싶지만 돈 때문에 라디오 프로그램과 명창대회로 만족한다. 〈윤직원〉에게 있어 명창대회는 〈이 세상에 돈만 빼놓고는 둘째가게〉 좋은 것이다. 그래서 〈머리맡 연상(硯床)위에 삼구(三球)짜리 라디오 한 세트를 매두고, 그걸 금이야 옥이야 하면서 방송국의 마이크를 통해 오는 남도소리며, 음률 가사 같은 것을 듣〉는다.

전통을 향유하는 것은 현재의 근원으로서 과거를 긍정하는 것이다. 거기에는 과거를 통해 현실을 성찰하는 일, 즉 전통의 가치와 의미를 되새기는 작업이 필요하다. 그러나 〈윤직원〉의 전통 음악 애호는 기호품을 즐기는 수준을 넘지 못한다. 〈남도 소리나 음률가사〉는 정악, 아악과는 달리 민중적인 음악이다. 그러나 〈윤직원〉에게 〈남도소리나 음률가사〉는 전근대적인 당대 사회의 부조리를 풍자하고, 해학으로써 부정성을 초월하는 음악이 아니다. 그에게는 내용은 제거된 채 형식만을 즐기는, 박제화된 유희의 전통음악일 뿐이다.

〈윤직원〉은 이미 자본주의화된 근대적 삶을 살고 있다. 자본주의적 삶의 양식에서 가장 문제가 되는 것은 '가치 상실'이다. 사용가치가 사라지고 교환가치만이 횡행하기 때문이다. 〈윤직원〉이 전통문물을 향유하는 방식도 자본주의적 삶의 방식과 별반 다르지 않다. '돈'의 문제가 중심에 놓여 있다는 점과 전통문물의 가치가 상실된 채 유희화되었다는 점에서 그러하다.

이처럼 전통적인 문화가 박제된 풍류로 변화한 양상은 〈윤직원〉의 아들 〈윤주사〉에게서 더욱 구체적으로 드러난다.

> 삼간마루에는 빙 둘린 선반 위에 낡은 한서(漢書)가 길길이 쌓였습니다. 한편 구석으로 고려자기를 넣어둔 유리장에다가는 가야금을 기대 세운 게 더욱 운치가 있습니다.

추사(秋史)의 글씨를 검정 판자에다가 각해서 흰
페인트로 획을 낸 주련이 군데군데 걸리고, 기둥에는
전통(箭筒)과 활(弓) ……
　다시 그 한편 구석으로 지저분한 청요리 접시와
정종병들이 섭쓸려 놓인 것은 이 집 차인꾼이 좀 게
으른 풍경이겠습니다.
　방은 양지 위에 백지를 덮어 발라 분을 먹인, 그야
말로 분벽(粉壁), 벽에는 미산(美山)의 사군자와 ××
의 주련이 알맞게 벌려 붙어 있고, 눈에 뜨이는 것은
연상(硯床) 머리로 걸려있는 소치(小痴)의 모란 족
자, 그리고 연상 위에는 한서가 서너 권.
　소치의 모란을 걸어놓고 볼 만하니, 이 방 주인의
교양이 그다지 상스럽지 않을 것 같으면서, 방금 노
름에 골몰을 해 있으니 속한(俗漢)이라 하겠으나, 이
짓도 하고 저 짓도 하고, 맘 내키는 대로 무엇이든지
하는 게 이 사람 창식이 윤주사의 취미랍니다. 심심
한 세상살이의 취미 ……55)

〈윤직원〉은 〈풍류〉를 즐길 때는 추임새를 넣는 게 아니라
는 법을 어기고 〈큼직한 엉덩판〉을 치며 제멋대로 〈"좋다
아!"〉고 외친다. 〈그까짓 법이 무슨 상관〉이 있냐 〈윤직원
영감은 좋으니까 좋다고 하면 고만〉이라는 논리는 이미 과거
문화가 개인의 영역으로 제한됐음을 의미한다. 〈윤주사〉도
〈추사〉의 글씨와 〈주련〉, 〈전통과 활〉을 〈지저분한 청요리
접시와 정종병〉과 함께 늘어놓는 수준이다. 선비 정신과 양

---

55) 『태평천하』, 전집 3, p.163.

반 생활을 상징하는 살림살이들은 실생활에 이용되기는커녕 〈윤직원〉의 경우에서처럼 감상의 대상도 되지 못한다. 그것들은 방을 꾸미는 그야말로 한갓 장식품에 지나지 않는다. 〈윤주사〉에게는 그 속에서 노름을 하고 술판을 벌리며 즐겁게 살아가는 일만이 중요하다. 작가가 구체적인 품목들을 조목조목 들어가며 〈윤주사〉의 방안을 묘사한 것은 이미 내용이 소거된 과거를 자세히 드러내기 위함이다. 추상화된 과거는 〈이 짓〉과 〈저 짓〉으로만 구분될 뿐 별 차이가 없다. 결국 〈윤주사〉에게는 전통 문물을 즐기는 것이나 노름을 하는 것이나 모두 똑같은 〈취미〉일 뿐이다. 이 취미는 〈심심한 세상살이〉를 잊게 해주는 완롱물에 지나지 않는다.

구체성을 상실한 관념으로서 과거를 보존하고 있는 인물들은 작가와 밀착된 서술자에 의해 조롱당한다. 명창대회를 가기 위해 〈윤직원〉은 그야말로 위풍당당한 차림새를 갖춘다. 작가는 윤이 흐르는 모시 진솔 옷, 탕건에 받쳐 죽영(竹纓) 달린 통영갓(統營笠)이 날아갈 듯 올라앉은 머리, 솜을 한 근씩은 두었음직한 흰 버선에 운두 새까만 마른신을 조그맣게 신고, 바른 손에는 은으로 개대가리를 만들어 붙인 화류 개화장을 들고, 왼손에는 서른네 살 박이 묵직한 합죽선을 쥔 윤직원의 모습을 자세히 묘사한다.

서술자가 직접 개입해서 〈아까울사, 옛날 세상이었더면 일도의 방백(一道方伯)일시 분명합니다. 그런 것을 간혹 입이 비뚤어진 친구는 광대로 인식 착오를 일으키고, 동경·대판의 사탕장수들은 캬라멜 대장 감으로 침을 삼키〉는 현실에 대해 〈통탄〉한다. 표면적으로는 안타까움이나 탄식을 서술하지만 어조의 과장됨은 그것이 반어적 표현임을 알게 해준다. 〈윤직원〉에게 체험되고 있는 과거문물은 이미 의미와 가치를 잃어버린 무용지물이다. 의미나 가치를 제거된 것은 〈윤직원〉이 과거문물을 체험하는 방식에서 연유한 것이다. 따라서 인물에게 조롱과 야유를 보내는 일반사람들의 시선은 정당하다. 작가 또한 이들에게 동조하고 비꼬는 말투를 통해 조롱과 야유의 효과를 상승시키고 있다.

동기 〈춘심이〉의 묘사에서도 이와 유사한 방식이 드러난다.

> 머리를 늘쩡늘쩡 땋아내려, 자주댕기를 들인 머리채가 방둥이에서 유난히 치렁치렁합니다. 그러나 이 머리는 알고 보면 중동을 몽땅 자른 단발머리에다가 다래를 들인 거랍니다.
>
> 앞머리는 좀 자르기도 하고 지져서 오그려 붙이기도 하고 군데군데 핀을 꽂았습니다.
>
> 빨아서 분홍 물을 들인 흘게 빠진 생수 께끼적삼에 얼쑹덜쑹한 주릿대 치마를 휘걷어 넥타이로 질끈 동인 게 또한 제격입니다.
>
> 살결보다는 버짐이 더 많이 피고, 배내털이 숭얼숭얼해서 분을 발랐다는 게 고루 먹지를 않고, 어루러기가 진 것 같습니다.[56]

기생은 전통적인 미인상을 보여주는 인물 가운데 하나다.

---

56) 『태평천하』, 전집 3, p.19.

고소설에 나타난 기생은 전형적인 미인으로 형상화되어 있다. 그녀들은 구름처럼 숱이 많고, 검은 머리카락에, 별 같은 눈, 아미(蛾眉), 오월 앵두 같은 입술, 박 속 같은 치아, 도화(桃花) 같은 뺨, 섬섬옥수의 손, 세류(細柳) 같은 허리를 가지고 화려한 녹의홍상을 차려입은 모습이다.57) 그러나 〈춘심이〉의 외양은 그녀가 비록 동기라 하더라도 전통적인 기생의 모습과 거리가 너무 멀다. 단발머리에 가짜 머리를 붙여 긴 머리처럼 꾸미고 앞머리를 꼬불거리게 만들어 제멋대로 핀을 꽂아놓고, 한복 치마 자락을 넥타이로 동여매고, 버짐 핀 얼굴에 얼룩덜룩한 화장을 한 〈춘심이〉의 모습은 우스꽝스럽기조차 하다. 더구나 '다래붙인 긴 머리 - 퍼머를 흉내 낸 곱슬머리 / 한복 치마 - 허리끈으로 맨 넥타이'에서 보듯 고전문화와 근대문화를 기이하게 접목한 모습은 조롱의 대상이 되기에 꼭 알맞다.

과거 기생은 노류장화라 천시받기도 했지만 지성미를 갖춘 명기는 긍정적인 평가를 받아왔다. 1930년대 근대적 문화 형성기에 이르러 기생은 봉건적인 유물로 배척해야 할 대상이거나 도시문화의 새로운 향수자 이른바 '모던 걸'로 불리는 직업여성(카페나 바, 다방에 근무하던 여성)과 유행가 가수, 영화배우 등으로 변모하게 된다.58) 이러한 여건에서 〈춘심이〉에게는 창녀와 같은 신분으로 전락하거나 모던 걸 같은

---

57) 김광형, 「고소설에 나타난 조선조 여인상」, 『여성문제 연구』 제17집, 효성여자대학교 부설 한국여성문제연구소, 1989.
58) 김진송, 『서울에 딴스홀을 許하라』, 현실문화연구, 1999, 5장 참조.

새로운 문물의 주인공으로 편입될 가능성만 있을 뿐 〈윤직원〉이 좋아하는 '적벽가'를 부르는 조선적인 기생으로 성장할 여지는 없다. 기생으로서의 앞길이 가로막힌 상태에서 신·구 문물이 어정쩡하게 혼합된 〈춘심이〉는 그래서 더욱 우스꽝스럽고 초라하게 보인다. 관념화된 과거는 이미 현실을 초월한 것이다. 과거는 〈윤직원〉과 〈윤주사〉에게서처럼 장식품으로 남아있을 뿐 〈춘심이〉의 미래와 연관되지 못한다.

1.2. 봉건 질서의 모순과 결혼제도의 비극

채만식 문학에서 전근대적 제도와 가치의 잔존은 근대적 지식인 주체를 얽어매는 굴레로 나타난다. 특히 '조혼'에 대한 비판이 두드러지는데, 이는 1910년대 이광수 이래 많은 근대적 지식인들이 힘주어 강조했던 바이기도 하다. 조혼, 구식 가정, 봉건적 가치 등은 유교적이고 봉건적인 공간에서 작가가 체험한 것을 바탕으로 취한 소재들이다. 그것은 그의 생애사에서처럼 몰락할 운명을 지닌 것들이기도 했다.

「얼어 죽은 모나리자」(1937), 「두 순정」(1938), 「쑥국새」(1938), 「사호일단」(1941)에는 순정을 지기다 비극적인 결말을 맞는 인물들이 등장한다. 혼인 전날 첫사랑이었던 연인을 찾아 헤매다가 얼어 죽는 여자(「얼어 죽은 모나리자」), 철없는 어린 신랑을 감싸주고 대신 얼어 죽는 나이 많은 색시(「두 순정」), 마음에 품은 사내를 못 잊어 목을 매 자살하는 여자와 그녀를 짝사랑해서 무덤가에 찾아와 괴로워하는 또 다른 사내(「쑥국새」), 이루어지지 않는 사랑을 비관해 목매달아 죽는 여자(「사호일단」)가 그와 같은 인물들이다.

그들의 '순정'은 근대적인 의미의 사랑과 다르다. 그들은 부모가 정해준 인연이기에 혹은 마음을 한 번 주었기 때문에 순정을 지킨다. 그것은 사랑이라기보다 일종의 '의리'에 가까운 전근대적 가치다. 순정이 지켜지기에는 현실은 너무나 많이 변해버렸다. 더구나 그들의 순정은 개인적 선택에 따른 것이 아니라 부모나 친족, 마을과 같은 봉건적 공동체로부터 전수받은 것이다. 봉건적 공동체의 몰락에 따라 전근대적 가치 또한 현실에서 소멸할 운명에 처한다. 따라서 전근대적 가치를 고수하는 인물들이 작품 내에서 비극적 결말을 맞는 것은 자연스러운 귀결이다.

작가는 그러나 이 인물들에게 비판적인 서술 태도를 취하고 있지는 않다. 이는 근대 이전의 사랑이라는 감정이 공동체의 윤리와 동일시되고 있었다는 점 때문이라고 판단된다.[59] 전근대적 사랑은 '부부유별'이나 '의리'와 같은 인륜의 형식으로 존재해 왔다. 다시 말해 순정을 지키는 것은 의리를 지키는 것과 마찬가지로 인간의 도리라는 점에서 도덕적으로 긍정된다. 이러한 연장선상에서 비극적 결말을 맞는 인물들과 사라져가는 전근대적 가치는 애상적인 정조로 서술된다. 예를 들어 「두 순정」에서는 어린 신랑으로 추측되는 노

---

59) 최혜실, 「1920년대 신여성의 사랑과 고백」, 『신여성들은 무엇을 꿈꾸었는가』, 생각의나무, 2000, pp.78-79.

승이 순정을 간직한 부부의 비극적인 사랑 이야기를 들려준
다. 〈칠십 년, 일 세기 가까운 순정〉에 〈나〉는 감탄하고 이
야기를 끝낸 노승은 고즈넉하지만 슬픈 정조 속에 잠겨든다.
〈찬 기운이 방안으로 스며들면서 등잔의 들기름불이 가느다
랗게 춤을 춘다. 아랫목 벽에 어린 노장의 꼼짝도 않는 그림
자가 호올로 얼씬거린다.〉는 서술은 독자로 하여금 동정과
연민을 갖도록 한다. 「쑥국새」에서도 결말의 서술태도가 유
사하게 나타난다. 목매달아 죽은 여인의 무덤을 찾은 사내는
눈물을 흘리며 고시레를 한다. 여인이 〈쑥국새나 되었으머는
우는 소리나 듣지〉라며 〈넋이 나가서 우두커니 앉아 있〉는
남자의 모습은 비극적인 분위기를 고조시키는 한편 동정을
유발한다.

　이와는 달리 「소복입은 영혼」(1936)에서는 전근대적 가치가
소멸하고 근대적－식민지적 가치가 자리 잡은 현실을 공간적
변모를 통해 보여주고 있어 이채롭다. 이 작품은 액자소설의
형식으로 〈덕언이 선생님〉의 이야기 속에 그가 아이들에게 들
려준 전설이 서술되고 있다. 서당 훈장격인 〈덕언이 선생님〉
은 순사시험을 보기 위해 며칠간 서당에 나오지 않는다. 사람
들에게 〈글방의 한문 선생님이 순사지망을 하고 시험을 보〉는
일은 〈진실로 천하의 대사건〉이다. 그러나 일본말을 열심히
배우고 삭발을 하는 등 열성을 보였던 〈덕언이 선생님〉에게
그것은 시대의 변화를 좇는 일일 뿐이다. 〈덕언이 선생님〉이
민감하게 반응하는 시대적 변화는 '전근대적 세계 → 근대적
세계'로의 변화이면서 '순사'가 의미하는 바처럼 일본 제국주

의적인 것이기도 하다. 따라서 작가는 서당 아이들의 입을 빌어 머리 깎은 모습을 〈상투를 어디다 두고 오지 아니했겠나요〉라고 놀리고 머리가 자라지 않아 〈영영 '중'으로 여생〉을 마쳤을 것이라고 조롱 섞인 예상을 한다.[60]

한편 전설의 형식을 빌린 액자 속 이야기는 예절을 절대적으로 숭상하는 선비와 현실을 고려하는 부녀를 대립시켜 억압적인 봉건적 제도의 몰락을 보여준다.

(가) "허, 그렇다면 더구나 해괴하고 망측한 일이지! 충신은 불사이군이요 열녀는 불경이부라니 …… 어데 비록 손목 한번 서로 만지지 못했다손 치더래도 남편은 남편이니 감히 다른 남자에게로 개가할 생심을 하며, 명문 김판서가 그것을 그 딸에게 시키다니! 하물며 양반의 집 규중 부인으로 외간 남자의 혼자 있는 방에를 아닌 밤중에 찾어 들어와서 …… 엥 …… 망칙하다! 썩 물러나지 못할까?"

(나) "내 딸을 죽게 했다고만 내가 하는 말이 아닐세 …… 그대는 들으니 '백의정승'의 자리에 오르려는 사람! 그러면 군명을 대신하여 천하의 백성을 다사릴 큰 그릇이어늘 그다지도 변통성이 없고 인정(人情)에 어두어서야 어찌 그러한 대임을 다하겠는가?"[61]

---

60) 구시대의 인물인 주인 영감님은 "일본말 잘하는데 머리까지 깎고 …… 허기는 잘 되었네 …… 부산가서 통사(通士)나 댕기지 ……"라고 직접적으로 조롱하기까지 한다.

61) 「소복입은 영혼」, 전집 7, p.121, p.123.

(가)는 처녀과부가 된 〈김판서〉의 딸이 선비에게 재가를 청하자 선비가 유교적 가치를 기준으로 준절히 나무라는 장면이다. 선비에게 '충신은 불사이군이요 열녀는 불경이부'라는 덕목은 어떤 상황에서도 고정불변 하는 진리이다. 이처럼 보편적 가치가 개별적 상황을 압도하는 것은 중세 봉건 공간의 한 특질이기도 하다. 그러나 이 공간을 주도적으로 담당한 양반계급의 하나였던 〈김판서〉는 (나)에서처럼 봉건적 가치를 스스로 무너뜨린다. 그가 〈인정과 변통성〉이라는 상황적 특수성을 강조하는 것은 절대적이고 단일한 가치가 지배하는 봉건적 공간을 부정하는 일이다. 나아가 〈김판서〉는 〈사람은 법보다도 예절보다도 위선 사람〉이라는 논리로써 자신의 행동을 합리화시킨다.

전근대적 가치와 함께 몰락했던 소설의 주인공들은(「얼어죽은 모나리자」, 「두 순정」, 「쑥국새」, 「사호일단」) 봉건적 세계에 안주하고 있던 인물들이다. 이들에게는 시·공간의 변화를 감지할 계기가 주어지지 않고 비극적인 결말이 예정되어 있었던 것이라면, 변화한 현실에 접해서도 변화를 거스르고자 하는 것은 더욱 비극적이다. 이러한 인식이 「소복입은 영혼」의 결말에서 잘 드러난다. 목매달아 죽은 〈김판서〉딸의 원한은 선비를 요절시키고 선비네 마을에 재앙을 불러일으킨다. 마을 사람들이 사당을 지어 여인의 넋을 위로하고서야 여러 이변들이 가까스로 진정된다. 봉건적 가치를 지키고자 했던 개인들(「얼어 죽은 모나리자」, 「두 순정」, 「쑥국새」, 「사호일단」의 인물들)의 비극은 당사자에게 국한되었지만,

변화를 부정함으로서 야기된 비극은 개인이 속한 공동체에게까지 확산된 것이다. 그러나 전설이라는 형식으로 전근대적 가치의 비판과 공간 변화를 구체적으로 드러내기에는 애초부터 한계가 있다. 현실성이 불필요하다는 전설의 특성상 액자 속 이야기는 근본적으로 현실 공간과 관련 맺을 가능성이 희박하기 때문이다.

오히려 채만식이 좀 더 힘주어 비판하는 것은 조혼제도와 봉건적인 가정이다. 「과도기」(1923 창작으로 추정), 「이런 처지」(1938)에서는 구식 여자와 조혼하여 이를 괴로워하는 지식인 남성들이 등장한다. 작가는 이혼하기를 절실히 바라지만 뜻대로 되지 않아 괴로워하는 지식인 남편의 입을 통해 봉건적 가치가 잔존하는 조선사회를 비판한다. 유학생 신분인 〈봉우〉, 〈형식〉, 〈정수〉(「과도기」)는 모두 조혼한 상태에서 조선을 떠나와 제각기 조혼과 근대적 의미의 사랑에 대해서 심각하게 고민한다. 각자 생각과 주장이 조금씩 다르지만 이들이 조혼을 비판하는 이유는 근대적 의미의 사랑이 억압되고 있다는 사실 때문이다.

그들의 논리는 성인이 된 남녀의 사랑도 변하는 것인데, 사랑을 알기 전의 어린 나이에 부모가 강제로 결혼시키는 것은 부당하다는 것이다. 따라서 진실한 사랑을 깨달은 이후에는 필연적으로 이혼을 해야 마땅하다는 것이다. 이들이 말하는 진실한 사랑이란 인륜적 차원으로 승화한 전근대적 의미가 아니라 개인 간의 감정교류를 전제로 한 근대적 의미의 사랑이다.

근대적 사랑이 이루어낸 가장 획기적인 변화는 상대방의 '개성'을 발견한 것이라고 할 수 있다. 다른 사람을 사랑하는 것은 그의 직위가 높다거나 용감하다거나 미인이라서가 아니다. 그보다는 다른 사람에게서 발견할 수 없는 어떤 특성이나 의미를 상대방에게서 발견하고 그것에 감정적으로 끌리기 때문이다.[62] 상대방의 '개성'을 발견한다는 것은 그것을 발견·평가하는 나만의 고유한 기준이나 잣대가 있다는 이야기이다. 결국 근대적 사랑을 강조하는 것은 '개성'을 인정하는 것 곧 근대적 개인 주체의 수용과 일맥상통한다. 따라서 '조혼'에 대한 비판을 통해 작가가 열망하는 것은 봉건적 가치가 잔존하는 공간을 부정하고 근대화된 공간을 지향하는 것이다.

세 사람의 유학생은 이러한 논리를 공통분모로 삼고 있지만 각자 조금씩 다른 태도를 취한다. 〈봉우〉가 조혼에 대해 신랄하게 비난하며 혐오감을 직접적으로 드러내는 데 비해 〈형식〉은 조혼을 비판하지만 이혼하기에는 조선적 특수성이 문제시된다고 고민한다. 한편 〈정수〉는 조혼을 비롯한 일체의 결혼제도를 부정한다. 다시 말해 〈봉우〉는 감정적 차원에서, 〈정수〉는 제도적 차원에서 극단적인 부정의 입장을 취하고 있다. 이 경우에는 개인적인 결단만 필요할 뿐 사회적 차원에서 결혼제도를 논의할 여지가 봉쇄되어 있다. 그러나 〈형식〉의 경우 전근대적 사랑과 근대적 사랑의 양쪽 모두를 고민의 대상으로 삼고 있어 주목할 만하다.

〈형식〉은 열여섯에 열다섯 아내와 조혼해서 그녀에게 첫

---

62) 최혜실, 앞의 책, 2장 참조.

정을 준다. 동경에 유학 온 이후 그의 마음은 달라진다. 〈처음 와서 얼마 동안은 그가 그리운 생각두 나구 보구 싶기두 하더니, 두어 달쯤 지나니까 그제는 일절 보구 싶은 생각은 없어지구 도리어 가만히 그를 머릿속으로 상상해보면 싫구 미운 생각이 나더란〉 고백에서처럼 뚜렷한 이유는 없다. 이후 그는 〈예전엔 맘에 들구 귀엽게 보이던 모든 것이 아주 딴판으로 얄밉구 싫어 보이〉는 데까지 변해 아내를 구박하고 이혼을 요구하기 시작한다. 그가 이혼을 못하는 것은 아내가 살기 막막하다는 점을 간과할 수 없기 때문이다. 〈홀과수로 늙기 아니면 그대로 타락이 되어버릴 게니까. 그가 지금 날 떠나서 저 혼자 바른 앞길을 열어나갈 힘이 있어야지〉라는 〈형식〉의 말은 아내에 대한 동정이기도 하지만 조선 사회의 특수함을 인식한 것이기도 하다. 그러나 〈형식〉이 일본 신여성 〈문자〉와 만나 사랑하게 되면서부터 아내의 존재는 근대적 사랑에 장애가 된다.

〈형식〉과 〈문자〉는 이 문제에 대해 장시간 이야기를 나눈 후 '사랑'이 있으면 다른 것은 소용없다, 첩이나 그 어떤 형식도 문제될 것이 없다는 식으로 새로운 돌파구를 찾는다. 사랑이 중요하지 법적인 결혼이 중요한 것은 아니라는 것이다. 그러나 이러한 관념이 현실적으로 여성에게 불리하게 작용한다면 그것은 문제가 아닐 수 없다. 법적으로 결혼하는 것과 사랑이 더 중요하므로 현 상태를 유지하는 것, 이 두 가지 가능성이 공존하는 상태에서 여성들이 둘 중의 하나를 자유롭게 선택한다는 것은 현실적으로 불가능하다.63) 현실에서 그 두 가지 경우는 구여성이나 신여성 중 한 사람의 희생을 요구한다. 구여성은 이혼당할 경우 평생을 홀로 지내야 하며, 신여성은 민적에서 부인의 권리를 획득 못할 경우 탕녀라는 사회적 비난을 감수해야 한다. 채만식은 이러한 딜레마를 해결하기 위해 〈형식〉의 입을 빌어 '조선사회의 특수성'과 '인정론'을 펴는 한편 사랑의 대상을 일본 여성으로, 근대적인 사랑이 이루어지는 공간을 일본으로 설정한다. 예외적인 상황을 만듦으로써 문제와 직접 대면하기를 피하는 것이다. 만약 〈형식〉이 조선에서 조선인 신여성과 사랑을 하게 되었다면 한층 더 복잡하게 전개되었을 것이다. 작가는 문제 자체를 인식하되 스스로 결론을 내릴 수 없는 상태에서 복잡한 딜레마를 감추어버리는 방법을 택한 것이다.

> "그러니까 이혼일라컨 마세요. 그처럼 어지신 부인을 저버리시다니요? 저 같은 것은 열 번 죽어두 그이한텐 따르질 못할 게니까요. 그저 지금의 이것이면 만족이에요. 당신이 맘만 변치 않으시면 ……"
> 하고 문자는 열정적으로 말을 하였다. (중략)
> "아니에요. 첩이 아니에요. 그렇지만 첩이 아니라 첩보담 더한 이름이라두 관계찮아요. 본처니 첩이니 하는 말은 이 세상에서 영화나 명예하구 작별한 저한텐 그다지 구별이 없는 거예요. 오죽하면 이다지 팔자가 기구할라구요!"
> 하고 문자는 자포자기가 되어 절망적으로 부르짖

---

63) 최혜실, 앞의 책, 3장 참조.

었다가 다시

"그러니까 저한텐 이 세상에 아무것두 없고 다만 형식 씨 당신 하나만 있을 따름이에요. 그리구 진정 말이지 당신 부인 같으신 이하구 함께 있어보기가 원이에요. 형식 씨! 절 버리지 말아 주세요."

하고 애원하듯이 말을 하고 무량한 감개를 억제치 못하여 두 손으로 얼굴을 가리고 흑흑 느껴 울었다.[64]

일본 여성 〈문자〉는 〈형식〉의 가정 이야기를 듣고 난 후 〈형식〉의 부인을 긍정한다. 심지어 〈당신 부인 같으신 이하구 함께 있어보기가 원〉이라고까지 말한다. 그러나 이것은 감정적이고 일시적인 반응일 뿐이다. 〈형식〉의 부인과 같이 있고 싶다는 소망과 〈절 버리지 말아〉달라는 간청은 함께 공존할 수 없기 때문이다. 그들은 조선에 함께 돌아가 형식은 병원을, 문자는 소학교를 세워 사회적 활동을 하기로 계획한다. 또 〈가정에서는 형식이가 병원에서 몸이 피곤하여 돌아오면 문자는 피아노 위에 앉아 청아한 곡조로 위로나 하고 …… 예쁘장스러운 아들도 낳고 딸도 낳고, 때맞추어 경치 좋은 곳으로 여행도 다니〉는 실제적인 부부 생활을 꿈꾼다. 그것이 사회적인 배척을 받을 수도 있으므로 차라리 남양이나 아프리카, 무인도에서 한평생을 살면 좋겠다는 〈공상〉을 하기도 한다. 이들의 계획에 따르면 정작 〈형식〉의 부인은 이혼만 하지 않았을 뿐 한평생 생과부로 외로운 삶을 살아야만 한다. 〈문자〉의 감정적 호소나 〈형식〉과의 장래 계획

---

64) 「과도기」, 전집 5, pp.221-222.

등은 결국 이기적인 자기합리화에 다름 아니다.

이것은 당시의 신여성들의 자유연애사상이 이율배반적 결과를 낳는 것과 같은 형상이라 할 수 있다. 신여성들은 남성과 동등한 입장에서 사랑과 정조론을 주장하여 일단은 당대 여성을 남성과 동등한 인격에서 보게 하는 계기를 만들어 내었다. 그러나 구여성을 동료로서 자각하지 못하고 그들을 또다시 억압하는 결과를 낳았다. 이는 궁극적으로 신여성들이 주장한 자유연애론이 자기스스로를 남성의 연애 상대로 제한시킨 것을 의미한다.65) 「과도기」에서도 〈형식〉의 부인은 근대적 사랑에 의해 부정되고, 〈문자〉는 곧 〈형식〉의 친구 〈정수〉와 사랑에 빠지며 감정적 혼란을 겪는다. 더구나 〈정수〉와 〈문자〉 사이의 감정은 둘이 이야기가 잘 통하기 때문이기도 하지만 육체의 유혹이 더 강하게 작용한 결과라는 점에서 비판이 여지가 있다. 결국 구여성은 '사랑' 때문에 존재를 부정당하고 신여성은 '사랑'만을 유일한 존재의 의미로 삼는다. 아쉽게도 「과도기」가 미완의 작품으로 정수가 떠나려는 장면에서 끝나는 까닭에 더 이상의 논의를 전개하기는 어렵다.

그러나 작가가 조혼의 비판함으로써 전근대적 공간을 부정하고 근대적 사랑이 성립할 수 있는 변화를 전망하는 한편, 근대화가 가지고 있는 혼란을 「과도기」라는 시·공간으로 파악해냈다는 점에 의의가 있다. 이 작품에 드러나는 일제 강점하 근대화과정에 놓인 식민지의 이중성이 작가가 강조한 '과도기'의 의미일 것이다. 채만식은 지금의 여기가 전근대―

---

65) 최혜실, 앞의 책, 3장 참조.

근대 사이의 혼란에 놓여 있음을 적실히 파악했다. 하지만 여전히 봉건적 공간에 한 발을 둔 채 새로운 근대적 공간을 추구해야 하는 지식인의 괴로운 심정을 고백하는 데 머무르고 말아 결국 주관적인 논리의 범주에서 벗어나지 못한다는 점에서 한계가 있다.

이러한 한계는 「이런 처지」에서 더 뚜렷하게 드러난다. 독백체 형식의 이 작품에서 〈나〉는 조혼으로 무식하고 못생긴 데다가 마음이나 행동거지도 엉망인 구식 아내를 만나 결혼생활을 하는 괴로움을 친구에게 털어놓고 있다. 생활수준의 차이에서 오는 괴로움, 자식 때문에 생기는 불화 등등이 여러 가지 에피소드를 통해 상세히 묘사되지만 그가 택할 수 있는 일은 아무 것도 없다.

> 내가 시방 그러니 다시 새 채비로 그 격류 속에 뛰어들어서 거슬러를 올라가겠나? 또 그렇다고 같이 휩쓸려서 좋다구나 덩실거리고 흘러내려를 가겠나?
>
> 그 두 가지가 모두 내게는 임포시블이어든. 거진 절대야. 그러니 그저 농판같이 뒤처진 역사 속에서 끄먹끄먹 호흡이나 하고 있는 수밖에 …… (중략)
>
> 그저 이런 세텔 수록 농판 놓아, 응? 연전에 엎으러진 중놈같이, 허허어 웃고서 세상이야 어떻게 돼가건, 제 정신 대로 아무데나 한편 구석에 처박혀서, 끽소리 말고 살아가는 거야. 그리고 나처럼 인간성과 가정문제 같은 거나 연구하고, 허허허허 …… 그리고 술이나 먹고 술값 외에 돈 여우가 있거들랑 골동품이나 수집하고, 오죽 좋아? 차일시피일시 아닌가? 자

네나 내나 다 그대 일은 일종 젊은 혈기에 호기심이
요 기분이댔지, 머 어디 그게 …… 응 ……66)

　주인공이 이혼할 수 없는 이유는 아내가 이혼 요구를 들어
주지 않는데다가 자식 문제가 걸려있기 때문이다. 〈나〉는
주체를 억압하는 전통적인 공간에 놓여있어 인생이 망가져가
고 있지만 해결 방법도 알지 못할 뿐더러 해결 의지 자체도
없다. 오히려 〈격류〉의 〈세태〉, 〈농판같이 뒤처진 역사〉에
이유를 돌리고, 자신을 합리화하는 데 급급하다. 시대라는 문
제를 끌어안고 고민할 의지를 상실한 채 허무주의적인 태도
로 개인적인 생을 영위하고자 하기 때문에 주관적인 논리의
벽안에 갇힌 자기 몰각의 상태라는 평가는67) 이런 점에서 적
절하다.
　결국 「과도기」, 「이런 처지」에서 주체를 억압하는 전통적
공간의 체험은 그 억압의 강도와 감각이 적실하게 드러나는
데 비해 해결 방법을 얄팍한 주관의 논리나 비현실적인 대책
에서 찾고 있어 한계를 갖는다. 따라서 주체가 체험하는 공
간은 여전히 현실과 단절된 폐쇄된 영역일 수밖에 없다.

---

66) 「이런 처지」, 전집 7, p.310.
67) 방민호, 앞의 글, p.64.

1.3. 탈일상의 욕망과 고립된 지식인의 내면고백

　박제된 풍류나 전근대적 가치체계가 잔존하는 공간은 애초부터 현재성이 소거된 것이기에 주체는 폐쇄적인 범주에 놓여 있을 수밖에 없다. 상상의 공간은 이와는 또 다른 방식으로 주체를 현실로부터 차단하고 주체를 고립시킨다. 고독을 인간 존재의 본성으로 보는 경우[68], 고독한 주체가 일상성 안에서 자기의 고독을 벗어나는 길은 일상성 안에서 수행하는 활동 - 향유, 인식, 노동, 거주 - 를 통해서 가능하다고 설명한다. 그러나 일제 강점이라는 현실에서 주체의 일상적인 활동은 식민지적 체계에 순응하는 것이 되고 만다. 그것은 식민지 지배질서를 더욱 강화하고 결국에는 주체가 피식민자로서 억압을 강요받는 결과를 낳는다. 이처럼 주체가 일상성 안에서 수행하는 활동이 도리어 자신의 존재론적 근거를 위협할 경우 상상의 공간은 가장 손쉽고도 매력적인 대안으로 떠오른다. 채만식의 소설에서 유독 상상의 공간에 대한 체험이 많이 드러나는 것도 이와 같은 맥락에서 이해할 수 있다.

　「생명의 유희」(1928년 작으로 추정 - 유고)나 「앙탈」(1930), 「레디메이드 인생」(1934)에서는 가난하고 무력한 지식인이 상

---

68) 레비나스의 경우 '존재의 존재함 자체에서 기인한다. 존재함 자체는 타인과도 다른 사물과도 나누어 가질 수 없다. 나는 오로지 나로서 존재하는 것이지 타인으로서 존재하는 것이 아니다. 즉 나의 존재함은 타인의 존재함과 결코 서로 소통할 수 없다. 그러므로 나의 존재를 고립시키는 것은 근본적으로 나의 존재함 자체이다'라는 입장에서 고독한 인간 존재를 설명하고 있다.(Levines, E., 앞의 책, 제2강 참조.)

상 속에서 현실의 문제를 묻고 대답하고 행동함으로써 모든 것을 해결하고자 하는 모습이 나타난다. 마르크스주의적 사회 변혁운동을 전제로 한, '가난한 현실의 원인→계급 모순→지식인으로서의 자각 필요'라는 심각한 논쟁도 밥을 굶고 〈민두름히 드러누워〉 있는 〈K〉(「생명의 유희」)의 머리 속에서 오가는 생각일 뿐이다. 그 생각은 〈싹 돌아누〉우면 금세 사라지는 허망한 상상일 뿐이다. 그래서 쌀밥과 갈치국, 상치쌈이 차려진 밥상, 돈이 마련될 수 있다는 상상이 또다시 시작된다. 상상과 또 다른 상상의 대체는 전자를 한꺼번에 다 폐기시킬 만큼 전면적이고 즉각적으로 이루어지지만 그것은 이름만 다를 뿐 질적인 차이가 없는 교환일 뿐이다. 따라서 현실적으로는 어떤 변화도 일어나지 않는다. 주체는 단일한 상상의 공간에 계속 존재한다.

한편 이러한 상상은 '무엇 무엇이 있었으면 좋으련만' 하는 소망에서 시작하여 꼬리에 꼬리를 물고 끝없이 이어지는 양상을 보인다.

> 오 전만 있어도 호떡 한 개에 뜨근뜨근한 차를 먹을 수가 있는데 ……
> 가만 있자 ……
> '내가 지금 길거리로 내려가서 공교하게 오 전 한 푼이 흘려 있어 …… 그놈을 주워가지고 호떡집으로 ……'
> 이렇게 생각하니 단침이 꼴딱하고 목구멍으로 넘어갔다.
> '─가만있자 십 전짜리 두 푼을 줍는다면 …… 설렁탕 …… 옳지 설렁탕을 먹는다 ……'

아니 일원짜리를 주우면? 일 원 가지고는 셈이 닿지 않고 십 원? 아니 십 원짜리 열 장 …… 그렇지 열 장 백 원 …… 그놈이면 우선 무엇보담도 고놈의 여우같은 노파한테 석 달 밥값 육십 원을 팩 내던져 주고 그 굽실거리는 꼴을 좀 보고 청목당에 가서 - 아차 밤이 늦었지 …… 그러면 우선 설렁탕이나 두어 그릇 먹고 …… 그리고 양복을 한 벌 ……

양복은 해 입자면 모자라겠는 걸 …… 오백 원은 주워야겠는 걸 ……

한 천 원만 주우면 ……

그것도 쓰자면 얼마 못 쓰겠는걸 …… 집은 한 채 사야지 ……

한 만 원?

만 원 만 원 …… 그래도 모자라 ……

십만 원?

백만 원?

'억만 원 - 척 버틴다 - '

찬바람이 오싹 지나가며 S의 공상은 깨어졌다.

억만 원을 쓸 공상을 하면서 오 전이 없어 창자를 움켜쥐고 한뎃잠을 자는 자기의 행색이 한심하다 못하여 고소가 나왔다.

' - 그러나 나도 언제나 한 번은 호화롭게 살아보아야 할 텐데 …… '

그렇게 될 것도 같은데 ……

누구가 몇백만 원만 상속을 시켜 주면 그놈을 가지고 사회사업도 하고 그러고 집을 한 채 짓는데 …… 그럼 종상이 그 따위는 어림도 없다 ……

아쉰 대로 십만 원만－아니 만 원만 있어도 위선
옹색은 면하겠는데 …… 아니 천 원만 …… 아니 백
원만 …… 아니 십 원만 …… 아니 일 원만 …… 아
니 위신 오 전만이라도 …… 아하 ……69)

〈S〉는 하숙비가 밀려 있어 자정이 되어도 집으로 돌아가지 못한다. 학교 담 밑 잔디밭에 드러누워 잠을 청해보지만 추위와 배고픔에 시달릴 뿐이다. 그는 호떡 하나로 요기할 수 있는 오 전만 있었으면 하고 간절히 바란다. 길에 혹 오 전이 떨어져 있을지도 모른다는 생각도 하지만 실제로 오 전을 줍기 위해 길바닥을 살펴보고 다니지는 않는다. 그 대신 주울 수 있을지 없을지도 모르는 오 전의 돈으로 상상을 계속한다. 오 전이 십 전으로, 일 원, 십 원, 백 원, 오백 원, 천 원, 만 원, 십만 원, 백만 원, 억만 원으로 한없이 불어나서, 그 돈으로 무엇을 할까 궁리하는 상상은 끝없이 이어진다. 그것은 '설렁탕, 밥값, 양복, 사회사업, 집' 등의 구체적 물목을 매개로 하고 있지만 〈찬바람이 오싹 지나〉가면 일순간에 깨어지고 자기 스스로도 〈한심하다 못하여 고소가 나〉올 만큼 허무한 것이다. 실제로는 단돈 오 전도 없고 돈이 생길 가능성도 없기 때문이다. 이런 사실을 자신도 알고 있지만 상상은 또 다른 상상으로 대체되고 계속해서 되풀이된다.

「레디메이드 인생」의 〈P〉도 〈삼 원〉을 가지고 〈곱쟁이〉 치는 상상을 시작하여 〈일백오십만 원〉까지 불려나간다. 그

---

69) 「앙탈」, 전집 6, pp.501-502.

역시 헛된 상상임을 순간적으로 깨닫고 한숨을 쉰다. 그러나 여전히 상상을 또 다른 상상으로 대체하는 '되풀이'를 계속하고 심지어 타자와의 관계까지도 자신의 상상의 영역으로 끌어들인다.

    P는 그 여자와 만날 때마다 일부러 눈 익혀 보지 아니하는 체는 하면서도 실상은 고비샅샅 관찰을 하였고, 그리고 속으로는 연애라도 좀 했으면 하던 터이었었다. (중략)
    P는 고개를 꼿꼿이 쳐들고 앞만 치어다보면서도 속으로는
    '저 여자가 지금 내 옆으로 다가와서 조그만 소리로 정답게 구애(求愛)를 한다면? 사뭇 들여 안긴다면? …… 어쩔꼬?'
    이런 생각을 하면서 히죽이 웃는데 여자는 벌써 지나쳐 버렸다.
    "흥! 어쩌긴 무얼 어째? …… 이년아, 일 없다는데 왜 이래! 하고 발길로 칵 차 내던지지."
    하고 P는 어깨를 으쓱하였다.[70]

〈P〉와 〈그 여자〉는 길에서 몇 번 마주치기만 했을 뿐 말 한마디 건네 보지 못한 사이이다. 〈P〉가 〈연애라도 좀 했으면〉 하는 것은 단순한 호감의 표시일 뿐 다시 결혼을 한다든가 진정한 사랑을 찾는다든가 하는 일을 생각해본 것은 아니다. 설혹 〈P〉가 〈그 여자〉와 연애를 하려 한다면 〈그 여자〉

---

70) 「레디메이드 인생」, 전집 7, p.56.

에게 다가가 어떻게든 관계를 맺어야 한다. 이혼한 아내와의 사이에 아홉 살 난 아들을 두고 있는 자신의 처지를 고려한다면 〈P〉는 상대적으로 약세에 놓여 있다고 볼 수 있다. 그러나 〈P〉의 상상 속에서 〈그 여자〉와 자신은 현실과는 반대의 상하(上下) 관계에 놓인다. 게다가 〈일 없다는데 왜 이래! 하고 발길로 콱 차 내던지〉리라는 〈P〉의 과장된 우월감은 우스꽝스럽기조차 하다. 현실에서 〈그 여자〉는 이미 제 갈 길로 걸어가 버렸고, 그 모든 극적인 사건들은 P의 상상 내에서 일어난 일이기 때문이다.

무력한 지식인에게 상상의 공간이 현실의 도피처로 유용한 곳이라면, 가난한 민중들에게 상상의 공간은 자신들의 욕망을 충족시켜줄 수 있는 이상적 공간이다. 「보리방아」(1936), 「동화」(1938), 「병이 낫거든」(1941)의 시골처녀들은 돼지가 새끼를 낳으면 마릿수를 불려 돈을 모아서 송아지를 사고 소를 팔아 큰 돈을 장만한다거나(「보리방아」), 가난한 농촌을 떠나 공장에 가서 월급을 받아 이러저러하게 돈을 불리면 집안 살림을 돕고, 시집밑천을 마련한다는 상상(「보리방아」, 「동화」, 「병이 낫거든」)으로 행복해한다.

> 업순이는 예산을 이렇게 했었다. 처음 여섯 달 동안 견습을 하고 나면 그때는 이십오 원씩 옹근 월급을 준다니까, 그놈에서 기숙사 밥값이 칠 원 오십 전이라니, 그걸 제하면 십칠 원 오십 전. 그 십칠 원 오십 전에서 이 원 오십 전만 용돈을 쓰고 오 원은 집으로 보내고, 십 원씩은 꼭꼭 저금을 해둔다. 그래서

삼 년만 하면 삼백육십 원이라, 근 사백 원 돈이니까, 그뗄라컨 그놈을 찾아가지고 집으로 돌아온다. 아버지한테는 큰 소를 한 마리 사드리고, 어머니한테는 양돝 걸구(암놈) 한 마리를 사 드리고, 집안의 빚도 갚아 드리고, 그리고 한 백 원은 남겨서 시집 갈 밑천을 한다.[71]

이러한 상상은 현실적인 매개물(공장 노동)을 출발점으로 삼고 있다는 점에서 앞에서 살펴보았던 지식인들의 상상보다 훨씬 구체적이다. 또 그 내용만 본다면 상상이라기보다는 미래의 계획에 가깝다. 수입과 지출을 계산하고 저금할 계획을 세우는 등 일견 치밀해 보이기도 한다. 그러나 여기에는 현실적인 변수가 고려되어 있지 않다. 따라서 이들의 산술적 계산은 이루어질 수 없는 공상에 지나지 않는다. 왜곡된 자본주의적 질서로 재편된 피식민지 현실에서 자신의 노동만으로 $1+1=2 \rightarrow 2+2=4$라는 결과를 낳는 것은 불가능하다. 실제 현실에서 시골 처녀들은 사람도 굶어 죽기 일쑤인 가난한 환경 탓에 돼지 먹이도 제대로 구할 수 없다. 그녀들은 공장에서 돈도 모으기 전에 열악한 노동 환경으로 인해 병만 얻어 낙향하고 만다. 더욱이 그 병이 대부분 '결핵'이고 거의 나을 가망이 없을 정도가 되어서야 집으로 돌아가게 된다. 이러한 비극적 결말은 사실상 이미 예정된 것이었고 가난한 민중들이 그것을 파악할 능력이 없었던 것일 따름이다. 현실적 맥락을 꿰뚫어 보기 위해서는 당대의 사회구조를 논리적

---

71) 「동화」, 전집 7, p.252.

으로 인식해야 한다. 그러나 의식주도 해결하기 어려웠던 민중들에게는 그것이 불가능할 수밖에 없다. 결국 시골 처녀들의 계획은 현실적 맥락이 제거된 채 행복한 미래만을 꿈꾸었다는 점에서 역시 상상의 공간에 머물러 있을 것이다.

한편 지식인이나 시골 처녀들의 상상에서 몇 원 몇 전의 화폐로 치환된 일상이 공통적인 핵심이라는 사실은 주목할 만하다. 이미 이들은 화폐에 의하여 매개되고 화폐가 주는 교환가치에 의해 조직됨으로써 삶이 객관화되는 시대에 살고 있다. 화폐의 교환가치에 종속된 일상이 상상의 영역에서조차 일반화되고 있다는 사실은 자본주의적 질서가 압도하고 있는 식민지 공간의 성격을 역설적으로 드러내는 것이라 할 수 있다.

2. 자본주의 일상성과 재조직된 주체

2.1. 식민지 현실의 화폐화된 시간과 자본가의 등장

〈밤은 얼마나 깊었는지./사위가 죽은 듯 괴괴하고, 새벽의 지저귀는 새소리 없고 한 걸로 미루어, 초저녁도 날 샐 무렵도 아니요, 한밤중이 분명하였다.〉[72] 이 구절은 부인을 잃은

---

72) 「심봉사」(1944-1945), 전집 6, p.198.

심봉사가 동냥젖을 얻으러 나가기 위해 혼자 시간을 가늠해 보는 부분이다. 그가 시간을 판단하는 기준은 새소리 같은 자연의 소리나 변화이다. 이때 시간은 그저 오전, 오후, 밤중 어느 때인가 하는 정도이다. 심봉사의 시간파악이 '초저녁/날 샐 무렵/한밤중'에서처럼 모호하게 느껴지는 것은 꼭 눈이 멀었기 때문만은 아니다. 자연의 리듬과 삶의 리듬이 일치되었던 전근대적 세계에서 시간은 정확히 분절되거나 구획될 필요가 없다. 특히 농경사회에서는 자연의 리듬에 따라 모든 생활양식이 결정되기 때문에, 해나 달과 같은 자연물이 시간을 변별하는 기준이 된다.

농촌 풍경과 순박한 농민들의 삶을 자세히 묘사하고 있는 「암소를 팔아서」(1932)를 살펴보자. 이 작품은 6일 동안의 이야기인데 시간적인 장면 전환은 4번 나타난다. 그때는 각각 '그날 아침/그날 석양/닷새가 지나서 낮때만 하여/바로 그날 석양 때'로 서술된다. 이 시간들은 해가 뜨고 지는 데에 따른 구별일 뿐 정확히 규정되어 구별할 수 있는 시간은 아니다. 그러나 사람들은 일을 하고 밥을 먹고 잠을 자는 등등의 삶의 행위를 자연의 리듬과 거의 완벽하게 일치시키며, 그것은 자연적 리듬의 반복성처럼 계속 순환된다. 자연적인, 순환적인 시간 인식은 미세한 단위 시간으로 분할되는 근대의 시계적 시간 인식과 대비된다.

  (가) 열두시 반에서 일초도 틀리지 아니하고 짜르
르 벨 소리가 징그럽게 울렸다.
  그것은 오백 명의 장정을 용서 없이 혹은 기계 앞으
로 혹은 식자(植字)대 앞으로 혹은 제본실로 이끌어
가는 착취자의 명령을 복창하는 크나큰 힘이었었다.

  (나) 죄수에게 만기 석방의 선고를 하는 듯한 벨
소리가 짜르르 길게 울리자 구백 개의 손가락은 일
제히 종이에서 떨어지고 구십 개의 입에서는 폐(肺)
의 밑바닥에 잠겼던 숨이 일제히 쏟아져 나왔다. 남
녀 직공들은 다 각기 일어나서 일하던 앞을 대강 치
우고 옷에 먼지도 털고 벤또 그릇도 집어 들고 두루
마기도 입고하느라고 잠깐 어수선하였다.73)

  시계는 '시간의 공간화'를 통해 시간을 측정 가능하고 계산
가능한 양(量)으로 변환시키는 도구이다.74) 이 시간은 동질적
이고 균질적인 척도로 노동을 시간적으로 통제하는 기준이
된다. 〈아침 전기불이 나가기 전 여덟시〉→〈오정 점심시간
삼십분〉 휴식→〈여섯시〉 종료시간까지 〈아홉시간 반〉의
작업 시간 계획은 누구에게나 적용된다. (가)는 점심시간 이
후 작업이 시작되는 모습이고 (나)는 작업이 종료되는 모습
이다. 동질화된 시계적 시간은 노동자에게 노동의 시작을 강
요하며 마찬가지로 노동 종료도 규정된 시간에 따라 이루어

---

73) 「병조와 영복이」, 전집 6, p.488, p.462.
74) 이진경, 「사회적 시간의 역사 이론을 위하여」, 서울 사회과학
    연구소 편, 『근대성의 경계를 찾아서』, 새길, 1997, p.61.

진다.75) 이러한 시간은 개개인이 가지고 있는 고유성과 이질성을 허용하지 않으며 오백 명의 개인들을 근대적 삶이 체화된 존재로 동일화시킨다.

더구나 〈벨 소리〉로 '시간'을 인식하는 것은 〈착취자의 명령을 복창하는 크나큰 힘〉을 나타내며 이때 〈벨 소리〉는 〈죄수에게 만기 석방선고를 하는〉 '존재'이다. 이 같은 묘사는 시계적 시간에 따라 인간이 억압당하는 양상을 비판적으로 바라보는 작가의 인식을 구체화한 것으로 판단된다. 특히 감옥의 죄수에 대한 비유는 푸코가 일찍이 원형감옥을 통해 권력의 체제를 설명한 바와 같이 '시간'을 통해 행사되는 '권력'의 문제까지 내밀하게 추적할 수 있게 해준다.

선분화된 시계적 시간이 자본주의적 시간의 한 양상이라면, 또 다른 양상은 시간과 화폐의 결합에서 찾아볼 수 있다. '시간은 돈이다'라는 프랭클린(B. Franklin)의 말처럼 시간은 이제 돈으로 교환될 수 있다. 즉, 낭비와 절약의 차원에서 시간과 돈은 동일한 것으로 정의된다.76) 채만식의 문학은 이와 같은 자본주의적 시간 인식이 탁월한 수준에 이른 것으로 평가받아왔다.77) 그의 작품에서는 시간에 따른 차익을 현금화

---

75) 중세 도시에서 노동자 파업이나 대투쟁이 벌어질 때 노동자들이 제일 먼저 달려가서 부수는 것이 작업시간을 알리는 종이었고, 종을 부수는 자는 사형에 처한다는 규정이 각 도시마다 있었다는 역사적 사실은 시계적 시간이 인간을 억압했던 예라 할 것이다.(이진경, 위의 글, p.63.)

76) 이진경, 앞의 글, p.67.

77) 『탁류』에 대해 임화가 〈세태소설〉이라고 규정한 것에 반대해 김남천은 당대의 자본주의 풍경에 대해 현미경적 접근을 한 점

하는 '고리대금'이라든가 금융자본주의의 전형적인 양태인 '미두', 그 밖에 어음할인, 부동산 투기, 당좌지급 등 자본의 축적에 관한 풍부하고도 자세한 예가 드러나 있다.

『태평천하』에서 〈윤직원〉이 재산을 불려나가는 방법은 다양하다. 우선 〈전대복〉의 일화에서 〈입신의 묘기〉로 묘사되는, 극단적인 절약이 있다. 또 소작농사는 전근대적인 방법이기는 하나 1920년대 이후 광범위하게 퍼진, 식민지 체제가 보장해주는 지주적 착취의 한 양상이다. 그러나 〈윤직원〉의 재산을 축적하는 데 일등공신은 뭐니 뭐니 해도 돈이 돈을 낳고 새끼를 쳐나가는 고리대금이다.

> 세상에 수형처럼 빚 쓴 사람한테는 무섭고, 빚 준 사람한테는 편리한 것이 없답니다. 기한이 지나기만 하면 거저 불문곡직하고 수형 액면에 쓰인 만큼 차압을 해서 집행딱지를 붙여 놓고는 경매를 한다나요. (중략)
> 1할 이상 2할까지나 새끼를 치는 셈이지요.
> 송도 말년(松都末年)에는 쇠가 쇠를 먹었다고 합니다. 그러던 게 지금은 다 세태가 바뀌고, 을축갑자(乙丑甲子)로 되는 세상이라서 그런 것도 아니겠지만, 쇠가 쇠를 낳기로 마련이니, 그건 무슨 징조일는지요.
> 아뭏든 그놈 돈이란 물건이 저희끼리 목족(睦族)

이 『탁류』가 지니고 있는 가장 큰 미덕이라고 평가한다.(「탁류의 매력」, 조선일보, 1940. 1. 15) 이후 많은 평자들이 채만식의 문학 특히 30년대 후반의 장편소설들과 관련해 식민지 자본주의 사회에 대한 구체적 형상화가 이루어졌다는 데 공통된 평가를 한다.

은 무섭게 잘하는 놈인 모양입니다. 그렇길래 자꾸만
있는 데로만 모이지요?[78]

이미 〈윤용규〉(윤직원의 아버지)가 장리와 돈놀이로 치부
하다 동학패에 죽음을 당한 것처럼, 〈윤직원〉의 돈놀이가 새
롭거나 특이한 것은 아니다. 그러나 〈윤용규〉의 장리나 돈놀
이가 산술적인 계산을 바탕으로 한 초급(初級) 수준이라면
〈윤직원〉의 돈놀이는 자본주의적 축적의 전형적인 예라 할
수 있다. 〈돈이란 물건이 저희끼리 목족(睦族)은 무섭게 잘
하는 놈인 모양입니다. 그렇길래 자꾸만 있는 데로만 모이지
요?〉라는 화자의 의뭉스러운 질문은 자본의 자기증식력을 강
조하는 말이다. 이 단계에 이르면 화폐화된 시간은 양적인
가치만을 생산하는 초월적 기표로서의 힘을 내면화시키게 된
다.[79] 또 자본주의 사회에서 살아가는 모든 사람들은 그 초
월적 기표에 지배되는 상징계를 내면화해야만 사회적 삶을
영위할 수 있다.

그날이 마침 토요일인데 전장요리쓰기 삼십 원 십
칠 전으로 장이 서 가지고는 이절에 이십구 전, 삼절

---

78) 『태평천하』, 전집 3, p.77.
79) 라캉은 남근을 초월적 기표로 말하지만, 자본주의 사회에서는
그 밖에 화폐, 이성(주체중심적 이성) 등도 그에 해당되며,(나
병철, 『근대서사와 탈식민주의』, 문예출판사, 2001, p.136.) 화폐
화된 시간은 이미 시간으로서의 의미보다는 화폐로서의 의미만
이 전적으로 강조되는 상태라는 점에서, 초월적 기표로서의 화
폐(돈)와 같은 범주에서 이야기할 수 있다고 본다.

에 삼십육 전, 사절에 사십 전 이렇게 폭폭 솟아올라
갔다.(중략)

그날 한시까지 은행 일을 마치고 나와서 알아보니
까, 그놈 육절에 사십구 전을 절정으로 시세는 도로
떨어져 전장 도메 사십육 전이었었다. 그래도 태수는
약간의 반동이거니 하고 안심을 했었다.

그러나 그 뒤로 시세는 태수를 조롱하듯이 조촘조
촘 떨어지다가, 오늘 와서는 마침내 삼십 원대를 무
너뜨리고 아시(證金不足 - 인용자)란 말까지 나오게
되었던 것이다.[80]

식민지 자본주의화 과정에 들어선 조선사회에서 적응력을
잃고 몰락하는 〈정주사〉와 같은 과도기 인물을 생생하게 묘
사한 것이 『탁류』의 뛰어난 점 가운데 하나라는 지적[81]처럼
『탁류』는 자본주의적 경제 질서를 내면화한 인간군상이 여실
하게 드러나는 작품이다. 위 인용문은 미두(米豆)장 시세에
따라 좌지우지되는 〈고태수〉의 삶을 묘사하고 있는 대목이
다. 미두(米豆)는 증권이나 현물거래와 마찬가지로 투기적
성격이 제도적으로 용인된 금융자본주의의 전형적인 한 양태
이다. 그것은 생산과는 무관하게 자본 자체의 운동과 증식에
의해 이윤을 창출하는, 물신화된 자본주의적 현상의 전형적
인 예이기도 하다. 이와 같은 이윤창출은 화폐화된 시간이
전제되었기 때문에 가능한 것이다. '토요일: 삼십 원→십칠

---

80) 『탁류』, 전집 2, p.81.
81) 이선영, 「창조적 주체와 반어의 미학」, 문학과 사상연구회 편,
　　『채만식 문학의 재인식』, 소명출판, 1999.

전→이십구 전→삼십육 전→사십 전→그날 한 시: 사십구 전
→오늘: 삼십 원대 무너짐→아시'라는 시세 변동은 시간의
흐름에 따라 나타난다. 팔고 사는 시기, 값이 오르고 내리는
시기에 따라 〈고태수〉의 삶은 변화한다. 〈시세는 태수를 조
롱하듯이〉라는 구절처럼 '화폐화된 시간'은 '시세 =〈주체〉:
고태수라는 인간 =〈객체〉'로 전도되는 양상을 보인다.

원래 〈고태수〉는 급사출신이었다가 은행원으로 발탁되어
군산지점으로 전근 온 인물이다. 군산에서 그는 천 석 과부
의 외아들이자 전문학교를 졸업한 지식인 행원으로 행세한
다. 그러면서 주색잡기와 호사스런 생활에 빠져 지낸다. 은행
원 월급으로 그 비용을 충당하기란 애초 불가능했기 때문에
〈고태수〉는 부정한 방법으로 자금을 마련한다. 그가 제일 먼
저 선택한 방법은 은행 고객의 소절수를 위조해서 사용하는
사기, 횡령이었다. 당좌 지급이 돌아올 시기와 은행 거래 관
행을 적절히 이용한 사기행각은 마치 개인이 자본주의 체제
를 적절히 이용하는 것처럼 보이기도 한다. 그러나 빚이 산
더미처럼 불어나고 당좌 지급에 대한 의혹이 불거지자 그저
죽으면 그만이라는 자포자기식의 한탄 외에 〈고태수〉가 할
수 있는 일은 아무것도 없었다. 또 그는 빚을 해결하기 위해
시작한 미두에서도 파탄을 맞게 되고 결국 불륜과 사기 등등
이 얽힌 속에서 살해당한다.

한때 사기라는 부정적인 양상을 보이기는 했지만 〈고태수〉
는 금융 자본 질서의 이치를 터득한 듯한 인물이었다. 그러
나 그 역시 자본의 위력에 휘둘리는 일개인에 지나지 않았음

이 미두장에서 실패하고 살해당하는 결말에서 생생히 드러난
다. 특히 시계화·화폐화된 시간→자본의 자기 증식이라는
자본주의적 발전 과정이 제국주의에 의해 이식된 그것일 때
정도의 차이는 있을지언정, 피식민지인으로서 〈고태수〉와 같
은 인물이 겪는 비극적 과정은 누구나 경험할 수 있는 보편
적인 것이었다.

2.2. 근대의 제도적 이식과 주체의 규율화된 주체

근대적 시간은 차이와 이질성을 제거한 선분화된 단위 시
간에 삶의 질서를 맞출 것을 요구한다. 그것은 이전과는 달
리 개인들마다 갖고 있는 삶의 고유성과 이질성을 허용하지
않음으로써 획일적인 삶의 리듬을 강요한다. 여기서 발견되
는 것은 차이 없는 반복, 참기 힘든 통일성으로서의 '자본주
의의 리토르넬로'82)이다. 이러한 근대적 시간성, 근대적 시간
－기계 혹은 근대적 리토르넬로가 공간적으로나 문화적으로
멀리 떨어진 개인들의 삶에까지 침투하는 방식은 근대적 문
물을 통해서이다.

---

82) 여기에서 '리토르넬로'는 차이 없는 반복을 의미한다. 원래 '리토
르넬로'란 반복에 의해 만들어지는 '시간적인 질서의 기초를 이루
는 리듬'을 지칭한다. 이때 반복구는 합주 협주곡에서처럼 보통은
변이와 변화를 포함하는 반복의 형식을 취한다. 하지만 자본주의
의 리토르넬로처럼 차이 없는 반복의 형식을 취하기도 한
다.(Deleuze, G. & Guattari, F., Mille plateaux, Minuit, 1980.)

특히 철도[83]는 공장에서 발생한 '시간적인 정확함에 대한 신앙'을 나라 전체로 확장하는 역할을 한다. 철도는 합리화된 운행표를 중심으로 정확함을 수행하는 새로운 시간 관리의 장이었다. 역(驛)의 중앙에 시계가 자리 잡음으로써 이제 역은 모든 마을의 중심이 되었고, 마을의 시간을 하나로 통일시킨다. 이 철도망이 국경을 넘게 되면서 나라마다 시간이 다른 것을 조정하기 위해 '기준시간(표준시간)'이 요구되었다. 이때 기준시간을 어느 것으로 할 것이냐를 놓고 열강들 사이에 싸움이 벌어졌고, 거의 10년 동안의 세력 싸움 끝에 그리니치 자오선이 표준시간으로 채택되었다. 그 후 라디오, 전화, 개인용 시계, 손목시계 등이 실용화됨에 따라 표준시간은 전세계적인 통일성과 지배성을 획득한다. 말 그대로 '제국의 시간'이 제국주의적으로 확장된 것이다.

드디어 기차를 옆에 딱 당해서 보니, 듣더니보다도 더 놀랍고 신기했다.

아마 검정 황소가 열 바리, 라니 스무 바리도 넉넉해 보이는 그 덜씬 큰 시꺼먼 화통이, 용솟음 같은

---

83) 19세기 중엽까지만 해도 유럽이나 미국은 모두 양력을 사용하긴 했어도 각 지방마다 해에 맞추어 시간을 정했기 때문에 시계를 사용하는 경우에도 지방마다 시간은 상이했다고 한다. 그러나 철도가 본격적으로 이용되면서부터 이런 차이와 격차는 참을 수 없는 문제가 된다. 왜냐하면 철도는 하나의 단일한 시계를 갖고 달리는데 그 시계가 도착하는 곳의 시계와 달랐기 때문에 철도의 운행표를 만드는 것조차 복잡하고 번거로운 일이 되었다. 그래서 나라마다 시간적 통일성을 마련하려는 시도가 진행되었다고 한다.(이진경, 앞의 글, p.65.)

검은 연기를 풍풍 들이 뿜어 올리면서, 시이 피이 시이 피이, 남 경풍을 하라고 소래기를 빽 빽, 앞걸음질 뒷걸음질을 벼락 치듯 오락가락.

기운은 그런데 얼마나 센고 하면 …… 여산서 우리 집으로 연자방아를 싣고 온 통나무 수레, 그놈 열곱은 내게 생긴 큰 수레가 주욱 연 달려서 열두 개. 거기다간 일꾼들이 수백 명이서 산을 까뭉갠 흙이며 자갈이며를 수북수북 퍼 실어놓았고. 한 것을, 화통이 살금살금 기어오더니, 부룩송아지가 장난을 하는 것처럼 대가리로 직신 한 편짝 머리를 떠받아. 하더니, 빽 소리를 지르고는 그대로 죄다 달아가지고서 씽씽 줄달음질이었다. 그 육중한 수레 열두 채를 한꺼번에다 …… 그러면서도 마치 허깨비나 다루듯, 힘 하나 안들이고 거뿐거뿐.

그러니 화통이 **그 녀석**이 그만큼이나 기운이 셀 지경이면, 우리게 남산이라도 정통으로 칵 한 번 들이받는다면, 단박에 구멍이 뻥하니 맞창이 뚫어지고 말 것 같았다.

날래기는 또 어찌 그리 날래며 …… 눈 깜작할 동안인데 어느 겨를에 저편 산모룽이에 가 서서는 흙을 푸고 섰고. 나는 새도 못 따른다더니 참 그런 성불렀다.

그렇게 **날랜 놈**이니 한바탕 타고 내딜린나면, 약간 자행거 꽁무니나 타보던 맛하고는 어림도 아니요, 사람이 금세 날개가 돋친 듯 시원하고 고숩고, 천하 그런 재밌을 데라곤 없으련 싶었다.[84] (강조 - 인용자)

---

84) 「회」, 전집 7, p.547.

82

위 인용문은 화자인 〈나〉가 기차구경을 처음 하던 때를 회상하는 장면이다. 채만식은 기차의 모양과 움직이는 모습을 눈에 보이는 것처럼 자세히 묘사해놓고 있다. 엄청난 크기, 용솟음 같은 검은 연기, 놀랄 만큼 큰 소리를 내는 기차는 경이로운 존재 그 자체이다. 작가는 새로운 것에 대한 호기심의 차원을 넘어 기차를 〈그 녀석〉, 〈날랜 놈〉으로 표현함으로써 의인화된 존재로 승격시킨다. 도저히 사물이라고 믿을 수 없을 정도였기 때문이다. 더구나 기차를 묘사하는 데 비교치로 이용되는 것은 모두 이전시대의 것들이다. 〈검정황소, 연자방아, 통나무 수레, 부룩송아지, 우리게 남산, 자행거〉는 사실상 기차와는 비교도 되지 않는 것들이다. 현저히 뒤떨어지는 그것들은 그러나 바로 기차가 들어오기 직전까지 우리 생활에 이용되는 것들이었으며 나름대로 사물의 평가기준으로 쓰이던 것들이기도 했다. 그러한 것들이 기차의 비교물로 이용됨으로써 기차의 거대한 모습과 위력은 한층 실감을 얻는다.

이 외에도 작가는 「정거장 근처」(1937), 「소년은 자란다」(1949 - 유작), 「상경반절기」(1962 - 유고)에서 기차를 새롭고 신기한 문물로 묘사하고 있다. 이미 정거장이나 역이 그 도시의 중심지로서 역할 한다는 사실을 보여주고 있는 것이다. 예를 들어 「소년은 자란다」의 〈영호〉가 아버지와 헤어져 역 주위에서 생활하는 모습이라든가, 「정거장 근처」에서 기차가 올 때마다 짐을 져 나르며 생계를 유지하는 짐꾼들의 새로운 풍속, 기차역 주변에 발달된 상권의 묘사, 그리고 「상경반절기」

에서 혼잡한 기차역 풍경을 서술하는 장면 등이 그러하다.

　기차는 근대성의 속도와 시공간 경험을 표상하는 상징적 장치로 「회」, 「정거장 근처」, 「소년은 자란다」, 「상경반절기」 등에서 이미 근대성의 감각이 체화된 삶의 국면에 이르렀음을 짐작해볼 수 있다. 그러나 기차의 속도가 표상하는 근대성의 감각이란 순환적인 자연과는 달리 잠시도 쉴 새 없이 목표를 향해 달려가는 '목적론적 시간'의 감각[85]이다. 그렇다면 채만식의 작품 속에서 '기차'는 과연 어디를 향해 달려가고 있는 것인지 물어보지 않을 수가 없다. 이와 같은 질문이 필요한 이유는 근대적 리트로넬로가 확장되고, 제국의 시간이 표준화되는 과정이 우리에게는 식민지의 경험을 통해 이루어졌기 때문이다. 근대적인 시간과 공간의 개념은 자본주의적 근대의 세계적 확장과 함께 식민지에서도 그대로 관철된다.[86] 널리 알려진 바대로 일제 강점 하에서 기차는 편리한 근대문물이기도 했지만 일본 제국주의의 대륙침략 정책, 식민지 지배기반의 구축, 물자유통망의 형성 등과 관계를 맺으며 건설·운영되었다.[87]

---

85) 나병철, 앞의 책, p.183.

86) 정태헌, 「한국의 식민지적 근대화 모순과 그 실체」, 역사문제연구소 편, 『한국의 '근대'와 '근대성' 비판』, 역사비평사, 1996, pp.241-272.

87) 이에 대해 실증적인 근거를 찾아보면 다음과 같다. 일제는 선로개량·열차운행·운임정책 등에서 일본 - 조선 - 만주를 최단거리로 안전하게 연결시켜주는 경부선·경의선을 우선적으로 육성하는 정책을 썼으며, 이로 인해 두 철도에 여객과 화물이 집중되었다. 또 1930년대 이후 조선의 산업개발이 진척됨에 따라, 철도 화물 구성에서 농산물의 비중이 약화되고 광산물·공

그러나 채만식은 '기차'를 통해 근대적 리트로넬로를 경험하는 개인, 근대화된 감각이 내면화된 공간을 '변화'한 이후의 입장에서 서술하고 있다. 즉 이미 변화한 국면에서 '이러이러했었다' 혹은 그 변화한 지점을 기반으로 새로운 양상이 펼쳐지고 있는 모습을 서술하고 있는 것이다. 따라서 그 변화의 의미에 대한 고찰이 구체적으로 드러나지는 않는다. 단 「회(懷)」(1940)의 결말 부분에서 〈나〉는 시조창을 인용하며 인생사 제반의 〈달관〉을 언급한다. 이것은 이미 '기차'를 비롯한 각종 근대적 문물로 인한 근대성의 속도와 시·공간의 경험을 서술한 후 〈나〉의 독백에 해당한다는 점에서 주의 깊게 살펴 볼 필요가 있다.

> 적실히, 조그마하나마 달관은 달관일 성부르다.
> 만일 그러고, 달관일진댄 한낱 지나가 연애에서만일 것이 아니라, 내 생활까지를 포함한, 널리 세상 범백사에 그와 같은 마음으로써 임할 수는 없을 것일지.
> 客來問我興亡事
> 笑指蘆花月一船
> 이 경지를 일찍이는 매우 부러워했었다. **아마 이와는 좀 다른, 그러나 더 나은 경지**일 것이다.[88] (강조 ─ 인용자)

산물·군용품·철도용 률의 비중이 훨씬 높아져, 국유철도의 군사적 경제적 성격은 한층 더 강화되었다.(정재정, 「1980년대 일제시기 경제사 연구의 성과와 과제」, 역사문제연구소 편, 『한국의 '근대'와 '근대성' 비판』, 역사비평사, 2000, pp.93-94.)
88) 「회」, 전집 7, pp.569-570.

작가가 〈나〉를 통해 인용한 시조창은 '달관'(達觀)에 대한 내용이다. 사전적 의미로 '달관'이란 세속에서 벗어난 높은 견식, 사소한 일에 얽매이거나 흔들리지 않는 경지에 이르는 일을 말한다. 근대문물의 복잡다단한 변화를 겪고 난 주체가 〈세상 범백사〉로부터 초연한 경지에 이를 수 있겠는가. 얼핏 이는 작가가 현실과 단절을 꾀하는 것처럼 여겨지기도 하고 〈세상 범백사〉를 체념한 듯한 인생관을 표현한 것처럼 느껴지기도 한다. 그러나 '기차'로 상징되었던 근대적 시·공간의 세계와 갈대꽃이 핀 달밤(시조창의 내용)의 세계를 대비해보면 작가가 언급하고 있는 '달관'의 의미가 구체적으로 드러난다. 시조창의 전문(全文)을 살펴보면 다음과 같다.

萬頃蒼波欲暮天에 穿魚換酒柳橋邊을
客來問我興亡事여늘 笑指蘆花月一船을
술 醉코 江湖에 있으니 節 가는 줄 (모르리라)[89]

세상만사의 흥망을 고민하는 자에게 나는 달빛이 가득한 배와 흰 갈대꽃을 손가락으로 가리킨다. 이는 결국 달이 차고 이지러짐, 갈대꽃이 피고 지는 자연의 순환론적 변화를 생각해보라는 화두를 던져주는 것이다. 달과 꽃의 변화는 순환으로 반복하는 것이요, 이것이 세상만사의 이치라는 것이다. 이를 생각한다면 세상만사의 흥망이 흥/망으로 이분화될 수 없음은 당연하다. 흥(興)은 망(亡)으로 망(亡)은 흥(興)

---

89) 이창배 편저, 『가요집성』, 홍인문화사, 1992, p.34.

으로 변화가능하기 때문이다. 따라서 〈節 가는 줄 (모르리라)〉는 인식이 가능하다.

이와 같은 인식은 동양적 시간관, 전통적 시간관에 기초한 것으로 직선적인 시간을 전제로 한 진보·발전이라는 근대적 시간관과 대조된다. 순환론적 시간관을 수용한다면 지금의 근대적 시공간으로의 변화는 진보나 발전으로 파악될 수 없다. 결국 '달관'의 입장에 선다면 자본주의적 시간과 근대적 공간을 부정할 수 있는 가능성을 내재하게 되는 것이다.

그러나 채만식이 '달관', 순환론적 시간관을 긍정한다고 해서 그것이 과거회귀를 갈망하는 반근대주의라고 평가하기는 어렵다. 오히려 현재가 일본 제국주의에 의해 조성된 곳이며 과거가 강제로 부정당하고 있다는 것을 인식한다면, 과거의 긍정은 식민지 종속민에게 실존적 근거를 복원해주는 일이다. 더구나 작가는 지금 현재에서는 〈이와는 좀 다른, 그러나 더 나은 경지〉를 소망할 수밖에 없다는 것을 인정하고 있다. 결국 '달관'이란 현실로부터 거리를 두는 태도이며, 순환론적 시간관의 긍정은 자본주의적 시간과 근대적 공간을 부정할 수 있는 근거로 작용하고 있다고 보아야 할 것이다. 물론 그 부정의 결과가 새로운 시공간의 창출로 이어지고 있지 못하는, 즉 소망이라는 개인적 차원에 머무르고 마는 한계를 부정할 수는 없다.

한편 「화물자동차」(1931)에서는 새로운 문물의 도입에 의해 제도적 공간으로 편입되어 가는 과정을 그리고 있어 새로운 주목을 요한다. 「화물자동차」는 교통이 불편한 R 정거장

→G 정거장→K 항구에 이르는 사십 리 길에 〈구루마〉가 요긴한 수단이었다가 새 길을 닦은 후 〈화물 자동차〉가 독점하게 되는 과정을 그린 짧은 분량의 소품이다. 특히 K 항구는 〈조선에서 쌀이 많이 나기로 인천과 겨루는〉 곳이며 G와 R 정거장에 이르는 길로 운반되는 주 품목이 쌀, 가마니, 볏짚 등이라는 점에서 식량수탈을 당하는 식민지의 면모를 추정해 볼 수 있다.

불편했던 예전 길에 삼등 도로의 신설공사가 시작되면서 S 자동차부가 생겨난다. '길'을 매개로 각각의 공간들은 고유성과 이질성을 상실하고 제도적인 공간으로 흡수된다. 이후 구루마는 화물자동차에 경쟁상대가 되지 않아 일시에 구루마꾼들은 폐업상태에 놓인다. 새 길을 무너뜨리거나, 자동차 엔진을 부서뜨리거나, 새 길에서 화물자동차와 무모한 경쟁을 해보는 등, 위기에 몰린 구루마꾼들은 나름대로 저항을 해보지만 아무 소득도 없다. 구루마꾼들의 저항은 임시방편적이며 분풀이에 지나기 않는 것이었기 때문이다. 또 군소 자동차부들은 망하거나 합병과정을 거쳐 K 항구는 S 자동차부의 독무대가 되어버린다. 그야말로 제도적 공간으로 편입, 자본독점화가 진행되는 실상이 생생하게 드러난다.

이와 같은 변화를 서술하는 작가의 태도는 표면적으로는 가치중립적이다. 소품이라는 한계도 있지만 짧은 문장을 사용해 사건을 중심으로 간략히 사실만을 서술하는 데 그치고 있다는 점에서 그러하다. 그러나 S 자동차부의 독과점을 〈맨 처음으로 끔찍한 일을 시작하였으니〉로, 화물자동차가 신설

도로로 다니게 된 일을 〈그것(S자동차가 신설 도로를 이용하는 것 - 인용자)보다도 한(大 - 인용자) 끔찍한 일〉로 서술하는 것을 통해 변화를 부정적으로 서술하는 태도를 추측할 수 있다. 〈끔찍한 일〉이라는 부정적인 표현은 새로운 문물로 야기되는 부정성을 시사하고 있다고 할 것이다. 그것은 바로 일제에 의해 강요된, 제도적 공간으로의 편입이며 전근대적인 그러나 조선적인 과거의 소멸과 단절이다.

> 지금은 R에는 구루마꾼이 몇이 없다. 화물자동차가 다니지 아니하는 곳과 적다고 버려두는 짐을 실어 먹되 그저 부업으로 하는 한 사람이 있을 뿐이다. 그리고 다른 사람들은 K항구에 가서 노동을 하고 있다.
> 새벽잠이 어렴풋이 깨었을 때 삐걱삐걱하며 기운차게 소 모는 소리와 저녁 어스름이 들 때 저편 동구 밖에서 빈 구루마에 올라앉아 쇠목에서 흔들리는 요령을 장단삼아 콧노래를 부르며 돌아오는 구루마꾼들의 자취는 영영 사라지고 말았다.[90]

구루마꾼이 사라진 것은 사실상 발전이나 진보의 관점에서 해석할 여지도 있다. 새로운 변화를 강조하던 명칭인 신작로(新作路)가 일반 명사처럼 쓰이고 그것이 개화의 상징으로 여겨졌던 것처럼 문명의 이기는 많은 장점을 가지고 있기 때문이다. 그 장점들이 그러나 과거와의 단절을 강요하고 과거의 시공간을 전면 부정하고 있다면 그것은 정체성을 말살하

---

90) 「화물자동차」, 전집 7, p.22.

는 폭력적인 힘으로 규정할 수 있다. 일본 제국주의가 조선이라는 식민지에 새롭게 시도했던 근대적인 변화가 바로 그러하다. 이 때문에 수많은 사람들은 「화물자동차」의 구루마꾼들이 날품팔이 노동자로 전락하는 것과 같은 변화를 겪어야했다. 작가는 〈기운차게 소 모는 소리〉와 〈쇠목에서 흔들리는 요령을 장단삼아 콧노래를 부르〉는 소리가 사라진 풍경을 애상적으로 그려내고 있는 것이다.

「화물자동차」의 애상적인 정조는 「회」에서 학교 제도가 변화했던 과정을 회상하는 태도에서도 그대로 이어진다. 여기에서 '보명의숙↔보통학교, 연천선생↔판임관 교장'의 대비는 전시대가 사라지는 변화과정을 생생하게 보여주고 있다.

> 며칠이 지나서는, 금테 모자에 금테 양복에 '부주깡이' 칼을 찬 판임관 교장이 부임을 했다.
> ××공립 보통학교라는 문패가 커다랗게 갈려 붙고 '학도'는 '생도'로 변했다. 책상이며 칠판 같은 것을 개비하고, 명년이나 내명년쯤은 학교를 새로 훌륭하게 짓는단 소문도 들렸다.
> 여러 가지 규율이 많이 생기고, 겸하여 엄해졌다. 학과와 시간이 늘고 생도도 늘었다. 여생도도 생겼다. 선생님네 수효도 불었다.
> 이리하여 학교는 면목을 일신, 규모가 째고 공부가 공부다와지고 했다. 한말로 하자면, 좋아졌던 것이다. 그러나 연천 선생처럼, 또 그 시절처럼 임의롭고 정답고 한 줄은 아예 모르겠었다.[91]

　식민지에서 제국주의 지배권력은 강제적 폭력으로 주민들을 지배의 대상으로 전락시키면서 동시에 그 질서 속에서 스스로를 규율해가도록 요구한다. 새로운 질서의 교육과 훈련은 근대적인 공간과 제도를 통해 이루어졌으며 대표적으로 학교와 교회, 공장 등과 같은 분할된 공간 속에서 시간에 대한 훈련을 통해 식민지형 근대주체는 탄생할 수 있었다.[92] 따라서 근대적인 학교로의 변모는 필수적이었다. 〈공립 보통학교〉는 시설 면에서도 우수하여 책상, 칠판, 학교 건물, 교사 수, 생도 수, 학습 과정 등이 〈좋아졌다〉고 평가된다. 그러나 식민지 지배에 걸맞은 인간형을 양성한다는 최종적인 목표는 칼을 찬 교장을 부임시킴으로서 가능한 것이다. 그 교장은 삼십 년이 지난 지금도 〈선연히 눈앞에 밟〉히는 〈구레나룻 소담하고 끔직 상냥스럽던 얼굴〉에 〈어웅하니 그 순하디 순한 눈엔 언제나 정이 솔깃한 미소를 머금고, 꼬옥 살뜰스런 아버지처럼 우리를 귀애해〉 주던 연천 선생과 대조된다. 불편하고 비합리적이기는 하나 자애롭던 연천 선생이 과거의 시공간을 상징해주는 인물이라면 편리하고 합리적인 교장은 제도적 시공간을 강요하는, 일본 제국주의의 상징적인 인물이다. 이때의 편리성, 합리성은 긍정적이지만

---

91) 「회」, 전집 7, p.546.

92) 이 중에서도 특히 학교는 근대적 주체로서의 산업형 인간과 군대나 총동원체제에 동원될 수 있는 병사형 인간을 동시에 만들려고 하였다.(김진균·정근식·강이수, 「일제하 보통학교와 규율」, 김진균·정근식 편저, 『근대주체와 식민지 규율권력』, 문화과학사, 1997.)

〈임의롭고 정답고 한 줄은 아예 모르겠〉는 것이기도 하다.

이와 같은 학교의 변화는 일제 강점 하에서 점점 더 부정적으로 그러나 강력하게 고착된다. 작가는 가난해서 점심도 굶는 아이들에게 오로지 월사금의 미납을 호되게 나무라는 교사의 모습(「이런 남매」(1939))을 통해 학교의 부정성을 풍자하기도 한다. 〈고결한 정신〉을 강조하는 교사는 월사금을 내지 못한 아이들의 형편을 살피기보다는 책임 관념이 빈약한 조선민족 근성을 질타하는 모순을 보여준다. 사실상 진리의 전당이라는 학교는 사실상, 일제 강점 하에서 식민통치에 필요한 산업형, 병사형 인간을 길러내는 훈련장에 지나기 않았기 때문에 「이런 남매」에 등장하는 교사는 보편적인 인물이라 할 수 있다. 도시락을 싸오지 못해 굶고 있는 아이들에게 월사금 미납을 꾸중하면서도 중간 중간 자신은 한 젓갈, 한 젓갈 밥을 먹는다. 그래도 아무런 모순이나 가책을 느끼지 못하는 교사의 모습은 일본 제국주의에 의해 근대적 공간으로 강제 편입된 상황이 만들어낸 부정적 양상이다.

2.3. 신문물에 대한 동경과 계몽적 이성의 허위의식

근대적인 시공간으로의 변화는 그 부정성에도 불구하고 근대적인 문물을 매개로 편리함, 문명개화, 합리성이라는 긍정적인 가치를 일반화시킨다. 따라서 근대적 문물이나 제도의 경험은 그 제도에 동화할 수 있는 위험을 지니고 있다. 제도는 냉혹한 억압과 배제를 수반하지만 그 규율에 예속되는 대가로 '생활'의 힘을 증진시키는 권력 장치 역시 포함하고 있기 때문이다.[93] 제도의 규율에 동화되는 순간 생활의 능력은 확장되지만 그 동일성의 체계로부터 벗어날 수 있는 길을 완전히 폐쇄된다. 반면에 규율(그리고 제도)에 동화되지 않는 '타자'로 남아있는 한, 혹독한 억압과 감시를 겪는 대가로 그 내부의 모순된 권력 관계를 발견할 수 있다.

채만식은 근대 문물에 대한 맹목적인 동경이란 사실은 내용이 없는 형식에 지나지 않음을 비판하기도 하나(「사호일단」 (1941)), 「차중에서」(1961 - 유고), 「상경반절기」(유고)에서는 그 스스로 계몽이성의 우월한 입장에서 미개하고 무지한 식민지 현실을 질타하는 이중적인 면모를 드러낸다.

「사호일단」의 〈박주사〉는 이 년쯤 동경 유학을 한 경험이 있는 지식인, 중산층 재산가이다. 그는 신·구 문물(문화)을 기이하게 공존시켜 놓고 새로운 문물을 수집하는 호사취미를 발휘한다. 다른 사람의 눈에나 그것이 기이할 뿐 〈박주사〉에게는 아주 자연스러운 일상이다. 그는 불란서 인형이나 라이카(카메라 종류 중 하나) 같은 물건뿐만 아니라 자동차도 그저 〈마음이 내키게 되면 별반 상량도 없이 마치 거리를 지나다가 담배나 한 곽 사는 푼수로(값 같은 것은 전혀 헤아릴 여부도 없이) 가볍게 그저 하나 사보고 할 따름〉이다. 그는 자동차를 산 후 자기는 운전도 할 줄 모르고 그렇다고 운전수를 두거나 운전을 배우기에는 싫다는 곤경에 처한다. 그때

---

93) Foucault, M., 박홍규 역, 『감시와 처벌』, 강원대 출판부, 1989.

야 자신이 〈애초의 요량이 실용은커녕 구태여 노상으로 타고 나다니며 하려던 게 아니요 한갓 재롱을 보고 싶은 호기심〉 때문에 충동구매를 했음을 깨닫는다. 그제서야 스스로 자동차를 〈엉뚱스런 '장난감'〉이라 칭하고서 〈방안에다가 들여 놀 수도 없고. 생각다 못해 밧줄로 얽어서는 광의 대들보에 도웅동 매달아 두〉는 진풍경을 연출하고야 만다.

우스꽝스럽기 그지없는 일화이지만 〈박주사〉에게는 아무렇지도 않는 일상적인 일일 뿐이다. 사진기를 사놓고도 〈그러나 반드시 사진을 찍자는 것이 라이카를 산 목적은 아니었으므로 사진이야 잘 되어도 그만, 도깨비가 나와도 그만, 또 필름 없이 셔터만 눌러도 그만〉이라는 〈박주사〉의 태도는 마치 도를 닦은 고승과도 같다. 팔백 원이나 되는 카메라를 둘째 아들이 수학여행에 갖고 갔다가 잃어버렸다는 소리에 "거 빈 벤또 껍데기보담은 좀 비싼 걸 그랬니?" 하면서 빙긋이 웃을 뿐이다. 이와 같이 〈박주사〉의 일화가 희화화되어 그려지는 것은 근대 문물에 대한 맹목적인 동경을 비판하는 작가의 의도에서 비롯되었다고 판단된다.

근대문물에 대한 맹목적인 동경은 기생들이 여학생 차림을 흉내 내기 좋아하는 일화에서도 신랄하게 풍자된다. 『태평천하』에서 친구에게 이끌려 〈여학생 오입〉을 하러 온 〈종수〉에게 〈뚜쟁이집 노파〉는 상대 여자가 진짜 여학생임을 힘주어 강조한다.

94

> "원! 정말 아니구요! 아주 버젓한 고등학교 다니
> 는 색시랍니다. 머, 밀가를 가져다가 복색만 여학생으
> 로 채려서 들여밀 줄 알구들 그리시지만, 아 시방이
> 어느 세상이라구 그렇게 속힐래서야 되나요! 정말 여
> 학생이구말구요, 원!"94)

　『태평천하』에서 동기 〈춘심이〉나 기생 〈옥화〉는 외출할 때
'흰 저고리, 통치마에 양말' 차림의 여학생 복장을 좋아한다.
실제로 당시의 기생들은 여학생 흉내를 자주 내곤 하였고,
여학생이 아니면서 여학생 복장을 한 여성을 '밀가루'라고 일
컬었다.95) 이 속에는 여학생이 더 품질이 좋은 진짜이고, 겉
포장만 유사한 상품을 조심하라는 뜻이 담겨 있다. 그것은
그만큼 여학생 출신이라는 조건 즉 근대문물의 상징적 기표
로 해석될 수 있는 신여성의 외모가 선호되었고 동경의 대상
이었음을 의미한다. 위 인용문에서 〈옥화〉는 여학생 모습으
로, 단지 옷차림만 그렇게 치장한 채로 〈종수〉 앞에 나타난
다. 〈십여 년 화류계에서 놀며 치어난 종수〉는 〈순결을 의미
하는 여학생〉을 맞이하여 〈엄숙한〉 분위기에 사로잡힌다. 그
러나 '여학생'이라는 내용은 사실상 부친의 둘째 첩 〈옥화〉의
형식상의 변화일 뿐이라는 사실을 작가는 뒤이어 알려줌으로
써 웃음거리로 만들어 버리고 만다.
　그러나 「차중에서」(1961 - 유고)에 이르면 계몽적인 지식인
의 우월함이 무지 몽매한 민중과 비교, 대조되고 있다. 아내

---

94) 『태평천하』, 전집 3, p.160.
95) 松雀生・雪態生, 「변장 기자 암야 탐사기」, 『별건곤』, 1927. 1.

를 데리고 고향 목포로 내려가는 기차 안에서 〈나〉는 공장생
활 때문에 결핵을 앓는 소녀와 그 소녀를 데리고 시골 고향
으로 돌아가는 아버지를 만나게 된다. '기차'라는 근대적 문
물은 지식인 '나'와 민중이라는 이질적인 개인들을 동일한 공
간에 균등하게 배치시킨다. 그것은 이른바 동시성의 감각을
내면화[96]시키는 장치로서 차이를 무화시켜버리거나 그 반대
로 동질성에 포섭될 수 없는 타자의 이질성을 발현하는 긍정
적인 양상을 드러낼 수 있다.

> 그런데다가 가뜩이나 조선 땅의 하류 사람들은, 그
> 중에서도 촌 농민들은 오백 년 천 년을 두고 웃사람
> 들인 관원이며 지주에게 부대껴만 살아왔지, 친하거
> 나 당당힌 살아오지 못한 관계상, 아직까지도 그런
> 사람들(자신보다 지체 나은 사람 – 인용자)을 보기만
> 해도 제풀에 공연히 그 앞이 어렵고 불안하고 한 것
> 이었다.
> 이쯤 정상을 이해할 수 있는 이상 가령 값 헐하나
> 따나, 동정이라면 몰라도 혼자서 속으로 역정을 내다
> 께, 생각하면 쑥스럽고 인간용렬스럽기 짝이 없는 노
> 릇이었다.
> 그러나 백번 쑥이요 용렬스러도, 그 못난 거동이
> 허턱 배알이 상히고 그래서 짜증이 나는 데야 또한
> 어찌할 수 없는 노릇이었다. …… (중략) ……
> 부지할 수 없는 슬픔과, 일변 노염이 복받쳐 올랐다.
> 만만하니, 시방 저 천치처럼 입을 벌리고 꾸벅거리

---

96) 나병철, 앞의 책, p.183.

> 며 줄기에 세상모르는 화상(소녀의 아버지 - 인용자)
> 이라도, 면상을 이 과실로 냅다 갈겨주었으면 속이
> 후련할 것 같았다.
>   물론 그에게 죄가 있는 건 아니었다. 그러나 그 죄
> 없는 것이 차라리 보기 싫고 미웠다.[97]

「차중에서」의 〈나〉는 이질적인 민중들과 대면한다. 〈나〉는 그들의 무지하고 주눅 들어 보이는 행동에 짜증과 혐오, 비난을 노골적으로 드러낸다. 병든 시골 소녀, 돈을 벌기 위해 도시에서 공장 생활을 하다가 결핵을 앓는 소녀는 나을 가망도 없고, 가난하고 무지한 아버지는 보호자의 역할도 제대로 하지 못하는 무능한 자이다. 〈나〉는 이 비극적인 상황을 객관적으로 인식할 수 있는 자다. 〈그(아버지 - 인용자)에게 죄가 있는 건〉 아니라는 사실, 또 피해의식이 내면화된 그의 심리 상태를 이성적으로 알고 있다. 그러나 〈나〉는 그가 〈싫고 미웠다〉는 감정적인 비난을 멈추지 않는다. 이와 같은 양가적인 감정은 대상과 주체가 사실상 동일한 범주에 놓여있기 때문에 발생한다. 즉 비난받아 마땅할 아버지도 '기차'라는 동시성의 공간에 함께 있는 것처럼, 현실 상황에서도 그는 〈나〉와 같은 민족이라는 공동체의 일원이라는 자각이 참을 수 없는 감정적 혐오를 불러일으킨다. 무식하고 가난하고 무능한 자와 동일한 차원에 놓여 똑같이 취급받을 수도 있다는 위기감이 〈나〉로 하여금 이성적 판단을 무시하게끔 하는 것이다.

---

97) 「차중에서」, 전집 8 .pp.143-149.

이와같은 우월한 지식인의 태도는 그 부정성이 심화되어 이후 대일협력의 계기로 발전하는 모습을 보여준다. 「상경반절기」의 〈나〉는 기차 차표를 사기 위해 기다리는 줄에서 새치기를 하는 중년 신사를 보고 〈저 한 사람만, 그리고 목적에만, 좋고 이(利)되고 하면 선(善)이요, 이 다음이거나 남이야 (아닐 말로) 죽어도 고만, 아무래도 상관없어 하는 그 막된 성습의 단적인 반영이지 다른 것이〉 아니라고 단정적으로 매도한다. 그 민족성은 〈천 년 이천 년을 두고서〉 내려온 〈본능에까지 순화된(진실로 淳化된!) 소위 종족근성〉이며, 예전에 〈소설가 이(李)××씨(이광수로 추정됨 – 인용자)가 ××(민족 – 인용자)개조론〉을 쓴 것도 일리가 있는 것이라는 주장으로까지 비약한다.

민족개조론은 근대적 시간관을 바탕으로 하고 있다. 민족을 개조하자는 것은 발전과 진보의 개념을 긍정하고 우리도 발전한 근대 단계로 상승하자는 논리가 전제된다. 이때의 발전 모델은 서구 근대 사회이며 일본도 동류의 모델이다. 이는 결국 스스로가 서구의 타자라는 오리엔탈리즘의 역투사 양상이 전개되는 방식이라 할 수 있다. 이 논리가 대일협력 혹은 친일론으로 전개되는 것은 필연적이다.

> 제도의 친절함도 친절함이려니와 역수 그 사람의 태도하며 말씨가 어떻게도 공손하고 상냥한지 가슴속이 그만 뿌듯해 오르면서 안두가 뜨거웠다. (중략)
> 이 너절한 백성들이건만 저리도 친절하고 공손히 굴다니 참으로 고마워 못하겠다.

> 너절한 백성들 …… 과연 얼마나 너절한가를 볼
> 것이다.
> 개찰의 통고를 듣자마자 저마다 일제히 와아 하고 열
> 과 개찰구 앞으로 몰려든다. 물밀 듯 밀려든다. (중략)
> 죽자쿠나 납뛰며 난장판을 이루잘 까닭이 없는 것
> 이다. 너절하지 않고서 훌륭한 백성들일진댄 이 모양
> 으로 침착하지도 못하고 질서도 안 지켜주고 하는
> 법이 없다.
> 이렇듯이 너절한 백성들인 바엔 문득 생각하자매
> 그와 같은 젊은 개찰계원의 친절하고 공손한 대접이
> 란 도무지 그들한테는 당치가 않고 어울리지도 않는
> 성싶다. (중략)
> 역시 돈 거스름을 시킨대서
> "잔동 오부소!"
> 하고 시퍼렇게 타박을 주며 차표를 거절하는 박대
> 야말로 차라리 제격이었던 것이다.
> 참으로 호통과 박대, 이것만이 그들에게는 약일까
> 보다. 체질에 맞나 보다.
> '체질? 옳아! 체질!'
> 과연 체질인 것이다.[98]

백성들은 근대적 문물을 경험했음에도 불구하고 〈양적(量
的) 표면적(表面的) 변화일 따름〉이지 〈질적(質的)으로 변한
(向上한) 흔적은 전혀 없다. 여전한 그 근성의 백성들이다.〉
고 평가된다. 결국 '기차'라는 근대적 문물은 제도 이상의 의

---

98) 「상경반절기」, 전집 7, pp.508-509.

미, 즉 절대 선(絶對善)의 가치로 승격된다. 따라서 〈제도의 친절함〉은 〈너절한 백성〉과 대조되고, 그들에게는 어울리지 않는 〈친절하고 공손한 대접〉이다. 이 단계에 이르면 미개함, 저발전으로서의 비판이 아니라, 과학으로 포장한 극단적인 편견까지 나타난다. 시멘트 바닥에 가득한 침 자국을 보고 〈나〉는 역겨워하면서도 〈생리학자의 말을 들으면 조선 사람은 짜고 매운 것을 많이 먹어서 남달리 타액이 더 나온다고 한다〉는 이론으로 그 모습을 이해(?)한다. 체질적으로, 생리적으로 그러하다는 사실은 고정불변의 것이기 때문에 그러한 편견이 범할 수 있는 폐해는 한층 더 심각하다. 나치즘에서 게르만 민족 우월론이란 논리로 인종적 편견을 유포하고 반유태주의를 확산시키며 대규모의 유태인 학살극으로 자행한 역사적 사실이 그와 같은 경우이다.

극단적인 친일논리와 일맥상통하는 계몽이성의 우월함은 그럼에도 불구하고 유일한 출구로 향하는 가능성을 완전배제하지는 않는다. 〈나〉는 무식한 시골백성에게 "도야지 같은, 어디서!"라고 욕을 한다. 순간 〈나〉는 무심결에 "카악 ……" 하고 침을 뱉고, 자신에게서 그 무지몽매한 민족의 모습을 재발견한다. 물론 이것은 기괴한 생리학적 편견에 여전히 머물러 있고 〈나의 의지와 탄식을 초월하고 무시하는 피의 운명〉, 〈보기 숭어운 혹, 남부끄러운 혹〉, 〈떼어버릴 수도 없고 숨길수도 없는 혹〉이라는 표현처럼 부정적인 것이다. 그럼에도 불구하고 여기에 자신을 공동체의 일원으로 인식하는 것은 새로운 가능성을 시사한다. 그것은 일본 제국주의가 유포한 조선인 비하론을 적극적으로 수용하고, 우월한 지식인으로서의 위치를 정립하더라도 〈나〉역시 제국주의 동일화 담론의 타자임을 벗어날 수 없다는 자각이 단초적이나마 있다고 판단되기 때문이다. 비록 근대 문물제도의 경험과 대일협력의 논리가 주를 이루지만, 이 단초적인 인식은 새로운 가능성의 출구를 완전히 배제시키지 않는다는 점에서 주목된다.

3. 식민지의 궁핍 체험과 관계 불능의 주체

3.1. 절대적 빈곤과 '부재'의 의미

채만식의 소설 「산동이」(1930), 「레디메이드 인생」(1934)에서는 근대적 주체의 형성보다는 제국주의의 상황(동일성의 절대적 영역) 속에서 억압받는 주체, 억압으로 인해 결국은 소멸되고 마는 타자를 찾아볼 수 있다. 기존의 논의에서는 「산동이」는 사회주의 이념이 직접적으로 개입되어 미숙한 작품으로 평가되어왔다.99) 작가의 전기적인 사실이나 작품 내용을 고려할 때 「산동이」가 사회주의 이념의 영향을 받은 것과 그

---

99) 특히 하정일은 이 작품을 나도향의 치정 소설과 최서해의 신경향파 소설을 합쳐 놓은듯하다고 혹평한다.(하정일, 「채만식문학과 사회주의」, 문학과사상연구회 편, 『채만식 문학의 재인식』, 소명출판, 1999, pp.88-89.)

것이 작품에 부정적인 영향을 미쳤음은 사실이다. 그러나 주체와 타자의 관계에서 이 작품을 면밀히 분석해보면 새로운 의미를 읽어낼 수 있다.

「산동이」는 세계의 폭압 아래 여성 타자가 완전히 소멸된 후, 남성 주체가 극단적으로 변모하는 과정을 보여준다. 〈옥섬이〉(여자 하인)와 〈산동이〉(남자 하인)는 이미 장래를 약속하고 인정받은 사이이다. 그러던 어느 날 〈옥섬이〉가 늙은 호색한 주인에게 겁탈당하는 사건이 일어난다. 〈옥섬이〉는 주인의 위협에 변변히 반항도 못하고 강간당한다. 그 순간 〈산동이〉도 방문 밖에서 상황을 파악했지만 아무런 대응도 못한 채 분에 못 이겨 기절하고야 만다. 이후 무언지는 모를 결심을 한 〈산동이〉가 만주로 떠나기 전 〈옥섬이〉와 작별 인사를 한다. 밤새 울기만 했던 〈옥섬이〉는 〈산동이〉에게 자신도 데려가 달라고 조른다. 〈멀기두 멀지만 나 혼자 몸뚱이도 어찌 될지 모르는디 니가 어떻게〉 따라가냐는 〈산동이〉의 거절에 〈옥섬이〉는 〈산동이〉를 배웅한 후 우물에 몸을 던져 죽는다. 이상의 내용은 과거 회상의 형식으로 작품 후반부에서 서술되고, 현재이자 작품의 첫머리에서는 독립운동가 내지는 사회주의자로 추측되는 인물(산동이로 암시되고 있음)이 만주에서 돌아와 누군가(호색한 주인임을 암시)를 죽이는 사건이 일어났다는 사실을 알려준다.

세계의 부정성(강간 사건) 앞에서 주체와 타자는 전혀 대응하지 못하고 각자 고립된 영역에 있다시피 한다. 주체는 타자와의 통로를 차단하고(기절) 타자는 스스로 소멸한다.

102

타자의 소멸 이후 주체와 타자의 관계는 완전히 단절되고 다른 세계로 이입된 주체는 극단적으로 변화한다. 그러나 작품 속에서 주체가 어떻게 변화했는지의 과정은 생략되어있고, 이후 모습조차 아주 모호하게 드러나 있다. 변화한 주체가 활동한 상황 또한 몇몇 어휘가 나열되어 있을 뿐 묘사나 설명은 없다.

> 탕탕 …… 안동 아방궁(安東阿房宮) …… 피 …… 포위, 일대 사백(一對四百) …… 탕탕탕탕탕탕탕탕(중략)
> ─장쾌하다
> ─도보로?
> ─하르빈에서
>
> 호외
> ××××과 ××××××의 통일제휴 …… 주소 씨명 원적 직업 전연 불명 …… 연령 이십사오 세 …… 연령 이십사오 세 …… 소지품 전무 …… 시체 화장 ……100)

이와 같은 장면에서 독자는 몇몇 단어에서 연상되는 사실과 과거회상 부분을 연결해서 추측한 후 종합적으로 내용을 재구성해야 한다. 예전에 주인 영감이 살았던 집을 〈안동 아방궁〉이라 불렀다는 사실과 〈피〉와 〈탕탕〉 소리로 미루어

---

100) 「山童이」, 전집 6, p.507.

주인영감이 죽었음을 추측할 수 있다. 〈하르빈〉과 〈통일제
휴〉라는 단어에서 사건을 일으킨 인물이 〈산동이〉이며 그
가 만주에서 어떻게 변화했는지를 짐작하는 것이 가능하다.

　작가는 몇몇 단어 나열로 장면을 구성하고 독자의 추측으
로 앞 뒤 상황을 짐작하도록 만든 것은 작가 스스로 극적인
효과를 강조하기 위해 선택한 것이기도 하다. 또 작품 외적
으로는 채만식이 활동하던 당대 상황-사상탄압, 검열 등-
의 영향도 생각해볼 수 있다. 이 두 가지 사실은 그러나 부
차적인 원인이다. 보다 궁극적인 원인은 타자와의 관계가 전
제되지 않은 상황에서 주체의 변화를 구체적으로 예측해낼
수 없다는 데서 찾아야 할 것이다. 세계의 부정성에 맞닥뜨
린 주체와 타자는 개별적인 영역에 각각 머물러 있었다. 이
후 주체는 타자와의 통로를 스스로 차단하고 타자는 완전히
소멸된다. 타자의 소멸 후에는 주체와 그 어떤 타자와의 관
계도 찾아 볼 수 없다. 따라서 주체가 어떻게 변화했으며, 어
떤 모습이 되었는지를 설명해낸다는 것은 거의 불가능하다.

　「산동이」에서 타자의 완전한 소멸은 한편으로는 빈곤한 상
황이 야기한 것이라는 데 중요한 의미가 있다. 〈옥섬이〉가
주인에게 겁탈당하던 날, 말을 안 들으면 부모(주인 영감의
산지기)에게 해(害)가 갈 것이라는 협박에 꼼짝 못하고 당한
다. 〈산동이〉는 아홉 살 때 주인 영감의 부인이 거지로 돌
아다니는 것을 우연히 거두어 주어 하인 노릇을 시작했다.
그는 〈옥섬이〉와 마찬가지로 온갖 거친 잡일을 하며 하인으
로서의 정체성이 고정된 상태다. 따라서 〈산동이〉가 주인

영감의 겁탈 행위를 가로막고 나서기란 불가능하다. 이후 〈산동이〉가 다른 세계로 이입되는 것을 보면, 세계의 부정성에 굴복했고 그로 인해 주체와 단절된 상태에서 타자는 스스로 소멸하는 길로 내몰릴 수밖에 없다는 것을 알 수 있다. 기존의 논자들이 지적했던바 추상적인 내용전개, 관념적인 결말 등의 미숙성은 이와 같이 주체와 타자의 관계가 단절된 것으로부터 비롯된다.

이와는 다소 다르게 「레디메이드 인생」(1934)에서는 환경에 의해 억압된 주체와 타자의 관계 불능 양상이 드러난다. 가난한 지식인 〈P〉는 취직을 위해 여기저기 뛰어다녀보지만, 아무 성과도 없고 그 어떤 희망도 없는 자신의 처지를 〈무기력한 문화 예비군 속에서 푸른 한숨만 쉬는 초상집의 주인 없는 개〉라고 자조한다. 그 괴로움을 잠시나마 잊어보고자, 비슷한 처지의 친구들과 술집을 찾는다. 선술집－카페를 들러 마지막으로 찾은 〈갈보집〉에는 〈머리 딴 계집애와 배가 북통같은 애 밴 계집〉이 그들을 맞이한다. 임신으로 배가 잔뜩 부른 판국에 술손님을 맞이하는 계집애의 모습도 기가 막힌데 돈을 벌기 위해 혈안이 된, 또 다른 계집애의 행태는 더욱더 가관이다. 그녀는 〈P〉에게 몸을 팔기 위해 끈질기게 흥정을 해댄다.

> 술 취한 끝에 속이 괴로우니까 진정을 하자는 판인데 "오십 전 아니 이십 전도 좋아"하는 소리에 버쩍 흥분이 된 것이다.
> 너무도 인간이 단작스럽고 악착스러운 것 같았다.

P가 노상 보고 듣는 세상이 돈을 중간에 놓고 악착스럽게 아등바등하는 것임을 모르는 바는 아니나 정조 대가로 일금 이십 전을 요구하는 것은 처음 보았다.

P는 그러한 여자가 정조를 파는 데 무신경한 것도 잘 알고 있으며, 따라서 그것이 비도덕이니 어찌니 하는 것도 아니다.

그의 관점과 해석은 그런 것보다 더 나아간 입장에 있었다.

그러나 '이십 전만 주어도' 소리에는 이것저것 생각하고 헤아릴 나위도 없었다. 더럽고 얄미우면서 그러면서도 눈물이 괴었다. 삼 원쯤 되는 전 재산을 털어 내던지고 정신없이 뛰어나온 것이다.[101]

자신의 몸 이외에는 아무런 유무형의 자산도 없는 여자에게 정조란 그야말로 겉치레뿐이다. 한 발 더 나아가 〈이십 전〉[102]이란 돈의 값어치가 어느 정도인지도 가난한 창녀에게는 인식될 겨를이 없다. 절대 빈곤이라는 세계의 부정성은

---

101) 「레디메이드 인생」, 전집 7, pp.67-68.

102) 「얼어 죽은 모나리자」(1937)에서 보면, 가난한 살림의 세 식구(어머니, 아버지, 과년한 딸)가 모처럼 고기반찬을 먹기 위해 돼지고기 한 냥(이십 전)어치를 사려고 하는 장면이 나온다. "(상략) …… 워느니 아무리 어려워두 지름기를 한 번 사다가 먹을라던 참인디 잘 되았다 …… 한 냥어치만 사다가 늬 아버지랑 같이 먹자"(전집 7, p.195) 또 「모뽀 모걸의 신춘행락 경제학」(이서구, 『별건곤』, 1932년 5월호)라는 당대 글을 보면 빵 4개가 20전, 사이다 한 병 20전, 사과 4개가 20전으로 나와 있다. 이처럼 한 끼 반찬값, 간식값에 불과한 돈을 벌기 위해 가난한 창녀는 몸을 팔려 하는 것이다.

그녀의 존재 자체를 위협할 만큼 거대하고, 한 푼이라도 더 있어야 한다는 존재론적 욕구는 절대절명의 것이기 때문이다. 그러나 주체 또한 이미 세계의 부정성에 억압되어 있는 상태이다. 자조와 절망, 그럼에도 불구하고 '인텔리'라는 자산이 주는 허세, 또는 고된 현실을 잊을 수 있게 해주는 공상 등이 세계에 대해 주체가 할 수 있는 일들로 작품에서는 나타난다. 이러한 주체가 자신보다 더 억압된 타자(창녀)와 만났을 때, 돈을 〈내던지고 뛰어나〉옴으로써 스스로 타자와의 관계를 단절시키는 길로 접어들 수밖에 없다. 결국 「레디메이드 인생」에서는 세계의 부정성 때문에 타자와 관계 맺을 수 없는 주체의 상황이 핍절히 드러나고 있다.

한편 〈P〉는 시골에서 올라온 아홉 살짜리 아들을 주변 사람들이 바라는 학교대신 인쇄소에 취직시킨다. 인쇄소에 아들을 데려다 주고 온 첫날 〈P〉는 부모다운 마음으로 〈안 내키는 발길〉을 돌려 나오지만, 이내 〈레디메이드 인생이 비로소 겨우 임자를 만나 팔리었구나〉며 자신의 행위를 정당화한다. '레디메이드'(ready-made) ― 주체와 타자가 고립된 위치에 이미 고정된 상태, 그 상태를 만든 것은 물론 식민지적 부정성이고 그 상태에서 주체나 타자는 자신들의 존재 근거를 위협당하고 있다. 이를 인식해 내기는 하지만, 여전히 그 상황에 수동적으로 고정되어있을 수밖에 없는 주체와 타자의 모습이 바로 「레디메이드 인생」의 인물들이다.

3.2. 정체성 상실과 전도된 타자

한편 「貧 …… 第一章 第二課」－젖(이하 「빈」으로 칭함)은 가난한 환경이 타자를 전도시키는 모습을 보여준다. 가난 때문에 젖유모로 들어온 이가 주인집의 풍요로운 생활에 차차 길들여져간다. 이 길들여짐은 낯선 생활환경에 적응하는 것을 시작으로 차차 자신의 정체성을 상실하고 '전도된 차연'[103]이 일어나는 상황까지 이른다.

> 사흘만 목간을 안 하면 군시러워 못 견딘다는 말은 주인아씨한테서 배운 소리다.
> 유모가 처음 들어와서 목간을 자주 안하니까, 주인아씨는 몸에서 냄새가 나고 그 냄새가 애기한테까지 밴다고 핀잔을 주던 끝에 한 말이다.
> 그때는 그 말이 고깝게 들렸으나, 차차 지나나가노라니까, 목간을 안 해서 몸이 근시런 줄은 모르겠어도, **말을 그렇게 하면 아주 귀골다운 것 같아**, 지금은 유모 제가 걸핏하면 써먹기까지 하던 것이다.[104] (강조－인용자)

---

103) 전도된 차연이란 끝없는 타자의 예속화, 연쇄적인 억압의 이양, 그리고 자본의 지속적인 증식 충동으로 독립된 주체의 동일성(정체성)이 끊임없이 미끄러지면서 나타나는 차연의 과정을 말한다. 차연이란 동일성(관념적 주체나 제도)의 경계 바깥으로 나가려는 역사적 운동(미시서사)인데, 타자의 예속화(그리고 억압의 이양)는 동일성의 확립을 위해 달아나는 타자를 추적하는 과정이기 때문이다.(나병철, 『근대서사와 탈식민주의』, 문예출판사, 2001, pp.192-209 참조.) 따라서 동일성을 균열시키고 이질성을 드러내주는 타자는 전도된 차연에 따라 전도된 타자로 남게 된다.

목욕을 하지 않아도 '몸이 근시런 줄은 모르겠'다는 것은 자신의 현재 상황이다. 그 상황은 사흘만 목욕을 하지 않으면 못견디는 주인아씨와는 분명 다르다. 그러나 언어―사흘만 목간을 안 하면 군시러워 못 견딘다는 말―을 통해 스스로 차이를 없애고자 노력한다. 말을 계속하다보면 자신의 존재 위치가 그 말처럼 변화할 듯한 착각, 이것은 기표와 기의의 단일한 대응이 전제된, 더 나아가 언어가 의미를 규정할 수 있다는 신념에서 비롯된다. 더 나아가 이 신념은 곧 동일성의 담론을 긍정하는 것이기도 하다.

〈유모〉로 설정된 타자는 동일성의 체계에 순응하고 자신이 가지고 있는 차이와 이질성을 스스로 제거하기를 원한다. 그것은 스스로 자신의 존재를 부정하는 꼴이 되고 만다. 존재 부정이 자발적인 것이긴 하지만 현실에서 일어나는 일은 아니다. 유모가 아무리 주인아씨 댁의 풍요로움을 같이 누리고 정신 상태까지 동화되었다할 지라도 그것은 유모의 생각 속에서일 뿐이다. 주인아씨 댁에서는 '젖'을 제공해야 한다는 이유로 대접105)을 받을 뿐이고 자신의 처지는 여전히 월급 십오 원을 받아 십 원씩 집에 보내야하는 가난한 어미일 뿐이다. 따라서 인식론적 차원에서 존재 부정은 현실 세계의 존재와 마찰을 일으킬 수밖에 없다.

월급날이자 한 달에 한 번 휴가를 타는 날, 아프다는 아이

---

104) 「貧 …… 第一章 第二課」―젖, 전집 7, p.129.

105) 예를 들자면 주인집에서는 자신의 아이에게 질 좋은 젖이 풍부하게 제공되도록 유모에게 고기반찬, 곰탕 등을 맘껏 먹여주곤 한다.

를 볼 겸 유모는 집으로 가기로 한다. 유모의 가장 중요한 역할은 주인집 아기에게 젖을 먹이고 보살피는 일이다. 그 때문에 젖먹이 자식이 있는 여자가 주로 유모로 들어오게 된다. 「貧」에서 태어난 지 석 달 만에 어미와 헤어진, 유모의 아이는 할머니 손에 맡겨져 젖 대신 '미음', '밥물'로 겨우 연명한다. 〈야위다 못해 배배 꼬여 붙〉은 몸집으로 애처롭게 자라던 아이는 병을 얻어 한층 더 불쌍한 지경이다. 그러나 유모는 아이가 아프다는 말에 〈"뒤어지른 제 팔자 좋지 머 …… 그대루 자라믄 별수 있을라구 ……"〉라며 대수롭지 않게 대꾸하고 만다.

　　남편은 벌써 줄맞은 병정이 되어 오늘은 일도 나가지 않고 집에서 기다리고 있었다. 유모는 애초에 오늘 집에를 나가지 말고 있다가 남편이 기다리다 못해 저녁때 어슬렁어슬렁 찾아 들어오거든 돈이나 주어 보내고 말까 하고 두루 망설였었다. <u>구접지근한 그 동네 그 집에를 나가기가 싫던 것이다.</u>
　　그러나 그래도 저으기 마음 한편 구석에 <u>아직 조금만 걸리는 구석이 있어 마지못해 나오고 마는 제 자신이 차라리 이상했다.</u> (중략)
　　유모는 먼지가 묻고 구기고 할까봐서 우선 치마와 단속곳을 벗어 한편으로 개켜놓고야 어린 것을 그러안는다. (강조 - 인용자)[106]

---

106) 「貧 …… 第一章 第二課」-젖, 전집 7, p.139.

휴가 날 그녀가 집에 가는 것보다 눈여겨 본 '파라솔'을 사는 것이 훨씬 더 중요했고, 또 가장 먼저 한 일이 그것이다. 집에 가서도 유모에게는 아픈 아이를 살펴보는 일보다 새롭게 장만한 옷이 더러워질까봐 한 쪽으로 치워놓는 일이 더 급하다. 이는 모두 유모 스스로 차이를 부정한 결과이다. 이제 자신은 거의 완벽하게 변화(주인아씨와 비슷하게)한 듯하고 그것이 자랑스럽기 짝이 없다. 그럼에도 불구하고 〈이상〉하게 〈아직 조금만 걸리는 구석〉이 남아있다.

'싫다'는 감정과 '마음에 걸리는 구석'의 혼재는 이 모든 상황이 '전도된 차연'임을 독자에게 일깨워준다. 전자가 차이를 부정하는 그래서 스스로 동일성에 동화하고자 타자의 욕구라면, 후자는 그럼에도 불구하고 여전히 존재하는 차이를 입증한다. 따라서 차이가 남아있는 한, 유모가 변화했다고 생각하는 곳은 전도된 위치임이 분명해진다.

유모가 전도된 타자임을 드러내주는 또 다른 근거는 작가의 서술태도에서도 찾을 수 있다. 유모의 모습은 풍자적 묘사[107]를 통해 비꼬아지며, 때로는 작가가 직접 개입해서 유모의 생각과는 달리 사실은 이러이러하다고 설명해주기도 한다. 예를 들면 〈노마네〉는 유모의 외모를 극찬하고 유모는 〈"누가 또 그런 소리 허렸나?"〉며 매정하게 대꾸한다. 그러

---

107) 예를 들자면, 유모가 거울을 보며, 자신의 얼굴에 대해 〈혼자 보기는 아깝다〉고 자평하지만, 작가는 〈쌍스럽게 두꺼운 입술〉이라고 묘사한다. 또 열심히 화장한 후, 유모는 "어따가 내놓아도"라며 흡족해하지만, 작가는 〈좀 솜씨 있게 빚은 밀가루떡 쉼직하〉다고 묘사한다.(전집 7, pp.126-128.)

나 서술자의 적극적인 개입으로 사실은 이와 다르다는 것이 밝혀진다. 〈노마네〉의 칭찬은 〈실상 유모의 얼굴은 자세 보지도 않고 입술 끝으로 추어 넘기는 수작〉이고, 유모의 매정함 속에는 〈눈으로는 웃고 속은 더 좋아〉하는 마음이 있다는 것이다. 또 유모가 〈곱게(적어도 저는 그렇게 믿는다)〉 단장했다는 서술에서는 괄호를 이용해 상반된 사실을 독자에게 가르쳐 준다. 파라솔 가게 점원이 칭찬한 것도 〈실상은 조롱을 하는 것〉을 유모가 알아차리지 못했을 따름임을 서술한다. 이런 서술자의 적극적인 개입은 독자에게 유모는 전도된 상황에 놓여있음을 일깨워준다.

가난을 유발하는 것은 당대 시대적인 조건 즉 일제 강점이라는 상황 때문이다. 이 피해를 생존의 차원에서 겪고 있는 유모와 그의 가족은 제국주의의 타자라 할 수 있다. 이때 타자는 제국주의라는 담론에 포함되지 못하고 압박받으며 그 이질성을 두드러지게 드러낸다. 그러나 압박에 견디다 못해 소멸하는 타자(「산동이」, 「레디메이드 인생」)들과는 달리 「貧」의 경우 제국주의의 구심력에 끌려들어가는 타자를 보여준다. 결국 그 타자는 동일성에 포섭되고 전도된 차연을 일으킨다. 아쉽게도 「貧」의 마지막 부분은 미완성인 채로 끝나지만108) 전도된 타자를 여실히 보여주기에는 부족함이 없다. 더구나 그것을 보여주는 작가의 부정적 서술태도는 더욱 의미심장하다.

____

108) 작품의 결말에서 작가는 〈그 '뒷이야기'는 다음에 다른 데서 하기로 한다〉라고 스스로 밝히는 것으로 보아 완결되지 못한 미완성 작품이거나, 연작이 뒤따를 것임을 알 수 있다.

3.3. 부조리한 현실세계와 관조적 주체

「산동이」에서 옥섬이의 자살, 「레디메이드 인생」의 창녀, 아들 등도 고립된 위치에서 부정당하고 있다는 점에서는 타자의 소멸을 지적할 수 있다. 그러나 「불효자식」(1925), 「동화」(1938), 「병이 낫거든」(1941)에서 주목하고자 하는 것은 가난한 어머니와 딸이라는 타자들이 세계의 부정성에 의해 소멸되어 가는 과정이 주체에 의해 관찰되고 있다는 점이다.

「불효자식」에서 작중화자 〈나〉는 아편 중독자 〈칠복〉의 방탕한 생활과 남들이 매도하는 자식을 감쌀 수밖에 없는 모정을 보여주는 어머니 〈최씨 부인〉을 착잡한 심정으로 지켜보는 자이다. 〈나〉는 〈칠복〉에게 올바르게 살 것을 권하기도 하고, 허황한 꿈을 꾸는 태도를 비꼬기도 하지만, 이는 두어 번의 말 건네기에 그치고 만다. 작품 전반에서 〈칠복〉과 〈최씨 부인〉-〈나〉의 관계는 관찰하기에 적당한 거리를 항상 유지하고 있다. 〈칠복〉은 이미 아편 중독이 되었으니 어찌해도 새 생활을 시작하기란 어려운 노릇이고, 〈최씨 부인〉은 〈절대의 사랑〉이라는 〈어머니의 자애〉 때문에 〈칠복〉을 용인할 수밖에 없다는 사실이 〈나〉로 하여금 그들과 일정한 거리를 유지하게 하는 이유이다. 여기에서 〈나〉와 〈칠복〉, 〈최씨 부인〉은 외견상 관계를 맺고 있는 듯하다. 그러나 그것은 항상 일정한 거리가 유지된, 주체의 관찰일 뿐이다. 이 점에서 진정한 주체-타자의 관계라 할 수 없다. 오히려 환경에 억압된 타자가 비극적인 전망을 보이고 있다는 점을 생각해본다면, 타자의 소멸이라 판단할 수 있다.

「동화」와 「병이 낫거든」은 연작 소설이다. 가난한 농촌 처녀 〈업순〉이가 돈을 벌겠다는 희망으로 방직 공장에 취직하는 이야기가 「동화」이며, 그 후 열심히 공장 일을 하지만 목표로 했던 만큼의 돈을 모으지도 못하고 폐결핵에 걸려 고향으로 돌아가게 된다는 이야기가 「병이 낫거든」이다. 작가는 농촌을 '동화'의 세계로, 방직공장이 있는 도시는 현실 세계로 설정한다.

'동화'는 자신의 완결성을 지키고 있는 세계를 의미한다.109) 이 속의 인물들(〈업순〉, 그의 부모, 이웃들)은 자기중심적인 기준과 판단에서 벗어날 수 없다. 공장에 가기로 한 〈업순〉이는 돈을 벌어 저금을 하고, 아버지께 소를, 어머니께는 암퇘지를 사드리고, 남은 돈으로 시집을 가자는 행복한 꿈을 꾼다. 그 꿈은 위해 구체적인 계산 - 25원 벌이에서 기숙사 밥값 7원 50전을 제하면, 17원 50전이 남고, 그중 2원 50전만 용돈을 쓰고 5원은 집으로 보내고 나머지 10원은 저금을 한다. 3년 후면 360원이 되고, 그동안 월급이 오른다면 4백 원은 모을 수 있다 - 도 해보지만, 꿈을 충족시키기에는 모자람이 없다.

---

109) 동화는 자기중심적이고, 모든 사물을 동일시하는 유아기적 특성에 맞추어 향일성을 띤 이상주의 문학이라 정의되고 있다. 마치 해바라기가 해를 따라 빙빙 돌며 꽃을 피우고 열매를 맺듯이 선(善)을 지향하는 문학이라는 것이다.(『아동문학개론』(이재철, 서문당, 1983)의 1, 3편과 『아동문학교육론』(임원재, 신원문화사, 2000)의 2, 5장 참조.)

114

이후 병이 든 〈업순〉이가 고향으로 돌아왔을 때, 병 진맥을 하러 온 〈강생원〉은 풍토병이며 그 원인은 감기를 제대로 치료하지 못했기 때문이라고 진단한다. 〈강생원〉은 〈무면허 의생〉이긴 하나, 지역사회의 지도자 역할을 하는 지식인이다. 그러나 그 역시 '동화'의 세계 속에 자족하고 있는 바, 현실 세계에 억압된 〈업순〉이의 변화를 인식할 수 없다. 그는 〈업순〉이의 병이 하루 이틀에 나을 수는 없지만 쉽게 차도가 있으리라는 〈동화다운〉 전망을 비춰준다. 〈업순〉이와 부모는 내년 봄에는 〈업순〉이가 시집갈 수 있으리라는 희망을 다진다. 스스로 완결된 세계의 충족성은 현실적으로는 이미 파괴되어 있는 것이다. 그 사실을 모르는 사람들은 '동화' 속의 인물들일 뿐 그 외의 인물들이나 독자는 이미 사실을 명확히 인식하고 있다.

(가) "집이 가 있으면, 쉬 나술까요?"
"으음 ……"
의사는 모호히 침음을 하는 듯하다가, 이내 선선히
"낫구말구 …… 집이 촌이지?" (중략)
"병은 그런디 무슨 병이대라우?"
그동안 누차 묻던 말이었다. 그럴 적마다 의사의 대답은 신신치가 못했었다. 그리고 이날도 역시
"머 거저, 몸이 약해서 ……"
"병은 없는디라우?"
"허허! 세상에 사람 치고 병이 한 가지두 없는 사람이 있나?"
환자를 임상(臨床)하여, 번연히 이런 싱거운 말로

써 곤경을 얼버무려 넘기지 않지 못하는 의사 된 입
장도 매우 동정스런 것이 아닐 수 없었다.

업순이는 그리하여, 종시 제 병이 어떠한 내력인지
를 알지 못하고 말았다. 오히려 다행일는지 모른다.
적어도, 더한 불행은 아닐는지도 모른다.

(나) 진실로, 가장 이 세상에서 몰인정한 사람일지
라도, 몹쓸 악인일지라도, 업순이의 요만 겸손하고 가
난한 '야심'을 가져다 트집을 잡아 시비를 하며 방해
놀 사람은 없을 것이다. (소설가라고 하는 천하에
잔인하고도 악착스럽고도 박절하고도 냉혹하고도,
가지가지로 그 죄 많은 사람은 말고서는 ……) (강조
－인용자)110)

(가)는 방직 공장 전속 병원의 의사가 〈업순〉이에게 병을
제대로 일러 주지 못하는 정경이다. 〈업순〉이의 가난한 처지
나 그 병－결핵은 치료한다할지라도 나을 가망이 거의 없다
는 것을 의사는 잘 알고 있기 때문에 아무 말도 할 수가 없
다. 작가는 독자에게 〈곤경〉에 처한 의사는 〈동정〉받을 입장
이며, 차라리 모르는 게 〈업순〉이에게는 〈다행〉 혹은 〈적어
도, 더한 불행〉은 아니라고 서술함으로써 사실이 따로 있음
을 가르쳐준다.

한 발 더 나아가 (나)에서는 〈업순〉이의 〈겸손하고 가난한
'야심'〉은 비현실적인 꿈에 지나지 않음을 독자에게 일깨워준
다. 소설가에 대한 자학적인 표현과 어조는 잔인하고 비정하

110) 「병이 낫거든」, 전집 8, pp.134-138.

지만 진실을 밝히는 것이 소설가의 숙명이라는 괴로움의 토로이기도 하다. 작가의 직접 개입으로 〈'동화'의 충만함 - 비현실성〉과 〈소설의 황폐함 - 현실성〉의 대조는 한층 더 두드러진다. 다시 작가는 〈현대 의학의 가장 정수를 다하고, 돈을 얼마든지 들이고 해도, 열에 둘이나 셋이 살아나기가 어렵다고 하는 그런 무서운 병인 줄을 안다면./약간 슬프고 마음이 어둡고가 무어랴. 사뭇 기절을 않으리〉라는 작가의 목소리를 직접 노출해서 사실이 이러이러함을 힘주어 강조한다.

결국 '동화' 속의 인물(업순)은 현실 세계에서 파멸(폐결핵)하고야 만다는 것이 '사실' 또는 '진실'이다. 「병이 낫거든」의 결말은 고향에서 〈업순〉이와 그의 부모가 희망찬 결심(시집)을 하는 것으로 마무리되고 있으나 결과적으로 이는 반어적인 상황임이 역설적으로 강조되고 있다. 인물들의 파멸과 반어적인 상황은 「동화」, 「병이 낫거든」에서 세계의 부정성에 의해 소멸되어가는 타자들을 보여주는 데 효과적이다. 여기에서 작가가 타자를 관찰하고, 직접 개입함으로써 숨겨진 주체의 역할을 해내고, 타자들의 모습과 상황은 한 폭의 풍경화로 남게 된다.

이상과 같이 Ⅱ장에서는 주체가 경험하고 있는 시·공간의 현실이 작품에서 어떻게 드러나는가를 주로 고찰해보았다. 과거가 의미 있는 것은 현재를 낳을 수 있게 하는 힘으로 기능하거나, 부정적인 과거를 극복하고자 할 때이다. 그러나 채만식에게 있어 과거는 현실에 아무런 의미도 행사하지 못하는 관념의 세계이며, 현재는 왜곡된 자본주의적 질서가 범람하는 곳이다. 또 미래는 암울하여 어디에서도 전망을 찾기 어렵다. 과거와 현재 그리고 미래가 논리적으로 연관되지 않을 때, 주체의 혼란은 더욱 가중될 수밖에 없다.

과거－현재－미래로의 진보가 예정된, 직선적 시간관은 근대적 시간 인식의 특질이다. 선조적(linear time)으로 이해되는 근대적 시간은 과거와 현재, 그리고 미래로 분할되지만 과거, 현재, 미래는 동일한 비중을 가지는 대등한 시간 개념이 아니다. 현재는 현재로서 경험되는 것이 아니라 과거에 대한 부정과 초월로서 미래라는 지평을 통해서만 포착될 수 있기 때문이다. 근대적 시간이란 바로 미래라는 방향성, 즉 끊임없이 현재를 초월하는 '발전'과 '진보'의 방향성을 내포하고 있는 것이다. 그 결과 '진보', '근대화', '발전'만이 시간에 대한 단일한 척도가 된다. 때문에 근대적 시간으로서의 선조적 시간은 불가역적인 시간이 된다.111)

우리에게 근대적 시간 인식이 자생적이기보다는 일본 제국주의에 의해 강제적으로 주어졌다는 점을 생각한다면, 과거－현재－미래를 논리화하는 일은 제국주의의 동일화 담론에 순응하는 것이 되기도 하다. 또 시간적 인과성과 공간적 연결에 대해 전면적인 대립과 반정립을 하는 일은 필연적으로 제국주의 권력과 정반대의 양상으로 닮아갈 수밖에 없다.112)

---

111) 구재진, 「1960년대 장편소설 연구－주체 구성 양상을 중심으로」, 서울대 박사, 1999, p.56.

112) 탈근대적 인식론에서는, 식민지의 엘리트, 부르주아지들의 행위의 유형을 저항과 순응, 도피로 나누어 고찰한다. 도피는

이렇게 보았을 때 채만식 문학작품의 인물들이 겪는 혼란은 식민지적 근대 주체에게 필연적으로 야기되는 일임을 알 수 있다. 그런데 이러한 혼란을 포착했다는 점 때문에 주체의 새로운 시공간에 대한 전망도 가능해진다.

현실적으로 큰 의미를 지니지 못하므로 논의에서 제외하고, 저항과 순응의 양상에서는 '근대적 발전'에 대한 열망을 전제한다는 동형성을 발견한다. 식민지와 제국주의 국가 사이의 거리를 인식한, 식민지 엘리트와 부르주아지는 식민지적 상황의 극복을 위해서 '서구적 근대성'의 발전을 열망하게 된다는 것이다. 사이드의 용어를 빌자면, 이는 '오리엔탈리즘의(식민지인에게로의) 내재화', '오리엔탈리즘의 역투사'라 할 수 있을 것이다.(서울 사회과학 연구소, 『근대성의 경계를 찾아서』, 1997, 1장 참조: 강상중, 『오리엔탈리즘을 넘어서』, 이산, 2000, 6장 참조.)

Ⅲ. 근대체험 비판과 타자성의 인식

1. 여성 타자의 부정과 허위적 주체 구성

1.1. 남성 주체의 허구적 복원

제국주의라는 동일성의 담론은 1930년대 식민지 조선에서 강력한 구심력을 행사했고, 그 아래에서 타자들은 자신들의 이질성을 채 드러낼 수 없었다. 생존 자체를 위협하는 극심한 가난은 타자를 억압하고 소멸시켰으며 심지어는 동일성의 담론 내로 포획하기도 했기 때문이다. 주체 또한 이와 별반 다르지 않은 입장이었다. 그들은 정당하게 근대적 주체로 규정되기를 열망했으나 사실상 그들은 식민지 종속민으로서 타자화를 강요당하는 처지였기 때문이다. 따라서 주체는 제국주의 담론에 억압되고 동일성 논리에 포획되기 일쑤였다.

그러나 억압된 식민지적 주체의 양상은 타자의 경우와는 다르다. 억압된 타자는 우선 자신의 이질성을 상실하고, 동일성의 구심력으로 포획된다. 그러나 주체는 억압으로 인해 자신의 영역에 고립되지만 그 동일성의 영역은 더욱 견고해진다. 이른바 주체 중심주의의 태도가 나타나는 것이다. 주체 중심주의113)란 이질적인 타자를 억압하고 배제하면서 동일성을 만드는 원리를 말한다. 주체중심주의의 동일성 논리는 두 대립항 중에서 어느 한 쪽이 다른 쪽을 억압해 동일성을 만든다는 점에서 대립적 사고라 할 수 있다. 주체를 이를 통해 피식민지 현실에서 타자화되어가는 자신을 긍정화시키고 있다고 판단된다.

「근일」(1941), 「처자」(1944)는 작가 자전적 경향이 짙은 인물을 남편으로 설정하고 그 아내와의 관계를 통해 억압된 식민지적 주체의 양상을 잘 드러내준다. 남편은 가난한 식구들을 책임져야할 가장의 임무를 제대로 해내지도 못하고, 문학적인 성과도 변변치 못한 소설가이다. 무력한 식민지 지식인으로서의 남편은 자신의 고뇌에 빠져 있을 뿐 타자와의 관계는 단절되어 있다. 오히려 아내마저 자신의 영역에 종속시키고 만다.

「근일」의 〈나〉는 소설 쓰는 일로 자신의 직계 가족과 셋째, 넷째 형님의 가족까지 사실상 책임지고 있다. 형제들은 이것저것 일거리를 벌려보지만 잘 되어나가는 듯하다가도 결과는 모두 실패로 끝나고 만다. 계속된 실패에 식구들은 물질적·정신적 고통을 겪는다. 〈꿈자리도 사납고〉, 〈저녁마다, 고 방정맞은 짐승(여우)〉가 울어대는 불길함을 근심스러

---

113) 나병철, 『근대서사와 탈식민주의』, 문예출판사, 2001: 주체 중심주의가 공동체의 것으로 확산되었을 때, 구성원들은 전체주의적 이상에 의해 매개되어 집산주의의 형태로 발전하게 된다. 레비나스는 역사상 전체주의적 융합의 가장 극단적이고 공포스러운 모습이 바로 나치즘과 파시즘의 예라고 지적한다.(서동욱(2000), 앞의 책, pp.118-119.)

위한 나머지 아내는 손위 동서와 함께 고사라도 지내보길 원한다. 아내는 남편의 눈치를 보느라 서너 번이나 말을 빙빙 돌리다가, 고사를 지낼 테니 〈"못 본 체하시구, 상관 마시우우"〉라며 그저 묵인만이라도 해줄 것을 바란다. 〈나〉는 〈무단히 여세가 거칠〉어진 말로 여섯 번씩 반대와 핀잔114), 꾸중을 하며 고사를 반대한다. 무안해진 아내가 〈시치름하고 있다가 하릴없이 도로 나간〉 후, 막상 〈나〉는 마음이 바뀐다. 자신도 불길한 느낌이 들었고 고사라도 지내면 싶었던 것이다.

혼자 누웠느라니 문득 생각이 나면서 마음에 걸린다. 고사를 지냈으면 좋을 성싶다. 꺼림해 못하겠다. 그야말로 상관을 말고 못 들은 체할 것을, 두말도 못하게 윽박질러 버린 것이 후회가 난다. 본체만체할 테니, 주장대로들 지금이라도 설도를 했으면 은근히 고맙겠다.

그들(형수와 아내 – 인용자)은 그러나 내가 한번 금한 것을 부득부득 우겨가면서 하려고 하기엔, 너무도 나를 어려워하는 사람들이다. 순종도 이런 때만은 긴치가 않다.

애당초에 내 동의를 얻잔 건 무어든고 하여, 의지

114) 남편은 〈고살 지내서 일이 잘될 테 같으면 세상에 가난한 사람이 왜 있어?〉라며 빈정거리거나, 자신의 어머니가 40년 동안 치성을 드렸던 일까지 들추어내며 〈비선을 해서 복이 돌아오구 할 테 같으면 어머니가 드리신 정성 하나만 가지구두 우리 육남매가 그 복 다아 주첼 못해〉라고 아내에게 쏘아붙인다.(전집 8, p.27.)

　　와 신체가 한 가지로 솜뭉텅이 같은 안해란 위인이
　　미워 못하겠다.
　　　이래저래 짜증만 더 난다. 볼먹은 소리로 안해를
　　쳐불러, 배쌍화탕을 지어 오래서 달여들이라고 지청
　　구를 한다. 그래저래, 고사 지내잔 말을 한 것이 동티
　　가 난 줄만 알고서 영 생심을 못할밖에.115)

　남편과 아내의 관계는 일방적이고 상하(上下) 수직적이다. 아내는 자신의 생각이나 주장은 말할 엄두도 못 낸다. 고사를 지내도 된다는 허락을 받기 위해서도 〈형님이 그리시는데요오〉라는 말을 두 번이나 할 만큼 아내는 남편의 눈치를 살핀다. 남편·가장이라는 권위 때문에 쉽사리 자신의 결정(고사를 지내서는 안 된다는)을 번복하지 못해서 생긴, 남편의 〈짜증〉과 〈지청구〉도 아내는 모두 자신의 탓으로 해석하고 쩔쩔매기도 한다. 이러한 아내의 태도는 순종, 착함, 순진함으로 해석되기에 충분하다. 그러나 남편은 이 상황에서는 순종도 무가치하고 아내는 〈의지와 신체가 한 가지로 솜뭉텅이 같〉다고 평가한다. 아내가 가진 모든 미덕도 자신이 생각하는 방향과 일치해야만 가치 있는 것이고, 설사 자신의 태도를 명확히 밝히지 않더라도 아내는 미리 헤아릴 줄 알아야 한다는 것이다.

　여기에서 주체는 타자를 억압해 자신의 동일성을 확보하기에만 급급하다. 이런 주체는 식민지 상황에서 자신에게 가해지는 억압도 피할 길이 없다. '일제 강점 – 억압받는 주체 – 주

---

115) 「근일」, 전집 8, p.28.

체 중심주의-주체 중심주의의 정점(제국주의, 일제 강점)-
억압받는 주체'가 반복되는 악순환이 계속될 따름이다.

　주체는 타자의 이질성을 인식함으로써 제국주의 담론으로
부터 벗어나는 원심력을 확보해나갈 수 있다. 이 점을 고려
한다면 「근일」에서 가난하고 무력한 식민지 지식인의 물질
적, 정신적 상황이 섬세한 묘사를 통해 잘 드러났지만 그것
이 자전적인 토로에 그치고 만 원인을 설명할 수 있다. 주체
중심주의의 반복적 악순환이 계속되는 한, 주체가 자신의 영
역 밖으로 시선을 돌리기는 불가능하기 때문이다.

　한편 흥미로운 사실은 주체중심주의가 남편-아내의 관계
에서 가장 두드러진다는 것이다. 「근일」에서 남편을 제외한
모든 인물들은 자신의 생계를 책임지지 못하고 〈나〉에게 의
존하고 있다. 그러나 셋째, 넷째 형과 아우(남편)의 관계에서
작가는 형들의 입장을 거의 대변하다시피 자세하게 서술하고
있으며, 서술 태도 또한 긍정적이고 대단히 호의적이다.

　형들은 〈수다한 권솔을 거느리고서〉 아우를 고생시킨다는
〈다른 어떠한 것에도 비기지 못할 가장 애처로〉운 마음을
늘 가지고 있으며, 신색이 나빠지는 아우를 위해 여러 가지
먹을거리를 손수 챙기고서도 목메어 한다. 형들의 자조 섞인
한탄, 아우에 대한 미안함, 고마움, 사랑이 작품 곳곳에서 드
러난다. 아우는 막내라는 이유로 받았던, 극진한 부모의 사랑
을 형에게서 다시금 느끼며 〈가슴에 차오르는〉 감동을 받는
다. 더 나아가 형들은 동생의 고귀한 예술 세계를 긍정하는
사람들이다. 문학이니 예술이니 하는 것은 잘 모르지만, 그들

은 동생의 일을 〈세상에 대하여 끔직 자랑스러하는 사람이
요, 잘 되기를 바라는 사람이요, 겸해서 잘 되게 받들어 주고
싶어 하는 사람〉이기 때문이다.

이에 비해 형수들은 작품 내에서 거의 언급되지 않고 있
다. 실질적으로 〈나〉를 보살피고 떠받드는 아내도 형들에 비
해 미미하게 서술되고 있다. 「처자」의 남편은 아내에게만 국
한된, 자신의 일방적인 태도를 아예 스스로 인정하기도 한다.

> 남의 앞에 나가서는, 심지어 강변의 장작장수한테
> 까지도, 걸핏만 하여도 주눅이 들어, 억지는 고사요,
> 필요 혹은 떳떳한 의사의 표시나, 자아와 사리의 주
> 장을 변변히 하지 못하곤 하는, 천하의 소심 옹졸한
> 주변이었으나, 다만 집에서 아내에게만은 썩 조리 있
> 고 침착하고 능청스럽고 한 달변가(사실은 궤변가)
> 일 수가 있었다. 세상에 무섭지 않은 사람, 억지와 궤
> 변을 받아주는 사람, 이를테면 만만한 사람이라곤 오
> 직 그 사람밖에 없었다.[116]

땔감을 사러 나간 〈나〉는 너무 작은 양이어서 팔 수 없다
는 장사치의 거절에, 아무 말도 못하고 그저 〈얼굴이 화틋
달고 무렵〉할 뿐이다. 집으로 돌아온 남편은 가난한 서러움
을 되새기며, 궤짝을 땔감으로 쓰기 위해 부수기 시작한다.
아내 앞에서야 비로소 남편은 이것저것 다 부셔서 쓰고 책상
은 수입의 도구니까 제일 마지막에 부수면 된다는, 임시방편

---

116) 「처자」, 전집 8, pp.230-239.

책도 못되는 의견을 줄줄 늘어놓는다. 게다가 궤짝 가장자리 생철띠가 걸리적거리자 〈무릇 존재한 것의 가치의 변화란 이대지 무상한 법〉이라고 궤변을 늘어놓기까지 한다. 가재도구를 부수어 땔감으로 차례차례 쓰면 된다는 배짱, 궤변을 늘어놓는 능청스러움을 남편이 다른 곳에서 조금이라도 발휘할 수 있다면 생활이 한층 수월할 것이다. 예를 들자면 작은 양이라도 장작을 사올 수 있었을 테고, 일꾼을 구하지 못하는 고생도 많이 줄어들 터이다. 그러나 그 자신 스스로 인정하는바 남편이 만만하게 여길 수 있는 사람은 아내뿐이다.

공적 영역에서 타자화를 강요당하는 남성 주체의 식민지 종속민이라는 처지는 자기 보존의 욕구를 강렬히 드러낼 수밖에 없다. 그 욕구가 정당하게 발현될 경우는 일본 제국주의라는 주체 중심주의를 허물어뜨릴 수 있는 힘이 된다. 그러나 공적 영역에서 배제된 남성 주체가 사적 영역에서 아내라는 여성 타자를 억압·배제함으로써 자신의 위치를 확립하고자 할 경우, 그것은 또 다른 주체 중심주의 양상이며 남성 주체의 허구적인 복원을 가능케 해 줄 따름이다.

1.2. 여성 타자의 부정과 이질성 배제

「근일」, 「처자」의 경우 여성 타자를 억압하고 배제하는 남성 주체 중심주의가 강조되었다면, 「패배자의 무덤」(1939), 『탁류』(1937~1938)는 억압당하고 배제된 여성 타자에게 초점이 맞추어져 있다.

「패배자의 무덤」에서 〈경순〉은 남편의 심기를 헤아릴 줄도 알고 남편의 근심을 덜어주려고 애쓰는 사랑스럽고 착한 아내였다. 이때 모든 생활의 중심은 남편이었고, 남편의 사랑이 〈경순〉의 절대 목표이기도 했다.117) 식민지 지식인으로써 무력하고 왜소해진 남편 〈종택〉은 시대적 중압감을 견디다 못해 자살을 택함으로써 스스로를 소멸시킨다. 남편에게 종속되어 있던 타자는 주체의 소멸 후 한순간 자신의 정체성을 찾는 듯하다. 남편의 죽음 이후 〈경순〉은 자기 자신을 되돌아본다. 〈내 자신의 나인만큼 그러므로 인제서부터는 하나의 엄연한 실제 문제로 나를 '생활'해야〉한다고 스스로 다짐하는 〈경순〉의 변화는 추상적이기는 하지만 남편의 아내로서가 아닌, 자기자신을 바라보았다는 데 의미가 있다. 이 변화 덕분으로 경순은 남편의 죽음으로부터 받은 충격을 가라앉히고 안정을 되찾게 된다.

이후 유복자를 낳은 〈경순〉은 아이라는 존재에 접하며 스

---

117) 경순의 결혼 생활은 〈고이 자라 학창으로부터 이내 가정으로 옮아앉았을 뿐이라, 생활의식이라는 것도 단지 남편을 사랑하면서 그의 사랑에 고스란히 파묻히는 것 그것 하나가 주장이요, 그것이 절대요 했었다.〉고 서술되고 있다.(전집 7, pp.394.)

스로 타자성을 제거하기에 이른다.

　　그것은 이게 내 자식이거니, 황차 외로운 홀어미의
　소중한 자식이거니 하는 타산으로 하여, 위정 그리하
　고 싶어서 하는 것도 아니요, 더구나 옆에서 누가 그
　걸 시킬 머리도 없던 것이요, 단지 샘솟듯 끝없이 절
　로 솟는 애정으로부터 우러나는 노릇이었다.
　　이 주관을 한 번 객관했을 때, 경순은 다시 새로운
　만족과 안심을 얻었다.
　　그는 일찍이, 잘 생활하리라 했었다. 그런데 본즉
　저는 잘 이상으로 잘 생활하고 있던 것이다. (중략)
　　세상의 어떠한 잘 아는 생활을 갖다가 놓아도, 경
　순에게는 갓난이의 팔 하나 뽑아놓아 주는 이 생활
　을 감히 따를 자가 없는 것이었었다.
　　경순의 생활의 기준과 코스는, 그리하여 스스로 결
　정이 되었고, 제풀로 벌써 잘 진행을 하고 있었다.118)

　〈경순〉이 〈주관을 한 번 객관〉화하는 것은 자아의 반성
적 성찰과는 거리가 있다. 단지 모성의 표출을 〈주관〉으로
규정하고 그것이 자신에게는 본능임을 깨달았다는 인식을
〈객관〉이라 이름 붙였을 따름이다. 따라서 이 '주관의 객관
화'는 사실상 자기위안·합리화에 지나지 않는다. 스스로를
합리화시킨 〈경순〉은 〈새로운 만족과 안심〉을 얻는다. 자
신의 타자성을 다시 감추어버린 〈경순〉에게는 몸을 뒤집다
가 깔린, 아이의 팔 하나를 바로 해주는 일이 〈세상의 어떠

---

118) 「패배자의 무덤」, 전집 7, pp.395-396.

한 잘 아는 생활〉과 비교되지 않을 대단한 것으로 인식된다. 삶의 목표 또한 〈내 시집 열 번 더 간 것보다 더 보람이 있 게끔〉 아이를 잘 키우는 것으로 설정된다. 자신과 아이가 완 벽하게 일치하는 이러한 지점에서는 삼종지도(三從之道)라는 이념이 보편성으로써 〈경순〉의 개인성을 압도하고, 타자로 서의 이질성은 소멸된다.

그러나 기존의 연구에서 이 부분은 현실적 절망 또는 죽음 과 더불어 새로운 어린 세대에게 희망을 부여하는 것으로 파 악되고 있다. 예를 들어, 남편의 무덤가에서 〈경순〉은 울고, 아기는 〈어머니의 입술이며 젖은 뺨을 가지고 놀기에 세계 가 새롭다〉고 서술한 부분을 근거로 〈모든 것이 타락한 것 으로 보였을 지라도 '유아'만은 결백하게 자라나는 모습〉을 그리고자 하는 전망119)을 읽어낸다든지, 〈자기 분열을 죽음 으로 초극하는 지식인의 형상을 그려내는 것, 권력의 직접적 인 압력으로부터 상대적으로 자유로운 상태에 놓여 있던 여 성에게서 현실의 중압을 견디고 새로운 가능성의 추구를 위 한 여지를 남겨놓는 것〉이라고 평가하는 시각120)이 그러하 다.

이러한 논의들은 그러나 남성적인 서사적 관점을 전제로 한, '성숙한'121) 남성 주체의 시선이라는 데 새로운 주목을 필

---

119) 이상갑, 「채만식 연구 – '소년' 모티브를 중심으로」, 서울대 석 사, 1987.
120) 방민호, 「채만식 문학에 나타난 식민지적 현실대응양상」, 서울 대 박사, 2000.
121) 소설은 자신의 고유한 본질을 발견하러 떠나는 '성숙한 남성

요로 한다. 〈경순〉의 아기는 사내아이이며 〈경순〉은 아기를 〈진리의 대장부〉로 키워낼 것을 맹세한다는 점이 이미 공인된 사실이기에 기존의 연구자들은 그곳에서 희망과 가능성을 읽어내는 것이다. 이때 경순은 탈성화(desexualising)된 모성적 존재이다. 그녀는 생식을 위한 성, 가족을 위한 성, 민족을 위한 성을 담보하는 존재로서 이른바 근대권력의 포획장치에 종속된 개인일 뿐이다.122) 한 연구자가 스스로 지적한 바처럼 〈강한 생명에의 애착을 보이는 경순은 동시에 자신이 생명의 주체세력이 아니라는 점을 자각〉123)하고 있다. 이 점에 대한 근본적인 문제제기가 없이 '희망'을 읽어내고자 하는 것은 '문학＝남성의 것'124)이라는 견고한 근대적 담론을 되풀이하는 일일 것이다.

　흥미로운 사실은 채만식의 또 다른 작품에서는(「불효자식」(1925)) 지식인 남성 주체가 절대적인 '모성'을 회의하고 있다는 점이다. 남성 주체는 아편 중독자인 아들의 방탕한 생활을 비난하면서도 남들이 매도하는 자식을 감쌀 수밖에 없는 모정을 보여주는 어머니를 객관적으로 관찰한다. 아들

　　의 형식'이라는 루카치의 명제는, 근대 소설의 의미와 성(性)
　　을 이해하는 데 많은 시사점을 남기고 있다.
122) Rich, A., 『더 이상 어머니는 없다』, 평민사, 1995, 8상: 고미숙,
　　『한국의 근대성, 그 기원을 찾아서』, 책세상, 2001, 2장 참조.
123) 이상갑, 앞의 논문.
124) 「지워진 여성, 반쪽의 문학사」(황도경, 『한국근대문학연구』,
　　태학사, 2000년 창간호)에서는, 기존의 문학 이론이나 문학사
　　에서 나타난 남성중심주의 시각의 구체적인 실례가 자세히
　　드러나 있다.

〈칠복〉은 이미 심각한 아편 중독 상태이어서 어찌해도 새 생활을 시작하기란 어렵다는 것, 어머니 〈최씨 부인〉은 아편을 피울 걸 알면서도 〈칠복〉에게 돈을 주는 등 '절대적 사랑'을 베풀 수밖에 없다는 것, 이 두 가지 사실을 함께 인정할 때 모순이 발생한다. 이 때문에 지식인 남성 주체 〈나〉는 착잡한 심정에 사로잡혀 혼란스러워 한다. 이 혼란은 결국 절대적인 '모성'에 대한 회의에서 비롯된 것이다. 〈경순〉이 보여주는 '절대적인 모성' 또한 〈최씨 부인〉의 것과 질적으로 차이가 없다는 점에서 비판적으로 검토되어야 한다.

한편 배제된 여성 타자를 지켜보는 〈경택〉(경순의 오빠)의 태도가 동정→긍정→〈경멸〉과 〈조소〉→〈환멸의 반동〉으로 변화한다는 점은 흥미롭다. 〈경택〉은 과부가 된 누이를 애처로와 한다. 그는 아이 하나만을 바라보고 살겠다는 누이를 〈진리의 어머니〉라며 애정 어린 농담으로 긍정한다. 그러나 어느 순간 〈경택〉은 아이를 안고 〈내 새끼, 내 강아지〉라 어르는 누이를 보며, 〈강아지라는 말 그것에서 명색 없는 생명, 쓰잘데 없는 생명이라는 것을 연상〉한다. 이후 〈경택〉은 누이에게 〈전도부인과 같은 일종의 경멸을 느끼고서 조소를 해주는 조롱〉을 그치지 않는다. 그는 스스로 자신이 느꼈던 감동과 애정을 〈환상〉이라 규정하고, 〈환멸의 반동〉을 크게 느낀다.

〈경택〉의 태도가 변화한 이유는 〈생명에 대한 부정〉이라 명시되어 있다. 그 부정은 무수히 많은 생명의 창조 중에서 과연 필요한, 의미 있는 것이 몇이나 될 것이며 심지어는 무가치할 뿐더러 악의 근원일 수도 있는데 어떻게 긍정할 수 있느냐는 것이다. 이와 같은 인식은 타자성을 제거하고 동일성 담론으로 완전히 동화된 타자에 대한 부정이라는 점에서 의미 있다. 특히 누이를 〈전도부인〉으로 파악하는 〈경택〉의 인식은 '절대적인 모성'이 가지고 있는 맹목성을 적실하게 드러내 준다. 그러나 이것은 누이의 〈강아지〉라는 말 한마디에서 급격하게 인식전환을 이루어내고, 감정적인 토로를 쏟아낸 것이라는 한계가 있다. 〈경택〉의 비판은 병든 자신의 처지를 자학하고, 스스로가 무력한 만큼 부정적인 것을 경멸하고 냉소하는 데 그칠 뿐 사실상 '비판'으로서의 역할은 해내지 못하기 때문이다.

타자성이 억압되고 배제된 여성상은 장편 『탁류』에서 더욱더 직접적으로 묘사된다. 『탁류』는 식민지 자본주의화 과정에 들어선 당대 현실을 비극적으로 조망한, 채만식의 대표적인 작품으로 평가받고 있다. 특히 도시 하층민의 비극적 생활상을 통해 식민지의 모순, 그중에서도 고리대금업과 비정상적인 자본 축적과 이동을 생생히 드러냈다는 부분은 연구자들 대부분이 동의하는 바이기도 하다. 이러한 평가와 함께 일종의 통속비극이라는 문제점을 지적하는 평가 또한 거의 일반화되어 있다. 이 통속성이라는 문제는 『탁류』의 중심인물인 〈초봉이〉와 긴밀히 연관되어 있다는 점에서 주목할 필요가 있다. 〈초봉이〉라는 인물의 부정적 기질(성격)이 곧 『탁류』에서 통속성을 유발하는, 가장 큰 원인이라는 것이다.

이에 따르면 〈초봉이〉는 아무런 가치관이 없이 주어진 환

132

경에 순응하는 인물125)이며 심지어 너무도 수동적이고 단순하여 거의 회화에 가까울 뿐 대체 지각 있고 정상적인 사고를 하는 '어른 여자'라고 말할 수 없는126) '성격적인 백치'127)나 다름없다. 따라서 〈초봉이〉는 의존성, 비주체성, 수동성, 불합리성, 무지, 복종 등 부정적이라 할 만한 속성을 가진 인물로 규정된다.

이상의 논의는 작품에 서술된 사실들을 종합, 요약한 것일 뿐이라는 점에서 일면적인 평가라는 단점을 피할 수 없다. 오히려 〈초봉이〉의 문제점(작품 내용에서 추출되는 부정적인 속성)은 인물 자체의 속성이라기보다는 철저히 억압된 타자의 형상화라는 점에서 해석되어야 할 것이다. 그러했을 때 작품에 나타난 개개의 사실이 가지고 있는 의미가 제대로 파악될 수 있을 것이다. 〈고태수〉와 결혼→〈박제호〉의 첩살이→〈장형보〉의 아내로 전락→〈장형보〉를 살인하는 비극적 과정에서 〈초봉이〉는 자신의 타자성을 발현하기는커녕 동일화 담론에 철저히 매몰된 타자로서의 모습을 보여준다.

　　(가) (전략) 그만한 미련의 상심은 아무튼지 없지
　　못했을 것인데, 마침 겹쳐서 모친 유 씨의 그 눈물만
　　못 흘리지 비극배우 여대치게 능청스런 세리프가 있
　　어 놓으니, 또한 비감의 거리가 족했던 것이요, 게다
　　가 또다시 한 가지는, 그러한 부친과 이러한 집안을

125) 김충실, 「채만식 소설 연구」, 고려대 박사, 1994.
126) 한지현, 「리얼리즘 관점에서 본 『탁류』 연구」, 연세대 박사, 1987.
127) 정현기, 『한국 근대 소설의 인물 유형』, 인문당, 1983.

돕기 위하여 나는 나를 희생을 한다는 처녀다운 감
격 …… 이렇게나 모두 무엇인지 분간을 못하게 뒤
엉켜 가지고 눈물이라는 게 흘러내리던 것이다.

(나) 대체 이러한 경우에는 어떻게 해야 하는 것
인지, 전혀 알 수가 없었다.
그는 다급한 나머지
'어머니는 이런 것도 아시련만!'
하는 생각이 언뜻 났으나 물론 아무 소용도 없었다.

(다) 잠이 들 때까지도 그는
'보아서 마구 내뻗으면 고만이지 ……'
이런, 저도 못 미더운 방안장담이나 해두는 걸로
임시의 위로를 삼았다. (중략)
초봉이는 제호의 태도와 말이 진실하다고 믿기보
다, 진실하겠지라고 믿어두고 싶었다.
'기왕 이리 된 걸 ……'
무슨 차마 못할 노릇을 죽지 못해 억지로 당하는
것처럼이나 강잉하여 마음을 돌리던 것이다.
그는 제호의 이야기한 '생활의 설계'가 적잖이 만
족했다. 욕심 같아서는 기왕이니 제 의향으로, 가령
친정집의 생활 같은 것도 어떻게 요량을 해달라고
말을 해서 다짐 같은 것이라도 받고 싶었으나, 마음
뿐이지 처음부터 너무 야박하다는 생각에 입이 차마
떨어지지 않았다.

(라) 내 몸뚱아리는 송희를 위하여 굳센 무쇠방패

가 되어야 하고, 그도 부족하면 큰 바위가 되어야 한다. 그러나 추운 때에는 뜨뜻한 솜이 되어야 하고, 비가 올 때에는 우장이 되어야 하고, 바람이 불 때에는 바람막이가 되어야 하고, 어둔 밤에는 등불이 되어야 한다. 그리고 배고파 할 때에는 밥이 되어야 하고.(중략)

형보? 좋다, 형보는 말고서 형보보다 더한 놈도 좋다. 원수는 말고 원수보다 더한 것도 상관없다. 송희만 탈 없이 편안하게 기르면 고만이다.

여기까지 생각을 했을 때에 초봉이는 깜짝 놀라 몸을 떤다. 대체 어느 겨를에 저 장형보의 계집이 되기로 작정을 하고서 시방 이러느냐는 것이다. 그러나 제 자신이 모르기는 몰랐어도 인제 보니 이미 그러기로 다 작정이 된 것만은 사실인 것이 분명했다.

호하고 한숨이 절로 터져 나온다. 제가 저를 생각해보아도 너무 갈충머리가 없는 것 같았다.

(마) 초봉이는 가슴속이 용솟음을 치는 채, 울던 것도 잊어버리고 벙벙하니 앉아 있다.

승재가 나서서 나를 구해내 주고 그러고 그러기로 했다구? …… 옳아! 시방도 그러니까 나를 사랑하고, 그래서 다시 거둬 주려고 ……

이렇게 생각할 때에 초봉이는 금시로 몸에 날개가 돋치는 것 같았다. (중략)

초봉이는 무엇인지 간절함이 어리어 있는 눈동자로 무엇인지를 승재의 얼굴에서 찾으려는 듯 한참이나 보고 있다가 이윽고 목멘 소리로

"그렇게 하까요? 하라구 허시믄 하겠어요! 징역이
라두 살구 오겠어요!"
　하면서 조르듯 묻는다. 의외요, 그러나 침착한 태도
였었다. (강조 – 인용자)[128]

　위 인용문은 〈초봉이〉가 겪은 각각의 사건에서 그녀의 결
심 혹은 심정을 드러낸 부분이다. (가)는 〈고태수〉와 결혼하
기로 한 결정, (나)는 〈장형보〉에게 강간당하는 순간, (다)는
〈박제호〉와 온천에 가서 첩살이를 하기로 결심하는 대목,
(라)는 〈장형보〉의 아낙이 되기로 하는 결정, (마)는 〈장형
보〉를 살해한 직후이다. 이 다섯 개의 사건들은 모두 자신의
선택, 기호(嗜好)와는 상관없이 〈초봉이〉에게 가해지는 외부
적 상황이다. 이 상황에서 〈초봉이〉의 행동 기준과 존재 근
거는 부모(가족), 자식, 애인(승재)이다. 이 기준항들은 〈초
봉이〉에게 '~을 위해서'라는 명분을 만들어 준다. 그 명분은
대부분 전통적인 도덕 가치와 부합한다. 전통적인 도덕 가치
는 주체들 간의 공동체적 유대를 보장해주는 중세적 이념[129]
의 일종이다. 그로 인해 공동체의 결속성, 즉 총체성이 구현
되며 동일성의 담론은 확고히 유지된다. 〈초봉이〉의 존재근

---

128) 『탁류』, 전집 2.
129) 들뢰즈와 가타리는 전제 군주하에서는 영토 외부의 전제 군주
　　 나 그의 신이라는 초월적 기호에 의해 초코드화가 이루어진다
　　 고 설명한다. 이처럼 초코드화란 초월적 층위에서 신이나 전
　　 체군주, 혹은 그를 표상하는 이념에 의해 중세적 공동체가 유
　　 지되는 방식을 의미한다.(Deleze, G. and Guattari, F. 최명관
　　 역, 『앙띠오이디푸스』, 민음사, 1997, pp.292-325.)

거가 전적으로 여기에 놓여 있을 때, 타자로서의 자질은 찾아보기 어렵다. 또한 이 동일성의 담론은 이미 일본 제국주의에 의해 강제 폐기된, 이전시대의 것이므로 현실적인 범주가 아니다. 〈정주사〉(초봉이의 아버지)의 몰락이 조선의 상실130)과 관련되는 것처럼 중세적인 동일성의 담론에 매몰된 〈초봉이〉도 역시 몰락할 수밖에 없는 것은 당연한 일이다. 따라서 〈초봉이〉의 부정적 속성으로 지적된 여러 성격들은 전시대의 동일성 담론에 속박된 타자의 필연적인 결말을 보여주는 것에 다름 아니다.

주체와 타자의 관계 속에서 주체가 변화하기 위해서는 무엇보다도 주체를 변화시킬만한 힘, 즉 타자성이 전제되어야만 한다. 그러나 〈초봉이〉의 경우 식민지적 상황의 부정성에 굴복해나가는 모습을 보여줄 수 있을 뿐이다. 타락한 세계에서 이전시대의 총체성에 대한 신념은 결과적으로 자기 행동의 합리화에 지나지 않는다. 그것은 어떤 현실적인 힘도 발휘하지 못하며 따라서 주체와 관계할 타자성은 세계의 부정성에 가리워져 마치 소멸된 형국이 되고 마는 것이다.

---

130) 이선영은 이러한 점에 주목해서 『탁류』의 장점 중 하나는, 식민지 자본주의화 과정에 들어선 조선사회에서 적응성을 잃고 몰락하는 정주사와 같은 과도기 인물의 생생한 묘사라고 지적한다.(이선영, 앞의 글, p.31.) 이와 비슷하게 방민호는, 정주사 가족의 몰락은 조선적 현실에 관한 상징적 내러티브라고 지적한다. 『탁류』의 주제는 부성 상실의 문제와 연관, 부성의 상실이 조선에 있어서는 식민지화를 상징하므로 『탁류』는 식민지적 현실의 절망에 관계된 작품으로, 부성애로 상징되는 가치가 사라진 세계의 퇴폐적 타락을 그리고 있다는 것이다.(방민호, 앞의 글, pp.56-61.)

2. 근대체험의 비판과 타자성 지향

2.1. 여성 타자의 이질성 발견

　제국주의에 억압당하고 있는 주체가 그 담론으로부터 탈주하기 위해서는 타자성이 필요하다. 동일성의 담론을 깨뜨릴 수 있는 이질성을 담보해낼 수 있는 존재는 타자이기 때문이다. 그러나 주체가 억압되었기 때문에 이질적인 타자를 배제하고 동일화하는 것 —주체중심주의가 드러나기도 한다. 주체—타자의 관계가 남편—아내일 때 그것은 한층 빈번하게 일어남을 「처자」, 「근일」을 통해 이미 앞에서 살펴보았다.

　그러나 남편—아내의 관계에서 여전히 남편의 영역에 아내가 포섭되어 있지만, 미약하나마 타자의 이질성이 드러나는 경우 그것은 억압된 주체의 저항을 유발시키는 계기가 된다. 「처자」(1944)에서 아내는 남편이 자신 앞에서만 배짱 좋게 능청스럽게 자신만만하게 이야기를 늘어놓더라도 그저 말하는 그대로를 받아들인다. 간혹 다른 일로 화가 난 마음을 진정하지 못하고 남편의 능청과 궤변에 말대꾸를 해보지만, 결국 아내는 "내 참, 기가 맥혀"라며 〈그만 웃어버리고〉 말 뿐이다. 그러나 아내는 보채는 아이를 달래면서 자신의 속마음을 털어놓곤 한다.

　아내는 보채는 아이를 달래며 〈잠들고 깨고 하는 것까지 너의 아버지만 닮을 건 무엇 있느냐고, 신경이 벌써부터 이

렇게 예민하다간 자라서 직업도 너의 아버지를 딸치 않겠느
냐고, 부디 그러지 말라고, 우리 양(亮)이는 소설 쓰면 엄마
착한 아들 아니라고, 늘 하는 소리를 자장노래삼아〉 중얼거
린다. 〈자장노래〉라는 서술로 보아, 아내는 자신의 속마음을
노랫가락처럼 압축되어 반복할 수 있을 정도로 수없이 드러
냈다. 그녀는 그 노래의 뜻을 남편이 아는지의 여부는 별로
신경 쓰지 않는 모습이다. 그런데 남편은 1인칭 화자로써 아
이를 달래는 부인을 묘사하는 위치에 있다. 그는 〈이유는 서
로 다르나, 자식으로 하여금 문학을 시키지 말고 싶은 생각
은 나 역시 아내와 일반〉이라고 자신의 심정을 고백한다. 이
로 보아 남편은 이미 아내의 생각을 알고 있다고 판단된다.
앞 장에서 살펴보았듯이 「처자」의 아내는 전체적으로는 남편
의 동일성에 종속된 타자의 위치에 있지만, 이렇게 제한적이
나마131) 자신의 생각, 즉 타자로서의 이질성을 드러내고 있
다.

이와 같은 타자의 이질성 노출은 주체로 하여금 타자성을
인식하게끔 하고, 그것은 억압받는 주체를 저항하게 만들어준
다. 이때 주체의 저항은 아주 미미한 수준이지만132) 주체가 동
일성의 담론을 깨트리기 시작했다는 데 그 의의가 있다.

---

131) 아내가 자신의 생각이나 마음을 직접 말이나 행동으로 하는
    대신 자장가를 중얼거림으로써 속마음을 드러내기 때문에 제
    한적이라 할 수 있다.
132) 주체의 저항은 정확히 말하자면, 타자의 이질성이 아주 미약
    하게나마 드러난 순간을 놓치지 않은 주체의 새로운 반응이
    다. 본 연구에서는 이것 역시 넓은 의미에서는 '저항'에 포함
    될 수 있다고 보았다.

「산적」(1929)에서 주체가 타자의 이질성을 받아들이는 모습 역시 억압에 대항하는 힘의 작용을 보여주는 데에는 부족한 수준이다. 그러나 아내의 엉뚱한 행동에 대해 왜 그러했는지를 캐묻고, 충동적이나마 아내의 뜻에 합의하는 남편은 타자를 배제하는 동일성의 담론으로부터 벗어난 위치에 놓여 있다고 할 것이다.

> 안해는 나를 치어다보고 고개를 숙이며 쌕 웃었다. 계집의 눈물이란 과연 값이 헐하다. 그래도 삼 년이나 같이 산 남편이라고 허물이 없대서고 꼴에 또 여자의 본능으로 애교 쳇것을 부리는지 고개를 갸웃갸웃하고 쌕쌕 웃기만 하였다. (중략)
> "허따 뭘 그래. 지금 가지구 가야 물러주지두 않구 또 그렇게 먹고 싶든 거니까 해먹지 뭘."
> "내일은?"
> "내일은 또 어떻게 헐 셈치구 …… 허허허허."
> 나는 뱃속껏 유쾌하게 웃었다. 사실 유쾌하였다.
> 여편네도 같이 웃었다.
> 양념도 변변치 못하건만 산적 맛이 퍽도 맛이 있었다.[133]

가난해서 밥을 굶던 부부는 물건을 진딩잡히고 쌀을 사기로 한다. 전당포에서 돈을 받은 아내는 산적 굽는 냄새에 홀려 자기도 모르게 고기를 사는데 돈을 다 쓰고 만다. 집에 돌아와서야 아내는 쌀 사는 것을 깜박 잊었다는 사실을 깨닫고 〈놀라

---

133) 「산적」, 전집 6, p.450.

움과 무렴함과 슬픔〉으로 〈줄기 같은 눈물〉을 흘린다. 엉뚱한 행동을 한 자신에게 화를 내거나 나무라는 대신 차근차근 경위를 묻는 남편의 태도에 아내는 이내 눈물을 거둔다. 울다가 금새 웃는 아내를 보며 남편은 값 헐한 계집의 눈물과 꼴같잖은 애교라며 아내를 비아냥거린다. 이때 남편의 태도는 타자를 지배하고 있는 주체의 우월함이라 할 수 있다.

남편은 곧 산적 굽는 묘사를 하는 아내의 말에 〈솔깃하여서〉 맞장구를 치고, 차츰 아내가 그럴 수 있었으리라 이해하기 시작한다. 이때 남편은 타자의 이질성을 인식하는 주체의 태도를 보여준다. 타자의 이질성을 발견하게 된 주체는 타자의 논리를 수용하는 데까지 나간다. 비록 그것이 내일 일은 생각지 않고 그냥 먹고 보자는 충동적인 결론이긴 하다. 그러나 〈사실 유쾌〉하게 웃으며 〈퍽도 맛〉있게 산적을 먹었다는 주체의 진술은 스스로의 고립에서 벗어나 주체가 타자와 관계를 맺기 시작했음을 입증한다.

「민족의 죄인」(1948)은 타자의 이질성과 억압된 주체의 저항을 좀 더 구체적으로 드러내고 있다. 작가 자전적 경향이 짙은 주인공 〈나〉는 해방 후, 일제 강점 하에서 친일 활동을 했음을 괴로워한다. 당시의 친일행위가 상황에 이끌려 부정도 못하고 긍정도 못한 채 〈겉으로 복종이나 하는 용렬하고 나약한〉 것이었던 것처럼, 지금의 괴로움도 실은 반성도 변명도 아닌 어정쩡한 자기 고백에 지나지 않는다.[134] 현실

---

134) 지금까지 「민족의 죄인」에 대한 대부분의 연구는, 그 배후의 놓인 작가의 의식의 측면에서 논의되어 왔고, 따라서 그것이 반성인가 변명인가 하는 논란의 대상이 되어왔다. 김윤식(「민

생활 보전을 위해 그러할 수밖에 없었다는 그러나 죄임을 알고는 있다는 인식 정도로는 해방 직후의 〈나〉에게 아무런 변화를 일으킬 수 없다. 제대로 된 소설도 쓰기 힘들고[135] 마땅히 다른 생활 방도도 없는 상태에서 〈나〉는 〈윤〉의 직설적인 비판(친일행위에 대한 비판)을 받는다.

이때 〈윤〉의 이타성은 이질성으로써 주체와 관계를 맺지

족의 죄인과 죄인의 민족」, 『수필문학』, 1976. 3)과 삼지수승(「굴복의 말과 극복의 말」, 『식민지 시대의 문학연구』, 깊은샘, 1980)이 대표적인 논자다. 정호웅은(「해방공간의 자기비판소설연구」) 김윤식과 삼지수승의 논의를 진전시켜, 「민족의 죄인」은 자기변명의 논리를 펼친 끝에 민족적 자기비판론으로 귀결되고 있다고 평가한다. 방민호의 경우 '사소설'이라는 소설 형식에 주목하고, 그것이 인위적이고 방법적인 장르라는 점에서, 반성의 방식으로는 근본적인 한계를 가지고 있다고 설명한다. 결국 이런 논의들은 내용을 중심으로 요약한 것이라는 데 문제가 있다. 즉, 인물의 말과 행동을 결과적으로 평가한 것이며, 주체가 어떻게 변화했는지, 그 변화원인을 설명하기에는 역부족이다.

135) 해방 직후에 「맹순사」를 쓰고 나서, 지금은 소설을 쓰기 힘들다고, 「민족의 죄인」에서 직접 언급하고 있다. 「맹순사」(1946)는 해방이 되었지만, 여전히 선과 악, 정의와 부정은 구별할 수 없는 혼탁한 상황임을 비꼬고 있는 작품이다. 이는 냉소에 그칠 뿐 주체의 적극적인 대응이라 보기에는 다소 무리다. 특히 방민호(앞의 글, pp.84-87.)는 〈비판의 진실성이란 문제를 수반〉할 수 있다고 지적한다. 자기 풍자의 수준에 이르지 못하는 풍자는 언제나 제한적인 미적 감동만을 불러일으키는 경향이 있다는 것이다. 따라서 풍자의 높은 차원은 언제나 타인을 향한 풍자가 자기를 향한 풍자로까지 확장될 때 확보될 수 있다는 것이다. 따라서 해방 직전에 이르기까지 체제 협력적인 문필작업을 지속해오던 그가 이와 같은 비판적 작업을 수행한다는 사실 자체가 풍자의 또 다른 대상이 되어야 하지 않느냐는 문제를 제기한다.

못한다. 〈윤〉의 강렬한 이질성은 극단적으로 주체를 부정하는 데까지 나간다. 〈윤〉은 〈김〉(P 출판사 주인)과 내 앞에서 친일협력자 비판을 신랄하게 한다. 예를 들면 〈"웬만한 놈은 죄다 쓸어 숙청은 해야지, 관대했다간 건국에 큰 방해야. 38 이북에서 하듯기 해야만 해. 그리구 난 누가 무슨 말을 하거나, 그 비루하구 얌체빠지구 뻔뻔스럽구 한 인간성 그게 싫여. 소름이 끼치두룩 싫구 얄미워. 그런 것들과 조선 사람이라는 이름을 같이 한다는 것꺼지두 욕스럽고 불쾌해"〉라며 원초적인 적의와 혐오를 내뱉는다. 〈윤〉의 논리에 따르면 〈나〉는 전적으로 부정되어야 할 존재다. 자기 소멸의 위기에 놓인 주체는 본능적으로 타자와의 관계를 단절시켜버리고 만다. 일종의 자기 보존 본능이라 할 만한, 이런 주체의 심리는 작품 내에서 두 가지 양상으로 드러난다. 〈김군〉이 어설프나마 〈윤〉의 비판을 재비판한 것이나 내가 〈윤〉의 비판을 들은 후 보름 동안 병을 앓은 후 시골로 내려가자는 결심을 한 것은 〈나〉의 존재를 지키기 위한 것이다.

 〈김군〉의 재비판은 〈윤〉의 비판이 지나치게 극단적인 논리라는 점, 현 상황에 대처하기는 부족하다는 점을 지적하는 수준일 뿐이다. 이는 주체도 인식하는 바, 〈김군〉은 무엇을 비판했다기보다는 그저 〈나를 위해 윤에게 싸움을 걸었던〉 정도였다. 그러나 병136)과 낙향 결심은 〈윤〉에 대해 주체가 행하는 최대한

---

136) 전통적인 의미에서 질병은 〈총체적 조화의 파괴〉이고, 근대적 의미에서는 〈외적 존재(세균 – 인용자)의 침입에 의한 세포 수준의 이상〉으로 정의된다.(조형근, 「근대 의료 속의 몸과 규율」, 서울사회과학연구소 편, 『근대성의 경계를 찾아서』, 새길,

의 대응이나 다름없다. 병이 본능적인 대응의 수준이라면 낙향은
〈윤〉과 같이 주체를 혼란시키는 요소가 없는, 자족적인 공간으
로 도피하고자 하는 주체의 결심이라 할 수 있다. 이는 결국 자기
동일성을 무너뜨리지 않으려는 주체의 욕구이기도 하다.

낙향을 결심한 〈나〉는 아내에게 시골로 내려가자는 말을
꺼낸다. 아내는 갑작스런 〈나〉의 이야기에 우선 현실적인 고
려를 먼저 한다. 아내는 〈내려가얄 사정이면 내려가는 것이
지만〉, 〈내려가니, 가서 살 도리〉가 없다는 판단에 뒤이어 아
이들의 교육이 가장 큰 문제임을 지적한다.

> "죽은 심 치면 못 참을 건 있으며 못 견델 건 있
> 어요?"
> "……"
> "당신, 죄지셨잖아요? 그 죄, 지신 채 그대루, 저생
> 가시구퍼요?"
> 안해가 나를 죄인이라 부르기는 처음이었다. 그는
> 울면서 그 말을 하였다.
> 나를 죄인이 아니라 여기려고 아니하는 이 낡아빠
> 진 안해가, 나는 존경스럽고 고마왔다.
> "당신야 존재가 미미하니깐 이뎀에 민족의 심판을
> 받지두 못하실는진 몰라두, 가사 받아서 벌을 당한다
> 구 하더래두, 형벌이 죌 속량해 주는 건 아니잖아요?"
> "……"

1997.) 「민족의 죄인」에서 〈나〉의 병(病)은 〈윤〉의 비판에 따
른 충격으로 신체의 조화가 깨졌거나, 〈윤〉의 비판을 세균의
침입과 같이 받아들인 결과라고 해석할 수 있다.

> "이를 악물구, 다른 것 다 돌아볼랴 말구서 저것들
> 남매 잘 길러 잘 교육시키구, 잘 지도하구 해서 바른
> 사람 노릇 하두룩, 남의 앞에 떠떳한 사람 노릇 하두
> 룩 해줍시다. 아버지루써 자식한테 대한 애정으루나,
> 죄인으루써 민족의 다음 세대에 다 속죌 하는 정성
> 으루나."
> "……"
> "어미 애비의 허물루, 그 어린 자식한테까지 미쳐
> 가서야 어린것들을 위해 너무두 슬픈 일이 아녜요?"
> "……"
> "원고 쓰실랴 마세요. 차라리 영리회사 같은 데 취직이
> 래두 하세요. 것두 싫으시거든 얼마 동안 집안에 들앉아
> 기세요. 내가 박물 보퉁이래두 이구 나서리다."[137]

아내는 낙향이 과거 친일행위에 대한 죄를 어떠한 방식으로
도 해결해 줄 수 없음을 지적한다. 더 나아가 형벌을 받더라도
그것이 죄를 속량해주지 않는다고 주장한다. 그렇다고 해서
아내가 별다른 해결방안을 내놓는 것은 아니다. 더구나 '자식
교육＝부모의 도리＋민족의 다음 세대에 속죄하는 것'이라는
등식은 얼핏 타당한 것 같으면서도 자기합리화에 빠질 위험이
있다. 죄에 대한 처벌(예를 들면 형벌)은 자기반성의 1차적인
단계에서는 필수적이다. 이를 무시하고 개인적인 방법을 찾는
아내의 의견은 자신들에게 필요한 일을 하면서도 대외적으로
명분을 갖추자는 이기적인 생각에 머무를 수 있다.

그러나 아내가 낙향을 만류하는 것은 주체와 타자(외부세

---

137) 「민족의 죄인」, 전집 8, pp.455-456.

계 포함)의 교류를 지향하고 있다는 데 의미가 있다. 낙향은
곧 타자성의 세계와 단절되는 것이며 거기에서는 〈죄, 지신
채 그대루, 저생〉 갈 도리밖에 없다고 아내는 인식하기 때문
이다. 더 나아가 아내는 주체의 타자성 확보를 위한 노력(박
물장사)을 구체적으로 제시할 만큼 적극적이고도 현실적이다.
이와 같은 아내의 태도 표명은 타자의 이질성이 발현되는 지
점이라 할 것이다. 「처자」의 아내가 자장가 부르는 것, 「산적
」의 아내가 조심스럽게 남편의 질문에 대답하는 일에 비한다
면, 「민족의 죄인」에서 아내는 타자성을 드러내기에 보다 적
극적이다. 이 적극성은 주체에게 이후 잘못된 행위에 대해
적극적인 비판을 할 수 있는 계기로 작용한다.

　현실적인 이익138) 때문에 동맹휴학을 피해 온 조카에게 남
편은 〈안해까지도 질겁해 놀라도록〉 크게 꾸중을 한다. 조카
의 잘못됨을 지적하는 것은 단지 어른 된 도리 — 올바른 길로
조카를 이끌고자 하는 심정 때문만은 아니다. 그것은 낙향을
만류하는 아내를 통해 타자의 이질성을 접한 주체가 이전의
자신을 부정하는 인식까지 이르렀음을 나타내는 것이다.

　그러나 주체가 동일성의 세계에 함몰되는 위험을 자각하였
다할지라도 「민족의 죄인」에서 〈나〉가 원심력을 확보해 타자
성의 세계로 나아가기에는 여전히 역부족이다. 작품 외적인
면에서는 방민호139)의 논의대로 작품 형식이 주체를 사회적

---

138) 조카는 내일 모레가 졸업인데 공부를 해야 상급학교 입학시험
　　을 치고, 또 동맹휴학을 한다면 조행에도 문제가 있다는 점을
　　〈나〉에게 설명한다.
139) 방민호, 앞의 글, pp.88-90.

맥락 안에 위치 짓기에 한계가 있다는 점에서, 작품 내적인 면에서는 주체-타자의 위치 설정에서 그 이유를 찾을 수 있을 것이다. 「민족의 죄인」에서 타자의 이질성을 접하는 주체는 타자보다 우위에 자리 잡고 있다. 이런 사실은 〈나〉를 죄인이라 부르며 낙향을 만류하는 아내를 보며 〈이 낡아빠진 안해가, 나는 존경스럽고 고마웠다〉고 서술하는 데서 찾아볼 수 있다. 타자의 이질성이 놀라움, 새로움, 충격으로 느껴지는 것은 대등한 위치에서 가능하다. 주체가 타자보다 우월한 위치에 있을 때 타자의 이질성은 자신의 범주 내에서 수용가능한가가 문제시될 뿐이다. 자신을 죄인이라 부르고, 죽은 셈 치고 견디라는 아내가 존경스럽고 고맙다는 인식은 주체가 우월한 상태에서 포용력을 발휘하는 것에 다름 아니다.

타자의 이질성을 너그럽게 받아들인 주체, 즉 타자보다 우위에 서 있는 주체가 자기 세계로부터 벗어나고자 할 때 자기만족을 가장 중요하게 문제 삼는 것은 당연한 일일 것이다. 조카에게 한바탕 호통을 친 후, 주체는 〈무엇인지 모를 속 후련하고, 겸하여 안심되는 것 같은 것이 문득 느껴지고 있음을 나는 스스로 거역할 수 없었〉다고 토로한다. 이때 주체는 동일성의 세계에 함몰되지 않았음을 기뻐하고 안심할 뿐 자신의 동일성으로부터 벗어나 타자화된 주체로 변화하는 단계에 이르지 못하고 있다. 따라서 「민족의 죄인」에서 타자의 이질성과 억압된 주체의 저항이 구체적으로 드러남에도 불구하고, 주체의 우월한 위치 설정은 타자화된 주체로의 변화를 가로막는 원인이 되어버린다.

2.2. 계몽 담론과 여성 타자의 저항

채만식 문학작품에서 근대적인 남성주체가 가지고 있는 주체 중심주의는 대부분 우월한 지식인의 계몽담론을 통해 표현된다는 사실을 이미 여러 작품에서 살펴본 바 있다. 식민지 지식인들의 현실적 좌절감에서 비롯된 열등의식과, 강박관념처럼 작용했던 '약육강식, 적자생존, 우승열패, 사회진화'의 이데올로기는 그것이 민족적 실력양성론이었든지 친일적 실력양성론이었든지 간에 교육과 계몽을 통해 조선 사회를 발전시켜 나가야 한다는 의식으로 지식인들에게 보편화되어 있었다.140) 그러나 이런 의식이 일제 강점이라는 현실 속에서 사회화되기에는 역부족일 수밖에 없다. 따라서 남성 주체의 계몽담론과 현실적인 좌절에서 오는 룸펜 문화의 자폐적이고 자기 비하적인 담론은 동전의 양면과 같은 관계에 있다고 볼 수 있다. 따라서 이를 통해 제국주의의 동일성 담론을 벗어나기란 거의 불가능하다. 오히려 계몽 담론이 활발해질수록 제국주의의 동일성 담론으로 포섭되거나 현실로부터 주체를 차단, 소외시키는 결과에 봉착한다. 채만식 문학작품에서 '여성 타자'는 이와 같은 악순환적인 연결고리를 끊어주는 역할을 한다. 또 '여성 타자'는 남성 주체의 계몽담론이 타자를 억압하고, 독단으로 흐를 소지가 있다는 것, 계몽담론이 합리적 결론, 선(善) 등 가치론적인 우월성을 가진 것이 아니라는 사실을 밝혀준다.

---

140) 김진송, 앞의 책, 3장 참조.

채만식은 「병조와 영복이」(1930)에서 사랑하는 여자를 선도하고자 하는 남성 주체의 계몽담론이 여성 타자에 의해 정면으로 부정되는 과정을 보여준다. 여성 타자는 주체중심주의에서 비롯된 계몽담론에 직접적으로 저항한다. 작가 또한 그 과정에 개입, 작가의 판단을 직접 드러냄으로써 계몽담론의 부정성을 뚜렷하게 부각시키고 있다. 「병조와 영복이」의 〈병조〉는 같은 인쇄소의 여직공 〈소희〉를 짝사랑한다. 밤마다 종이 위에 〈소희〉란 이름을 수없이 쓰고, 또 쓰며, 얼굴을 그려보는 등 자신의 마음을 가누지 못해 미칠 것처럼 괴로워한다. 이처럼 짝사랑으로 괴로워하게 된 것은 사실 두 달 전 〈병조〉가 〈소희〉에게 사랑을 고백했다가 거절당했기 때문이다.

〈병조〉는 〈소희〉를 보자마자, 첫눈에 반해 연애 감정을 느꼈다. 그러나 이 감정은 동등한 위치에서 타자와 관계 맺음을 원하는 주체의 것이 아니라 〈귀여운 누이동생을 오랜만에 만난 듯한 기쁨〉 즉 우월한 위치에 있는 주체의 감정이다. 더 나아가 〈병조〉는 〈소희〉를 〈허영을 낚아들이는 전문업자〉의 〈낚시에 걸릴 가능성이 많은 여자〉로 파악하기 때문에 근심스럽기 짝이 없다. 그러나 〈병조〉가 〈소희〉를 걱정하는 근거는 비논리적이다. 그저 〈흔들리기 쉬운 젊은 여자〉들은 일반적으로 〈허영을 흠망〉하는 속성이 있는데 〈소희〉는 인쇄소에 어울리지 않는 세련된 혹은 화려한 외모를 가졌다는 사실이 근거일 따름이다.141) 외모와 타락은 필

---

141) 병조의 친구 영복이는 소회를 두고 〈소휜가 허는 그 색시는

연적인 인과관계가 성립되지 않는 별개의 사항임에도 불구하고 〈병조〉의 걱정은 타인에 대한 관심이나 염려의 차원을 넘어선다. 〈병조〉의 판단으로는 〈소름이 끼치도록 무서운 환영〉이 예상되는데 〈소희〉는 전혀 그것을 모르고 있기 때문이다. 따라서 〈병조〉는 연애 감정과는 별도로 즉 〈소희〉가 자신의 사랑을 거절하더라도 〈안내역만은 충실히 하〉겠다는 정의로운 사명감으로 가득하다.

'외모, 나이→타락의 위험성→근심·걱정→연애와는 무관한 사명감'이라는 논리의 발전은 외모와 나이가 객관적인 사실일 뿐 그 외에는 어느 하나에서도 논리적인 근거를 찾을 수 없다. 그저 〈병조〉의 막연한 생각, 상상에서 시작하여 자신의 생각을 혼자서 발전시켰을 따름이다. 그럼에도 불구하고 〈병조〉는 스스로의 생각에 도취하여, 절박한 심정에 사로잡힌 그야말로 주체 중심주의의 전형적인 계몽 담론을 보여준다.

'연애'라는 관계를 주체 구성의 관점에서 살펴본다면 주체 중심주의에서 벗어나 타자성의 위치로 전이되는 과정이라 할 수 있다. 주체 중심주의는 '처음부터' 자기 나름의 진리와 논리를 내세워 타자를 설득하고 포섭하려고 한다. 그러나 연애 관계는 논리적 설득으로는 절대로 타자를 포섭할 수 없는 경우이다.142) 오히려 연애 관계에서는 넘어설 수 없는 이원성

우리 같은 놈의 여편네가 되기는 너무 때가 벗었어〉라면서 〈여러 여직공 가운데서 눈에 선뜻 띄는 만큼〉의 〈오조오상 (아가씨 - 인용자)〉이라고 평한다.(전집 6, p.487.)

142) Levines, E., 앞의 책, pp.103-111, 炳谷行人, 송태욱 역, 『탐구 1』, 새물결, 1998, pp.194-195.

150

이 두 존재자들 사이에 있음이 확인된다.[143] 연애 관계가 유지되려면 항상 타자의 차이성을 받아들여 자신(주체)의 생각을 끊임없이 수정해나가야 하기 때문이다. 연애는 주체 중심주의에서 벗어나 타자성의 위치에 설 때만 그 관계를 지속시킬 수 있다. 그러나 〈병조〉의 경우 타자성의 위치에 선 연애관계가 성립할 수 없다. 오히려 타자를 적극적으로 동화시키고자하는 주체의 강력한 의지가 발휘될 뿐이다. 이처럼 근대 남성 주체의 우월한 위치를 드러내주는 계몽담론은 채만식의 작품에서 전형적으로 나타나고 있다. 그러나 「병조와 영복이」에서는 교화되어야 할 대상으로 선정된 여성 타자에 의해 계몽담론이 균열되기 시작한다는 데 그 의의가 있다.

사랑의 고백이라기보다는 계몽 선전문과도 같은 연애편지를 받은 〈소희〉는 〈사랑에 대해서는 '무관심'〉이라는 자신의 입장을 명백히 밝힐 뿐만 아니라, 〈병조〉의 계몽적인 태도를 정면으로 반박한다.

> "그러고 저의 앞길에 대하여 그만큼 근심을 하여
> 주시니 감사는 합니다마는 그러나 그것은 기우일 것
> 같습니다.
> 저는 편협한 소견에 도리어 모욕을 느낍니다."
> 병조는 깜짝 놀랐다.
> 모욕? 아무리 생각하여도 그는 그동안 자기가 소
> 희에게 대하여 온 일 중에 얕보아서 모욕을 하거나
> 또 자기가 한 편지의 문구를 되풀이하여 생각하여

---

143) Levines, E., 위의 책, p.104.

　보아도 그렇게 한 기억은 나지 아니하였다.
　　그러나 병조는 이러한 것을 깨닫지 못하였다.
　　병조가 소희를 사랑한다는 것은 병조 자기에게만
그친 일이었었지 소희는 그야말로 길을 걸어가다가
마주치는 사람을 무심히 보고 지나듯이 '무관심'한
터이었었다.
　　그러므로 혼자서 속을 태우고 남의 근심을 하여 타
락이 되느니 어째느니 한 것이 소희로서는 모욕을 느
낀 것도 결코 무리한 일이 아니었을 것이었었다.144)

　예쁘장한 외모로 그저 주어진 일만 하는 수동적인 존재라
여겨졌던 〈소희〉는 〈병조〉의 편지에 분명한 대답을 준다. 애
초에 연애편지를 보낼 때 〈병조〉는 〈소희〉에게 저녁 여덟시
쯤 찾아갈 테니 말로 가부(可否)를 결정해줄 것이며, 만약
방문이 불쾌하면 자리를 피해도 된다고 당부한다. 그날 〈소
희〉는 저녁을 먹은 후 〈병조〉가 찾아오기 전에 친구와 외출
한다. 외출을 한 것 자체로 이미 거부의 뜻이 분명해졌지만,
다음날 〈소희〉는 〈병조〉에게 위와 같은 편지를 보내 더욱 자
신의 입장을 명확히 한다. 앞날을 걱정해주니 감사하다는 정
중한 태도를 취하지만 무엇보다도 〈편협한 소견에 도리어 모
욕을 느〉낀다는 점을 분명히 전해주고자 한 것이다.
　〈병조〉는 이와 같은 〈소희〉의 대답을 전혀 이해할 수가 없
다. 그는 이미 자기 동일성의 완벽한 논리 구조 속에 스스로
를 가두어 두고 있기 때문이다. 계몽담론에 감싸여 있는 주

---

144) 「병조와 영복이」, 전집 6, pp.469-470.

체가 타자의 저항에도 불구하고 계속 자기 동일성을 고수하지만, 저항하는 타자와 그에 동조하는 서술자의 개입은 계몽 담론의 부정성을 한층 더 부각시킨다. 서술자는 〈병조〉의 논리가 〈혼자서 속을 태우고 남의 근심을 하여 타락이 되느니 어쩌느니 한 것〉일 뿐이고 따라서 〈소희〉의 저항이 타당한 것임을 독자들에게 일깨워준다. 이후 〈소희〉의 담담한 태도와 〈병조〉의 불안한 태도가 계속해서 대조적으로 묘사됨으로써 이미 계몽 담론에 균열이 일어났음을 시사한다.

「병조와 영복이」가 남녀의 연애관계를 통해 자기중심적 주체에 저항하는 여성 타자를 부각시키고 있다면 『아름다운 새벽』(1942)에서는 동일성의 담론에 저항하는 여성 타자의 다양한 모습을 보여준다. 이 작품에서는 지식인 남성 〈준〉을 중심에 두고 모자(母子)관계, 전근대적 부부 관계, 근대적 연애 관계가 얽혀 있다. 그 관계에서 강인한 어머니, 순종적이지만 체념을 통해 스스로를 단련한 구식 아내, 자기주장과 세계관이 분명한 신식 여성이 등장한다. 〈준〉은 〈병조〉와는 달리 예민하고 나약한 그래서 무기력하기까지 한 지식인의 모습으로 형상화되어 있는데, 이는 1930년대와 40년대라는 시대적 차이에서 기인한 것이다. 일제 강점 말기의 현실은 계몽담론의 적극성을 무력화시켰고 근대 주체는 자기중심적인 성격만이 강화되어 현실로부터 유리된 채 더욱더 고립된 것으로 남아있게 될 수밖에 없었기 때문이다. 〈준〉의 계몽담론도 자기중심적 성격만이 강조되어 있어 모든 관계를 자신의 생각과 논리에 맞추어 이해·평가한다. 그러나 그와 관계를 맺고 있는 여성들은 〈준〉의 자기중심적 세계와는 다른-차이가 있는-자신들의 세계를 가지고 있으며 자신들의 논리에 충실함으로써 〈준〉의 계몽담론에 저항한다.

우선 〈준〉의 어머니 강씨 부인은 구식 여성으로 서른 살에 남편을 여의고 열한 살 난 아들 준을 데리고 원래 재산의 열 배 이상을 불린 억척스러운 여자이다. 그렇게 할 수 있었던 가장 큰 원동력은 그녀의 〈일에 대한(즉 생활에 대한) 사람 자신의 철저한 정성과 힘찬 실행력〉이다. 그녀는 속임수와 사기는 물론이거니와 이자놀이나 장리 등은 전혀 하지 않았고, 스스로도 〈몇백 석 거리 성세를 내 손으로 장만을 했다만서도 하늘을 우러러 보나 땅을 내려다보나 털끝만치도 마음에 죄를 진 두려운 생각〉은 없다고 자부할 정도이다. 여기에서 작가가 강조하고 있는 것은 강씨 부인의 뚜렷한 주관과 적극성이다.

> 잘하나 못하나 강 부인은 그리하여, 내 스스로의 주견과 힘으로써 모든 것을 감당해 나가야만 했다. 집안과 살림살이의 짜장 주인이 되어야만 했던 것이다.
> 강 부인은 요행으로 여장부 될 천품을 타고 났었다. 그런데다 마침 환경이 그 천품을 발휘할 기회를 주었다.
> '허어! 그 젊 괏댁이! ……'
> 사람사람이 눈을 흡뜨고 혀를 내저으면서 경탄하고 희한하여 하고 혹은 시기도 하고 하도록 강 부인은 두 팔 걷어붙이고 나서서 그야말로 치마꼬리에서 바람이 획획 일 만큼 눈부신 활약을 했다.145)

---

145) 『아름다운 새벽』, 전집 4, p.14.

〈희한〉하다는 것, 〈시기〉, 〈치마꼬리에서 바람이 획획 난다는 조롱〉 등은 강씨 부인의 〈주견과 힘〉에 대해 느끼는 다른 사람들의 이질감을 표현한 말이다. '여자는 이러이러해야 한다'는 암묵적인 합의, 특히 젊은 과부에 대한 사회 구성원들의 일반적인 인식146)과 강씨 부인의 실제 모습은 너무나 다르기 때문이다. 그녀의 뚜렷한 주관과 적극성은 〈천품〉이고 자신이 처한 환경에서 그것을 발휘한 결과 많은 사람들의 주목을 받는다. 시기와 조롱을 하는 사람들에 비해 작가는 강씨 부인이 특별하긴 하지만 그것이 〈'집안'을 위해서나 이윽고는 천하를 위해서나 퍽도 미쁜 여인〉이라는 긍정적인 평가를 내린다. 더 나아가 그녀가 아들 〈준〉에게 지나칠 정도로 엄격했고 조혼을 강요한 나머지 가정불화가 생긴 것도 〈운명이라고도 일컫는 불가항력의 탓일지언정 강 부인의 단독 책임은〉 아니라고 작가는 분명히 밝혀준다. 이와 같은 강씨 부인의 적극성은 〈준〉의 나약한 성격과 대비되어 더욱 부각된다.

〈준〉은 장가간 첫날 밤 아내에게서 환영을 보고 엄청나게 놀랐던 경험에서 지금까지도 쉽게 벗어나지 못한다. 어른이 된 그는 이성적으로는 모든 것을 다 이해하고 수용하지만 그

---

146) 여성에게는 정숙함, 순종, 인내, 수줍음 등의 수동적 특질과 함께 남성을 보좌하는 역할이 주어졌고, 특히 젊은 과부라면 더욱더 외부 사람의 시선을 의식해 몸가짐과 행동거지를 조심하고 극도로 절제된 생활을 해야 마땅한 것이다. 강씨 부인이 보여주는 활달한 성품과 적극적인 생활방식은 여성으로서는 물론 젊은 과부로서는 당시 상상도 하기 힘들 정도로 이질인 것이라 할 수 있다.

저 〈집에 당도하여 눈앞에 그(구식 아내 – 인용자)가 얼찐만
하여도 가슴이 맞방망이를 치고 사족이 떨려 똑바로 한번 치
어야 보지도 못〉할 지경이다. 그는 이를 스스로 〈아낙 공포
증〉이라 명명하며 이성적이지 못한 것을 괴로워하면서도 또
한편으로는 어쩔 수 없다고 자기합리화한다. 이처럼 〈준〉은
〈지지리 약비한 신경의 소유자〉로 나약하고 예민한 지식인
으로 형상화되어 있지만 주체중심주의에 함몰된 것은 다른
남성 주체의 모습과 별반 다르지 않다.

> 이 밥상 분별의 형식을 통하여 느껴지는 아낙 서
> 씨의 슬픈 정성이 준은 괴로왔다. 지나가는 나그네와
> 진배없는 명색의 남편을 위해 남과 진배없는 안해건
> 만 그래도 안해다운 정성이 우러나기로 마련이든가
> 하면 일변 옷깃을 바로 해야 할 듯 엄숙한 마음이기
> 도 했다.
> 밥상이 갖추 알뜰하게 차려진 것은 사실이었다. 그
> 러나 거기에서 한 여인의 얌전한 솜씨 이상의 것으
> 로 이른바 안해다운 정성토록을 느끼고 한다는 것은
> 매양 지나친 천착에 잡치운 바 된 한낱 환상이 아닐
> 는지 ……
> 병적으로 남의 암시에 대한 감응성이 예민한 그는
> 그리하여 항상 착각·독단에서 출발하여 환상·과정
> 을 거쳐 으레 오산(誤算)의 피안(彼岸)에 가 닿곤 하
> 던 것이었었다.147)

---

147) 『아름다운 새벽』, 전집 4, p.131.

첫날 밤 아내를 소박하고 나서 이십여 년이 지난 후, 아내에 대한 죄책감을 가지고 시골집으로 돌아온 〈준〉은 밥상을 보고 아내를 생각한다. 〈준〉은 밥상 차림에서 아내의 〈슬픈 정성〉을 느끼고 괴로워하지만 곧 작가에 의해서 사실은 그와 다르다는 것이 밝혀진다. 아내는 그저 습관적으로 배운 대로 행동했을 뿐 그 이하도 이상도 아니다. 그럼에도 불구하고 여러 가지 의미를 부여하는 〈준〉의 태도는 병적으로 예민한 그의 성격 탓이기도 하지만 궁극적으로는 주체의 우월함과 동일성을 강조하는 계몽담론이 변형되어 드러난 것이다. 〈준〉은 아내가 자신의 사랑을 원하지만 사랑받지 못한 불쌍한 처지라 생각한다. 자신은 그런 아내를 동정하지만 그녀에게 사랑을 베풀어줄 수 없기 때문에 괴롭다. 아내라는 타자를 자신의 논리 속으로 끌어들여 완벽하게 설명하는 〈준〉의 이와 같은 태도는 주체 중심주의의 대표적인 경우이다.

그러나 객관적인 사실은 〈준〉의 생각과는 엄청난 거리가 있다는 점이 작가에 의해 서술되고, 구식 여성이긴 하지만 아내 서씨 또한 〈준〉의 지배 영역에서 벗어난 타자임이 명확히 드러난다. 소박맞은 지 이십일 년 만에 남편이 돌아와 안부를 묻자 아내는 새삼 동요한다. 그러나 긴 세월 동안 체념해온 여성 타자는 이미 자신의 독자성을 확보한 상태이다. 아내는 잠깐 동안 동요하기는 했지만 곧 남성 주체가 자신의 동일성 담론으로 끌어들이려는 구심력에 반발한다. 〈이십일 년도 혼자 살았〉는데 〈그 낙(부부관계 — 인용자)이 하상 그리 대단스런 낙일까 봐서〉, 〈혼자 살다가, 혼자 늙어, 혼자

죽고 …… 오죽 마음 편코, 몸 편한 노릇〉이겠냐는 아내의
생각은 이미 〈준〉이 동정이나 시혜를 베풀 수 없는 별개의
독자적인 영역에 속해있다. 아내와 마주하여 다시금 일어나
는 〈아낙공포증〉으로 〈준〉이 식은땀을 흘리며 쩔쩔 매고
있을 때 그와 대조적으로 아내는 〈준〉과 일치할 수 없는 타
자의 이질성을 분명히 드러낸다. 아내는 초연하고 담담한 태
도로 남편에게 새로 여자를 얻을 것을 권유하고 이혼해달라
면 하겠다고 말한다. 단, 갈 곳이 없으니 〈이대루 어머님이
나 뫼시구 있게 해주시면 큰 덕으로 알구 한평생〉 살아가겠
노라고 자신의 할 말을 다 한 후 남편의 대답도 듣기 전에
자리에서 조용히 일어난다. 이후 아내 서씨는 준과 이혼한
후 병사(病死)한다. 비록 아내의 죽음으로 인해 타자의 이질
성이 구체적으로 어떻게 발휘되는지는 알 길이 없다. 그러나
주체의 영역에 완전히 동화되어 있다고 생각한 여성 타자가
실제로는 자신의 영역을 확보하고 남성 타자의 계몽담론에
저항한다는 부분 자체만으로도 큰 의미가 있다.

　강씨 부인과 아내 서씨가 자신들의 독자적인 생활세계로써 남
성 주체의 계몽담론의 구심력에 저항하는 여성 타자라면 이들 구
식 여성과 달리 신식 여성－지식인 여성으로 설정된 〈나미〉는
스스로 자신의 독자성을 주장하는 모습을 보여준다.

　　"느인 아직 철이 들질 않구 세태가 무엇인지 생활이
　무엇인지 모르니깐 바루 그렇게 순수한 걸 찾구 진실
　을 떼메구 나서구 하지만, 너두 장차 인젠 네 모가치
　의 실제 생활을 해야 할 날이 좌우간 불원했으니 그땔

당해 보렴? 사실과 거리가 먼 진실, 사실과 타협할 수 없는 진실, 그런 진실은 다아 주체스런 꿈이란다!"

"그래두 말이우 오빠? 아직꺼정은 팔팔한 기개가 어디 그렇수? 순수허구 싶은, 진실을 따르구 싶은 그런 욕심 그런 용기가 벌써버텀 없어지구 말아서야 무엇에 쓰우?"

"기집아이가 …… 시집가서 살림살이허구 자식낳구 에미노릇허구 해야 할 사람이 기개니 용기니 다아 주저 넘은 소리야!"

"온 참! 결혼생활, 어머니 생활엔 진실허구 용기 있구 허믄 못쓰란 법두 있우?"148)

오윤평은 여동생 나미에게 장두식과 혼인을 서두를 것을 권하며, 그동안 서로 가까이 해와서 남들이 다 약혼했다고 여기니까 그러한 '사실'을 받아들여야 한다는 논리를 편다. 그러나 〈나미〉는 '사실'과 '진실'은 다르다는 것, 남들이 어떠할 지라도 자신의 생각 — 결혼을 결심한 적이 없다는 것 — 이 훨씬 더 중요하다고 반박한다. '사실'과 '진실'을 구별하는 남매의 논란은 다소 관념적이다. 그러나 사실상 이 논란의 진짜 이유는 남성 주체중심주의에 여성 타자가 마땅히 포섭되어야 한다는 주장과 자신의 이질성을 보존하고자 하는 여성 타자의 대립 때문이다. 〈기집아이가〉라는 핀잔과 〈여자의 승미루 너무 지나치게 불같이 맹렬하〉다는 오빠의 걱정은 여성 타자를 인정하지 못하는 남성 주체의 목소리인 것이다.

---

148) 『아름다운 새벽』, 전집 4, p.41.

2.3. 배제된 여성 타자의 주체화 과정

2.3.1. 주변부 삶과 여성 타자

이질적인 여성 타자의 저항이 남성 주체의 계몽담론이 가지고 있는 부정적 속성을 드러내주었다면, 주변부 삶을 살아가는 여성 타자는 남성 주체의 부정성과 현실에서 여성으로서의 타자성이 가지는 의미를 부각시켜준다. 채만식 문학에서 여성 타자의 주변부적 삶은 두 가지 양상으로 드러난다. 도시 여성(신여성, 지식인)이 카페 여급이나 양공주 등으로 몰락한 경우와 생활고에 시달리는 민중 여성(농촌 여성, 여성 노동자)의 경우다.

전자는 「이런 남매」(1939)의 〈헤렌〉과 「낙조」(1948)의 〈춘자〉가 대표적인 경우다. 이 여성 타자들에 대응하는 남성 주체는 둘 다 '교사'라는 지식인으로 설정되어 있어 흥미롭다. 일반적으로 학교는 사회 체제가 필요로 하는 인적 자원의 생산과 지식적 권위를 만들어냄으로써 사회 체제를 재생산하는 장이다.149) 특히 식민지체제하에서 학교와 교육은 더욱 그렇다. 일제 강점기에서는 동화주의 교육을 통해 한국인을 일본인으로 만들려는 시도가 체계적으로 이루어졌다. 식민지 초

---

149) 김진균·정근식·강이수, 「일제하 보통학교와 규율」, 김진균·정근식 편저, 『근대주체와 식민지 규율권력』, 문화과학사, 2000, p.77.

기에는 우민화정책으로, 후기에는 식민지체제가 필요로 하는 인간형 – 노동자형 인간, 병사형 인간 – 을 적극적으로 만드는 것이 학교 교육의 목표이다.[150] 이 과정의 주체가 '교사'이다. 이 때문에 「이런 남매」의 〈영섭〉과 「낙조」의 〈나〉가 남성 주체이자 지배담론을 강화시키는 '교사'라는 사실은 중요한 의미가 있다. 남성 주체의 동일화 담론과 제국주의적 동일화 담론이 이중으로 겹침으로써 주체 중심주의적 성격이 더욱 강화되기 때문이다.

〈헤렌〉은 오빠 〈영섭〉이 중학교를 마치고 만주로 가서 방랑생활을 하는 동안 가난한 집안을 꾸려나가기 위해 카페 여급으로 일한다. 〈고결한 정신〉을 강조하는 〈영섭〉에게 〈굶을지언정, 카페의 여급은 용서를 할 수 없〉는 일이다. 그러나 〈영섭〉이 강조하는 〈고결한 정신〉이란 형식만 있을 뿐 내용이 없다.

그는 아이들에게 〈쌀이 없어서 한 끼 밥을 굶을지언정, 한 끼는 말고 열흘 스무 날을 먹지 못할지언정, 옳지 못한 일, 양심에 부끄러운 일, 남에게 치소를 당하는 일, 그런 일을 해서 배를 채우고, 아름다운 옷을 입고해서는 안 된단 말야……〉라는 주장을 평소에도 직·간접으로 도입, 고취하기를 게을리 하지 않는다. 그러나 무엇에 대한 옳지 못함이고, 어떤 것이 양심에 부끄러운 것이며, 왜 치소를 당하는 지에 대한 내용이 제거된 '고결함'이란 그저 명분뿐인 구호이다. 따라서 〈영섭〉은 도시락도 못 싸와 밥을 굶는 가난한 아이들

---

150) 김진균·정근식·강이수, 위의 논문, pp.101-9.

앞에서 월사금을 내지 않았기 때문에 〈책임 관념〉, 〈의무 관념〉이 없다고 꾸중하는 중간 중간 자신은 〈밥을 큼직하게 한 덩이 저깔로 집어다가 넣으면서〉도 전혀 모순을 느끼지 못한다. 이론과 명분으로만 무장한 남성 주체는 현실과 완전히 단절된 상태이므로 가난한 아이들의 타자성을 인식할 수 없기 때문이다. 이와 같은 남성주체의 고립성을 정면에서 반박하는 것이 〈헤렌〉이다.

"(혜옥이는—인용자) 너보담은 나아 …… 너보담은 깨끗해 …… 밥은 굶을 망정 정신적으로는 만족을 하구 자긍이 있어!"…(중략)…

"…… 그러니 아무 의미두 없구, 소득두 없는 짓이지요. 그러구서 그 덕은 누가 보는지나 아시우? …… 모른다면 가르켜 드리지요 …… 그 사람네가 애꿎이 도덕을 지켜서, 무지하게 선량해서 말씀이여요 …… 억지 춘향이 노릇을 해서 말씀이여요 …… 이익을 보는 건 세상뿐이랍니다요? …… 질서가 유지가 되구 도덕 체껏이 시행이 되구 하는 덕택에요!" (강조—인용자) …(중략)…

"간다는 데두 이 야단이시우! …… 그렇지만 하던 말은 마저 하구요 …… 그래서 말씀이여요, 나는 말씀이여요. 인력거꾼이나 닝마상수나 노동자 기집 돼가지구, 세상 돼지만두 못한 고생 하면서 정신적으루두 아무 만족두 위안두 자긍두 없이 사는 것보다는 말씀이여요. 이왕이면 잡년이라두 좋구 화냥년두 좋으니 돈 벌어서 잘 먹구 잘 입구 편안히 지내는 게,

> 세상이야 어디루 갔던지, 내 한 몸뚱이한테는 충실하
> 니깐 되려 만족이구 자랑이랍니다요 …… 배고픈 창
> 자를 틀켜쥐구두 도덕인가요? 제가 방금 죽어두 세
> 상만 도덕이 섰으면 그만인가요? …… 흥! 세상에서
> 명색 잘났다는 놈일수록 제멋 대루, 제 좋을 대루, 지
> 랄입디다! 세상이야 어디루 갔던지 …… 그러니깐 억
> 울허구 못난 건, 저 혜옥언니나 당신 같은 골샌님
> ……"151)

인력거꾼의 아내로서 오빠와 여동생에게 도움을 받아가며, 아픈 남편과 병든 아이를 돌보며 근근이 살아가는 〈혜옥〉(큰 누이동생)이 너보다는 훨씬 낮다는 〈영섭〉의 질타에 〈헤렌〉은 더할 나위 없이 당당하다. 그녀가 당당한 이유는 무엇을 어떻게 하든지 간에 자기가 벌어서 잘 먹고 잘 살기 때문이며 〈나 좋으니 그만〉이라는 것이다. 이런 주장은 남성주체의 형식뿐인 〈고결한 정신〉과 논리 구조상 별반 다르지 않다. 〈세상이야 어디루 갔던지, 내 한 몸뚱이한테는 충실하니깐 만족이구 자랑〉이라는 주장은 즉흥적이기도 하지만 철저히 자기중심적이기 때문이다.

그럼에도 불구하고 〈헤렌〉이 남성 주체를 반박할 수 있는 것은 현실의 부정성을 인식하고 있기 때문이다. 〈헤렌〉은 그것을 전제로 '타락한 세상에서 타락한 방법'으로 살아간다는 논리를 편다. 일제 강점 현실에서 도덕과 질서를 지키는 것은 그 자체로서 부정적인 가치에 순응하는 일이며 그로 인해

---

151) 「이런 남매」, 전집 7, pp.468-469.

〈이익을 보는 건 세상뿐이〉라는 부정적 세계 인식이 〈헤렌〉의 전제이다. 더구나 일제 강점 하라는 현실의 부정성과 〈명색 잘났다는 놈일수록 제멋 대루, 제 좋을 대루, 지랄〉인 상황에서 〈제가 방금 죽어도 세상만 도덕이〉 선다는 것은 불가능하다. 〈헤렌〉에게는 굶어 죽거나 돈을 벌기 위해 타락이라도 하는 길 이외에 선택할 여지가 없다. 현실의 부정성과 상황의 절박성은 여성 타자의 입장을 정당화시킨다. 이에 비해 〈영섭〉은 이미 학교라는 제도적 장치를 통해 부정적 현실에 침윤되어있는데도 불구하고 그 사실을 무시한 채 〈고결한 정신〉만을 강조함으로써 결국에는 '고결한 정신 지키기＝제국주의에 순응'이라는 자가당착을 낳고 만다. 즉 남성주체는 타자를 비롯한 세계와 고립된 채 자신의 동일성 담론 속에 스스로를 폐쇄시키고 있다. 따라서 남성 주체의 동일성 담론은 다시금 제국주의의 동일성 담론에 포섭되어 그것을 강화하는 역할을 한다. 이에 비해 여성 타자는 부정적 현실 세계를 파악한 이후 생활방식을 찾아나가고 있으며, 또 다른 타자들(헤렌의 경우 어머니, 언니, 조카)과 적극적으로 관계 맺고 있기 때문에 남성 주체의 동일성 담론을 정면에서 반박하고 그것을 깨트릴 수 있는 힘을 가질 수 있다.

　「낙조」(1948)에서 〈나〉와 〈춘자〉의 관계152)는 「이런 남매

---

152) 〈나〉는 초등학교 교사로서 사명감을 가지고, 해방 직후의 혼란함 속에서 살아나가고 있는 인물이다. 그러나 초등학교 교사 수입으로서는 날로 치솟는 물가를 감당할 수 없어 집 크기를 줄여 이사함으로써 겨우 생활을 유지하는 형편이다. 〈춘자〉는 〈나〉의 먼 일가인 황주 아주머니의 딸이다. 황해

」의 남성주체─여성 타자의 경우보다 더 구체적이고 직접적이다. 세계로부터 고립된 남성 주체의 동일성 담론이 외형적인 도덕 명분에도 불구하고 결국은 제국주의의 동일성 담론을 강화하는 데 기여한다는 모순은 「낙조」의 〈아버지〉와 〈나〉에게서 더욱 자세하게 드러난다. 원만한 성품의 어머니와는 대조적인, 편협하고 박절한 아버지의 성품은 해방직후의 혼란한 정세 속에서 가세가 몰락한 데 대한 울분과 불평, 불만에서 비롯된 것이다. 겉으로는 가부(可否), 호오(好惡), 시비(是非)를 분명히 판정하는 듯한 아버지의 강직함은 그러나 현실적인 힘이 거세된 것에 대한 반발과 자괴감의 표현이다. 아버지는 해방 직후의 혼란한 상황과 그 부정성에 대해서 신랄하게 비판하지만 아들에게는 〈종종 가다 뒷길로 딴수입이 있고, 배급 물자 같은 것도 동떨어지게 후하고, 그리고 권도(權力)도 부릴 수가 있고, 그 권도를 묘리 있이 잘 부리거드면 큰 수를 잡아 일조에 팔자를 고치는 수가〉 있기를 바라는 모순을 보여준다. 아들 또한 「이런 남매」의 〈고결한 정신〉처럼 〈군자의 도리〉를 생활신조로 삼고 있으며, 교사

도 황주가 고향이어서 황주 아주머니네로 불리는 그녀 집안은 일제 강점기의 친일, 해방 직후의 좌우대립, 정치·사회상황을 압축적으로 보여주고 있다. 맏이인 아들 〈박재춘〉은 일제 강점 하에서 부정축재와 권력의 횡포를 부렸던 경찰계의 간부로 해방 직후에 참혹하게 살해되었고, 막내인 아들 〈영춘〉은 월남하여 국방경비대 소속으로 집안의 친일 내력과 북진통일, 누나의 타락에 대해 고민하고 있다. 딸 〈춘자〉는 〈나〉에게 사랑을 고백했다가 거부당한 일이 있어 〈나〉와는 미묘한 관계에 놓여 있으며, 지금은 양공주로서 서양인의 아이를 임신하고 있는 상태다.

라는 직업을 〈천직〉과 〈나라를 새로이 세우는 아침〉의 〈사명〉으로 믿어 의심치 않는다. 그러나 〈나〉는 해방 이전 친일권력자의 부유한 생활 모습을 부러워했던 일, 식민지 교육에 순응하는 교사였던 사실과 지금의 처지에 대해서 전혀 괴리감을 느끼지 않는다. 결국 여성 타자들에 의해 이들 부자의 논리가 유명무실한 명분론이며 현실성을 무시한 동일성 담론임이 드러나고 그 체계는 균열을 일으킨다.

어머니는 〈남의 흠점이나 과실을 탄하지 않고 너그러이 보는 원만함〉을 발휘함으로써 〈솔성이 심히 박절하고 옹색한 아버지를 모시어 규각이 나지 않고, 잘 평화가 지탱되어 나가〉게끔 한다. 그것이 아버지에게는 〈모든 사물을 호의적으로만 보며, 인하여 시야가 좁고 진취성이 적〉다고 비판되는 것이지만, 그러한 어머니가 있기에 가정은 현실적으로 존재할 수 있다. 이 가정에서 외형상 힘을 발휘하고 있는 것은 아버지의 논리이지만 실제적인 힘은 어머니로부터 나온다. 이미 남성주체의 담론은 무력화되어 있고 여성 타자의 타자성이 발현된 상태라고 설명할 수 있다.

또한 〈춘자〉도 〈나〉의 〈군자의 도리〉로 상징되는 동일성 담론을 여지없이 깨트린다. 일차적으로 여성 타자의 반발은 타자를 억압하는 계몽담론의 우월성에 대항하는 것이다. 〈춘자〉가 연애편지를 보냈을 때, 〈나〉 또한 마음이 흔들려서 갈등한다. 〈군자의 도리〉라는 도덕론으로 자신의 마음을 다스린 〈나〉는 〈이때처럼 춘자가 어여뻐 보인 적이 없던 것 같았지만〉 〈내가 들어도 몹시 매섭고 얼음같이 찬〉 음성으로

〈왜, 쓰잘데 없는 장난을 하〉냐고 〈냉혹하게〉 〈춘자를〉 나무란다. 아마도 갈등하는 자신을 다스리는 양으로 더욱 엄격한 포즈를 취했겠지만 남성주체의 단호함은 결과적으로는 여성 타자를 철저히 무시하고 자신의 도덕적 우월성을 과시하는 형국이 되고 만다.

또 양공주가 된 〈춘자〉가 임신한 모습을 보고 〈나〉는 동정을 느끼기도 하지만 〈무서운 배〉, 〈괴물 같은 배〉라는 〈견딜 수 없는 혐오와 추악감(醜惡感)〉에 〈구역〉이 넘어온다는 감정적 비난을 더욱 강하게 표현한다. 결국 〈나〉는 〈"차라리 죽어버리구 말지! ……"〉라는 탄식을 내뱉고야 만다. 이는 주체의 우월성이 절정에 도달해 급기야는 타자의 존재 자체를 부정하는 데에 이른 것이다. 계속적으로 억압당하던 여성 타자는 자신의 존재가 부정당하는 위기 상황에서 정면으로 반발한다.

> 춘자의 표정은 암상으로부터 잔뜩 시니칼한 것으로 돌변을 하였다. (중략)
>
> "외국놈한테 정쭐 팔아먹는 년이 더러면, 외국놈한테 절갤 팔아먹는 서방님네들은 무엇일꾸? 외국놈의 자식을 애밴 년이 더러운 년이면, 제 뱃속으로 난 제 자식을 외국놈을 만들 영으루 하는 서방님네들은 무엇일꾸? …… 말을 해봐요. 바루 터진 입으루 말을 해봐요."
>
> 춘자는 어느덧 다시 한 번 눈은 분노로 불타고, 사납게 들이 육박이었다.
>
> "흥, 할 말이 없기두 할 테지. 그럼 내가 대신 말을

하지. …… 자기가 데리구 가르치는 철없는 어린 아이들더러 왜놈이 되라구 시킨 건 누구신구? 조선말을 내다버리구 왜말을 쓰라구 딱딱거린 건 누구신구? 하루두 몇 번씩 황국신민서살 외우게 하구, 걸핏하면 덴노헤이까 반사일 불러준 건 누구신구? …… 그 뿐인감? 왜놈이 물러가니깐 이번엔 왜놈대신 온 ××놈한테 붙어서, 조선 아이들은 ××놈의 노예를 만드느라구 온갖 짓 다 하구 있는 건 누구신구?"

"……"

"난 양갈보야. 난 ××놈한테 정줄 팔아먹었어. ××놈의 자식 애뺐어. 그러니깐 난 더런 년야. …… 그렇지만서두 난 누구들처럼 정신적 매음은 한 일 없어. 민족을 팔아먹구, 민족의 자손까지 팔아먹는 민족적 정신 매음은 아니 했어. 더럽기루 들면 누가 정말 더럴꾸? 이 얌체빠진 서방님네들아!"[153]

육체적 매음과 정신적 매음을 비교하는 〈춘자〉의 논리는 〈나〉의 허위성을 정면에서 비판하고 있다. 〈군자의 도리〉로 상징되는 〈나〉의 도덕론은 사실상 우월한 주체의 명분이었을 뿐 현실에서는 제국주의의 동일성 담론을 강화하는 것에 지나지 않는다는 것이다. 따라서 '정조'의 문제로 타자의 존재 자체를 부정하는 〈나〉의 감정적 혐오는 그야말로 전도된 양상이라 할 수 있다. 이런 반박을 하는 〈춘자〉는 〈암상〉, 〈시니칼한〉 감정적 흥분이긴 하지만 객관적인 현실 인식을 바탕으로 적극적이고 논리적인 비판을 가하고 있다. 더구나 여성

___

153) 「낙조」, 전집 8, p.411.

타자의 비판은 이미 남성 주체가 자기반성 과정을 거쳤지만 그것 또한 형식적인 것이었을 뿐 여전히 자기 동일성을 고수해 왔었기 때문에 더욱 의미 있다.

〈나〉의 자기반성은 해방이 되기 전에 두 가지 방식으로 제기되었다. 일제 강점기에 친일 경찰 박재춘의 부정성을 목격한 〈나〉는 그러나 그의 부정축재와 권력야망을 〈발랄한 재기와 영리함 그리고 민첩한 수완과 넘기는 패기〉로 간주, 부러움을 느낀다. 이후 〈한낱 국민학교의 교원 자리에 만족하고 있는〉 자신의 처지를 되비추어 부끄러움과 자조에 사로잡힌다. 한편 다음날 자신의 제자였던 〈최군〉을 만나, 시국 비판을 듣고 나서는 또 다른 의미의 부끄러움과 자조를 〈뼈아프게〉 느낀다. 〈조선의 어린 사람들을 잘 가르치고 지도하고〉 하겠다는 교사로서의 사명감을 가지고 있었지만 사실상 현실에서는 아이들에게 일본 제국주의에 충성을 다하는 식민지인으로서 교육을 하고 있었던 것이며, 자신은 〈그것을 뿌리치고 일어서지 못하는〉, 〈타성적(惰性的)인 용렬스런 지아비〉임을 깨달았기 때문이다.

이 두 가지의 부끄러움과 자조는 이틀에 걸쳐 순차적으로 발생했지만 그 내용은 극단적으로 상반된 것이다. 그럼에도 불구하고 그저 〈나〉에게 그런 부끄러움이 생겼고 자조로 괴로웠다는 것뿐이지 현실에서는 아무것도 변하지 않는다. 친일 경찰을 부러워해서 자신의 처지를 부끄러워했던 사실을 다시금 반성하는 것도 아니고, 식민지 체제를 강화하고 있는 교사로서의 활동을 부끄러워했다고 해서 이후 다른 변화를 꾀하는 것도 아니다. 〈나〉는 계속해서 교사 생활을 하다가 해방을 맞이하고, 또 아이들과 함께 해방을 축하하는 행사에 태극기를 들고 나가는 등 외부 환경의 변화에 그저 순응할 뿐이다.

이처럼 남성 주체의 '자기반성'이란 반성의 형식만 취하고 있을 뿐 실질적으로는 동일성의 담론을 여전히 고수하고 있다는 점에서 진정한 의미의 반성이라 할 수 없다. 이에 비해 여성 타자는 남성 주체에 대해 적극적인 비판을 하고 뒤이어 〈창자가 끊이는 듯 애달픈 울음〉을 쏟아놓는 자기반성을 보여준다. 외부 비판과 내부 반성이 함께 가해짐으로써 주체의 동일성 담론을 비판하는 여성 타자의 객관성은 확보된다.

〈"이 배만은 당신한테만은 보이구 싶잖었어요. 당신한테만은, 이 배만은. 당신은 더럽다구 죽으라구 했지만, 난 부끄러서 죽어야 해요, 당신이 부끄러서."〉라는 〈춘자〉의 말은 그녀가 〈나〉를 비판하기는 했지만 그 비판을 자기 합리화나 자기 변명으로 이용하지는 않음을 보여주고 있다. 〈나〉에 대한 비판과는 별도로 자기자신을 반성할 수 있는 것은 여성 타자가 주변부에 위치하고 있음으로서 가능한 일이다. 여성 타자는 중심 담론의 부정성에 매몰되지 않고 거리감을 확보한 위치에 있기 때문에 객관적인 비판과 자기반성이 가능하다는 것이다. 작가와 〈나〉라는 남성주체의 가까운 거리, 즉 작가가 암묵적으로 남성 인물에 자기를 투영하였음도 부정할 수 없는 사실이지만 이와 같이 〈춘자〉라는 여성 타자를 적극적으로 형상화해냄으로써 작가는 객관적인 현실인식154)에 도달할 수 있었다.

한편 여성 타자가 민중계급에 속해 있을 경우, 타자성 발현과 중심 담론에 대한 비판은 한층 더 직설적이고 적극적이다. 특히 작가는 희곡 형식을 선택해 민중 여성을 형상화하고 있어 주목할 필요가 있다. 희곡 「당랑의 전설」(1940) 부기에서 작가 스스로 〈반드시 희곡을 쓰고 싶었다느니보다는 제재가 마침 소설로는 불편한 점이 있기로 전험(前驗)에 따라 역시 이 형식을 빌린 것이다〉라고 밝힌 것처럼, 채만식의 희곡 창작 의도는 극적 양식에 적합한 주제를 형상화하기 위한 것이 대부분이다.155) 마찬가지로 「농촌 스케치」(1930), 「감독의 안해」(1932), 「부촌(富村)」(1932)에서 여성 타자의 행동이 극적 양식화에 가장 적합하게 형상화되어 있다. 더욱이 이들 희곡을 창작할 당시 채만식은 프로문학의 영향을 깊숙

---

154) 「낙조」에서는 해방직후 혼란스러운 정국 속에서도 작중 인물의 목소리를 빌어 작가의 현실인식, 역사인식이 얼마만큼 객관적이고 예리한 것인지를 알 수 있게 해주는 부분이 군데군데 나온다. 예를 들면 친일 경력의 반성과 그 처리 문제, 자주적 국가의 완성, 민족 통일에 대한 구상은 역사적인 시각을 확보하고 있으며 이 작품을 쓴 이후 발발했던 한국 전쟁을 예견하는 통찰력도 작품 속에서 찾아볼 수 있다.

155) 이런 특징을 두고, 이상호는 채만식의 희곡이 공연하기에는 문제점이 있다는 기존의 부정적 관점(차범석, 「채만식의 희곡 세계」, 『동시대의 연극인식』, 범우사, 1987: 유민영, 「시니시즘의 미학 - 채만식」, 『한국현대희곡사』, 기린원, 1991)으로 이해하기보다는 〈기본적으로 서재극이라는 관점에서 접근하여 극적 양식의 문제보다는 작가의 궁극적 창작의도라 할 수 있는 주제의식〉을 이해하고자 하여야 할 것이라고 주장한다.(이상호, 「채만식의 희곡 〈제향날〉 연구」, 『민족학 연구』, 한국민족학회, 2000)

이 받고 있던 때이므로 여성 타자들의 주장은 이념적인 적극성을 띠고 있다.[156)]

「농촌 스케치」의 〈판돌네〉는 남편(지주댁 하인)을 쫓아내려는 지주에게 반발하고 자신의 주장을 거침없이 펼친다. 제목의 뜻과는 정반대로 가난한 소작농의 아내들인 「부촌(富村)」의 여성 타자들은 도조를 받으러 온 사음에게 줄 돈이 없으니 마음대로 하라고, 오히려 큰 소리를 해댄다. 이들은 지배담론의 남성 주체(지주, 사음)들에게 맞서 주변부 담론을 적극적으로 펼치고 있다는 점에서 더욱 의미 있다. 「감독의 안해」의 아내는 지배담론도 비판하지만 남편에 대항해 자신의 의견을 적극 주장하는 대담함을 보여준다. 그녀는 감독의 아내라는 위치에도 불구하고 동맹파업에 동조한다. 뿐만 아니라 감독이라는 체면 때문에 파업을 말리는 남편에게 그녀는 한 마디도 지지 않고 맞대거리를 한다.

　안해: 왜 식전부터, 이년 저년하고 이 기승이야!
별일을 다 보겠네.
　전: 무어야? (노려본다) 이년이 이만큼이라도 살어가는 것이 회사 덕인 줄은 모르고 왜 괜히 이 지랄이야 지랄이?

---

156) 조남현은 채만식 문학의 모티프를 분석하면서 파업의 모티프가 희곡에서만 나타나는 것에 반해 허무주의적 태도라는 모티프는 소설에서만 다루어지고 있다고 지적한다. 이 점도 여성 타자의 경우와 마찬가지로 극적 양식의 특징 때문이라고 판단된다.(「채만식 문학의 주요모티프」,『한국현대 소설연구』, 민음사, 1987.)

> 안해: 흥, 무척 고맙겠소. (방백) 어쩌면 사람이 저
> 렇게 속이 없어!
> 전 (들은 체 아니하고) 되지 못한 년놈들이 괜히
> (間) 같잖게 동맹이란 다 무어 말러비틀어진 거야,
> 이 오랄질 놈년들아!
> 안해: 글쎄 그러니까 당신이나 어서 가서 소같이
> 말같이 일이나 잘해주어요. 남의 참견은 그만두고.
> 전: 이년아, 글쎄 너 때문에 나까지 말을 들어먹으
> 니까 말이야 이년아.
> 안해: (방백) 녀편네 없는 사람도 공장에만 잘 다
> 녀먹더라![157]

아내와 남편의 대립에서 작가는 짧은 대사와 구어체를 사용해 현장감을 부여한다. 인물의 형상화에서는 소신이 뚜렷하고 대범한 아내와 윗사람들의 눈치를 보며 전전긍긍하는 소심한 남편을 대조시켜 놓아 여성 타자의 적극성을 더욱 부각시키고 있다. 특히 남성 주체는 논리적인 설득보다는 감정적인 호소에 의존하고 자신의 의견이 관철되지 않으면 욕설과 폭력을 사용한다. 그에 비해 여성 타자는 자신의 뚜렷한 신념에 따라 행동, 발언하며 여성이자 노동자라는 주변부 담론을 뚜렷이 드러낸다. 그러나 이들의 대립은 점점 갈등을 고조시킬 뿐 해결될 실마리는 보이지 않는다. 아내는 처음에는 남편에게 〈(가볍게 웃으며) 그러니까 그 아니꺼운 꼴을 당하지 말고 우리 편이 되시구려〉라는 말도 건넸지만 대립이

---

157) 「감독의 안해」, 전집 9, p.308.

점점 심화될수록 〈당신이나 어서 가서 소같이 말같이 일이나 잘해주어요. 남의 참견은 그만두고〉라며 관계를 단절하려 한다. 또 남편을 정면으로 부정하는 말[158]들은 모두 방백으로 처리되어 있어 갈등이 해소될 수 있는 의사소통의 기회는 차단되어 있다. 결말에 이르러서는 집을 나가라고 쫓아내는 남편에게 아내는 〈나갈 테야. 그렇지만 그대로는 아니 나갈걸〉이라며 살림살이를 마구 부수어 대기 시작한다.

희곡에서 여성 타자들은 성적(性的)으로 타자의 위치이면서 더불어 계급적으로도 그러하기 때문에 자신들의 타자성을 더욱 뚜렷이 드러낼 수 있다. 한편 뚜렷한 대립과 극적 갈등은 여성 타자의 이질성을 선명하게 밝혀주는 데 효과적이지만, 주체와의 관계 자체를 스스로 단절시키고 있어 타자성의 주체로 구성될 가능성은 여전히 차단되어 있다는 점에서는 한계를 지적할 수 있다.

2.3.2. 여성 타자의 주체화 과정

채만식의 『인형의 집을 나와서』(1933)는 노르웨이의 극작가 헨릭 입센(Henrik Ibsen)의 희곡 『인형의 집(A Doll's House)』(1897)의 결말에서부터 이야기를 출발하고 있다. 3막의 희곡 내용을 소설 14장 중 제1장 '인형의 집을 나온 연유'

---

158) 회사를 두둔하는 남편에게 〈어쩌면 사람이 저렇게 속이 없어!〉라며 무시하는 대사라든가, 자신 때문에 공장에서 힘들다는 남편의 말을 〈녀편네 없는 사람도 공장에만 잘 다녀먹더라!〉며 반박하는 대사를 예로 들 수 있다.

174

로 요약 제시한 후 그 후속편을 이어나가는 듯한 구조로 짜여 있다.159) 이런 의도적인 설정에 따라 희곡의 주제는 채만식에 의해 새롭게 변화한다. 입센이 '노라'의 가출 동기와 결심과정을 가장 중요하게 다루면서 결혼생활의 모순과 허위를 밝히는 데 목적이 있었다면, 채만식은 '노라'가 가출한 이후의 과정을 주목한다. 당시 조선 현실에서 입센의 '노라'와 같은 결단을 내리는 여성이 겪게 되는 상황이 『인형의 집을 나와서』의 중심 주제다. 이는 기존 연구에서 밝혀진 바대로 중국 작가 루쉰(魯迅)의 영향도 빼놓을 수 없다.160) 루쉰은 「노라는 집을 나간 후 어떻게 되었는가」161)하는 강연에서 집을 나온 '노라'가 택할 길은 굶어죽는 길을 빼놓고는 두 가지밖에 없다고 주장한다. '돈'-'경제권'이 없는 여성은 가출하더라도 진정한 자유는 얻을 수 없기 때문이다. 그녀에게는 그저 타락하든가 그렇지 않으면 집으로 돌아가는 길이 남아 있을 뿐이다. 채만식은 이런 주장을 조선의 현실에 적용한다.

---

159) 이야기의 전개뿐만 아니라 두 작품의 주인공은 모두 노라(Nora: 『인형의 집』), 노-라(『인형의 집을 나와서』)로 이름이 같고, 주요 인물들은 이름만 바뀌었을 뿐 역할과 성격이 거의 일치한다. 노-라의 남편 현석준은 헤르마(Helmer)에, 노-라를 도와주는 든든한 친구 혜경은 린데(Linde) 부인에, 혜경의 남편 구가는 크로그스터(Krogstad)에 각각 대응한다. 또 두 작품의 전체적인 상황도 거의 일치한다. 예를 들면 노-라가 결혼한 지 8년이 되었고 세 아이의 엄마이며, 그녀를 좋아하는 남의사가 결핵으로 죽는다는 설정이 그러하다.

160) 한지현, 「채만식의 『인형의 집을 나와서』에 나타난 여성문제 인식」, 『민족문학사 연구』, 민족문학사학회, 1996.

161) 魯迅, 한무희 역, 「노라는 집을 나간 후 어떻게 되었는가」, 『노신문집』 3권, 일월서각, 1987.

그는 집을 나온 '노라'가 경제력이 없어 고생하는 과정을 구체적으로 형상화하고 타락할 위험까지도 두루 살피며 결말에서 변화의 가능성을 모색한다.162)

우선 『인형의 집을 나와서』에서 〈노－라〉가 가출하는 계기가 되는 사건을 살펴보면 공적 영역에서 배제된 여성의 모습이 드러난다. 〈노－라〉는 결혼 후 남편의 중병 때문에 요양을 가고자 하나 돈이 부족하다. 그녀는 〈구재홍〉이라는 고리대금업자에게 돈을 꾸고 차용증에는 이미 사흘 전에 돌아가신 친정아버지의 도장을 위조하여 찍어준다. 남편의 병이 나은 후, 남편과 〈구재홍〉은 서로 대립하고, 〈구재홍〉은 차용증을 빌미삼아 남편을 협박한다. 남편은 이 모든 사실을 〈노－라〉의 탓으로 돌리고 원망한다. 이 과정이 〈노－라〉가 가출

----

162) 『인형의 집을 나와서』에 대한 연구는 채만식에 대한 전체 연구 논문에 비하면 그 양이 미미하다. 그 이유는 과도한 목적의식에 따라 작품이 창작되었다는 단점 때문이라고 판단된다. 본격적인 연구로 한기(「채만식의 '여성주의'와 『인형의 집을 나와서』」, 『문학정신』, 열음사, 1990. 3)와 한지현(앞의 논문)의 작품론이 발표된 이후 최근 연구 성과는 다음과 같다.
 : 김사이, 「채만식의 인형의 집을 나와서」, 상명대 석사, 2000.
  정선영, 「채만식 소설의 여성주의」, 안동대 교육대학원 석사, 1999.
  최은정, 「페미니즘 시각으로 본 『인형의 집을 나와서』 연구」, 인하대 교육대학원 석사, 2001.
  이들의 평가는 대체로 양가적이다. 카프 문학의 영향으로 인한 관념성, 특히 결말 부분의 도식적 구성은 작가의 첫 장편소설이란 점을 고려하더라도 한계라고 지적한다. 그러나 당대 작가 수준에 비해 여성문제에 관한 선진적인 의식과 패로디 기법의 능숙한 활용 등에 대해서는 비교적 긍정적인 평가를 내리고 있다.

하게 된 계기이다.

이는 희곡의 내용을 그대로 차용한 것이기는 하다. 그러나 작품 후반부를 조선적 현실에 맞게 새롭게 창작한 점을 고려한다면 이는 단순한 차용이 아니라 작가 또한 입센의 희곡 내용에 동감하고 있던 바라고 할 수 있다. 가정에 큰 일이 생겨도 그를 감당할 만한 능력이 전혀 없는 여성, 고리대금이 이미 일상화된 현실, 차용증서를 쓰는 데 있어 〈그런 방면의 법률에 대하여 깊이 알지도 못하〉는 여성의 모습은 조선에서도 지극히 현실적이다. 법률, 경제와 같은 공적영역에서 여성이 소외되어 있었고 그로 인한 혼란이 〈노－라〉가 가출하게 된 계기이다.

제도적 공공 영역에서 소외된 여성이 가출한 이후를 형상화한 작품 후반부에서 가장 주목되는 것은 다른 여성 타자들과의 관계이다. 〈노－라〉는 가출한 이후 몇몇 여성들을 만난다. 친구 〈혜경〉을 비롯해, 전근대적 세계에 함몰되어 있는 〈옥순〉, 근대적 가치－돈과 부정적 남성주체에게 과도하게 경사된 삶을 살고 있는 〈성희〉와 〈정원〉 등이 〈노－라〉 주변의 여성 타자들이다.

〈혜경〉은 〈노－라〉와 처음부터 끝까지 변함없이 친구 관계를 맺으며 그녀에게 여러 가지 도움을 준다. 〈옥순〉은 〈노－라〉가 시골 친정에서 의형제를 맺고 서울로 데리고 온 소박데기 구식 여성이다. 그녀가 배워온 가치는 남편이 하는 일은 절대 선(善)이며 무슨 일이든지 〈고요히 ‘운명’에 복종〉해야 한다는 것이다. 그녀는 〈노－라〉와 친해지면서 소박맞아

친정살이를 하는 고단함을 위로받는다. 이후 〈옥순〉은 막연한 기대를 품고 〈노-라〉를 따라 서울에 올라왔지만 남편 〈재권〉과 그의 첩을 만난 후 대립을 견디지 못하고 자살한다. 결국 전근대적 가치-남성 주체 중심주의의 절대성에서 벗어나지 못한 여성 타자가 스스로 소멸하고 마는 것이다.

〈성희〉와 〈정원〉은 또 다른 의미에서 남성 주체에게 완전히 동화된 모습을 보여준다. 신여성 〈성희〉는 과부가 된 이후 '돈'때문에 마음에도 없는 첩살이를 하는 신세이고, 〈정원〉은 돈 있는 남자를 따라 옮겨 다니다가 마침내는 〈옥순〉의 남편 〈재권〉과 결혼한다. 그 어머니는 딸이 무슨 짓을 하고 사는지 알면서도 돈만 생기면 좋아할 뿐 딸에게 전혀 도덕적인 제재를 가하지는 않는다. 현실적으로 여성이 '돈'을 얻을 수 있는 기회란 그리 다양하지 못하다. 〈성희〉나 〈정원〉처럼 남성을 통해 그가 가진 경제적 기반에 편승하는 것이 가장 쉽고 안정적인 방법일 수도 있다. 방법으로 선택된 남성주체는 그러나 그녀들을 강력하게 자신의 체계 속으로 끌어들인다. 〈성희〉와 〈정원〉의 삶에서 남성과 '돈'은 거의 등가물이다. 그것들은 자신의 삶을 좌지우지하는 영향력을 발휘하는 절대적인 준거이다.

남성 주체 중심주의, '돈'에 함몰된 여성 타자들의 부정적인 모습은 〈노-라〉에게 직·간접적인 영향을 미친다. 〈노-라〉 역시 남성 주체 중심주의와 '돈'의 문제로 갖가지 타락의 과정에 접어들지만 마침내 비판적 성찰에 다다른다. 때문에 결말에서 다소 도식적이고 관념적이긴 하지만 〈노-라〉

178

가 인쇄소의 제본직공으로 취직하여 새로운 가치를 추구하는 것은 의미심장하다. 인쇄소에서 우연히 만난 남편 〈현〉의 〈그래, 요 꼴이 됐어?〉란 조롱에 〈노-라〉는 〈그러나 당신 허구 나허구 싸움은 인제부터요. 내가 아직은 잘 아지 못허우만은 이 세상은(中略)163) 싸움이라고 협디다.〉라며 당차게 대응한다. 이런 〈노-라〉의 변화가 감정적이고 즉흥적이기는 하나 상징적 의미를 부여할 수 있다.

　더욱 중요한 것은 이러한 변화가 타자들과의 관계에서 비롯된 점이란 것이다. 〈혜경〉, 〈옥순〉, 〈정원〉, 〈성희〉라는 또 다른 여성 타자들은 전근대적 가치로서의 가부장제의 논리, 근대적 가치로서의 '돈'이라는 두 축이 만들어내는 좌표 위에 제각기 자리 잡고 있다. 〈노-라〉의 현실적 고난과 변화과정은 이들과 관계 속에서 비롯되는 것이다. 이는 새로운 주체 구성의 방법적 모색이라 평가할 수 있다. 『인형의 집을 나와서』에서 〈노-라〉가 새로운 여성 주체로 변화하지만 이는 상징적이지 현실적이지는 못하다. 작가의 의도가 과도하게 노출되어 있고 예비 되어 있던 결론이 선언적으로 제시되었을 뿐이기 때문이다. 그럼에도 불구하고 근대적인 영역에서 여성이 소외된 현실을 제기하고 있다는 점, 여성 타자들 간의 관계 속에서 변화과정을 모색하고 있다는 점은 채만식 문학에서 의미 있는 시사점을 던져주고 있다.164)

---

163) 이는 원래 작품에 생략되어 있는 부분이다. 프롤레타리아 계급투쟁을 지지하는 내용이라 추측되고 이 때문에 검열 문제로 삭제되었거나 미리 삭제한 부분이라고 판단된다.

164) 이후 채만식은 추리소설 『염마』(1934)에서 '돈' 때문에 인간관

『탁류』(1934)에서는 부정적인 여성 타자와 긍정적인 여성 타자가 더욱 구체적인 모습으로 형상화되어 드러난다. 남성 중심의 주체논리에 매몰되어 타자성이 억압되고 배제된 여성인물 〈초봉이〉에 대해서는 이미 앞(1.2. 여성 타자의 부정과 이질성 배제)에서 언급한 바 있다. 『인형의 집을 나와서』, 『염마』의 연장선상에서 살펴본다면 〈초봉이〉는 전근대적 가치-가부장제 논리와 남성 주체 중심주의를 삶의 준거로 삼고 살아가는 인물이다. 한편으로는 '돈'이라는 경제논리에도 지배당하는 여성 타자의 억압된 모습을 드러낸다. 〈초봉이〉가 고태수-박제호-장형보를 따라 살게 되는 이유 중 하나는 경제적인 문제 해결을 위해서이다. 이와 같이 부정성이 심화된 모습이 〈초봉이〉라면, 〈노-라〉가 보여주는 노동자로서의 긍정적 자기 발견과 근대적 여성 주체의 확립이 구체화된 인물이 〈계봉이〉다.

〈계봉이〉는 언니 〈초봉이〉에 비해 개방적이고 진보적이다. 예를 들면 여성의 '정조'를 두고 〈초봉이〉는 〈여자란 것은 정조가 생명과 같이 소중하고 그러니까 한번 정조를 더럽히기 시작하며는 그 여자는 버려진 인생이라고〉 주장하는 데 비해 〈계봉이〉는 〈정조는 생리의 한 수단이지 결단코 생명의 주재

계가 깨어지고 살인까지 일어나는 상황을 다루고 있다. 『인형의 집을 나와서』와 마찬가지로 작가의식이 과도하게 노출되어 있어 작품성은 다소 미흡하다. 그러나 여성 타자의 부정적 면모가 더욱 심화된 모습을 보여준다는 점은 의미 있다. 『염마』의 사건의 주범은 여자(서광옥)이고, 그 여자는 '돈'을 위해서 극악스럽고 거침없는 행동을 보여주는 요부형 인물이다. 그녀는 『인형의 집을 나와서』의 〈성희〉, 〈정원〉이 부정적으로 발전한 경우에 해당된다고 할 것이다.

180

자가 아니요, 그러니까 정조의 순결성이란 건 상대적인 것〉
이라고 반박한다. 또 그녀는 〈초봉이〉가 집안을 위해 자신을
희생한다는 결단을 내리고 맘에도 없는 시집을 가는 것을 정
면으로 비판한다.

"…… (전략) …… 언니더러 가만히, 아 그렇게 맘
에 없는 것을 아무리 어머니 아버지가 시키는 노릇이
라두 싫다구서 내뺄으면 고만이지 왜 억지루 당하믄
서 그리느냐구 그리잖었겠수? 그랬더니 언니 말이, 너
는 속두 모르구서 무얼 그리느냐구, 내가 그 사람하구
결혼을 하믄, 인제 그 사람이 돈을 수천 원 장사 밑천
으루 아버지한테 대준다구 하는데, 내가 어떻게 이 혼
인을 마다구 하겠느냐구 그리겠지! 글쎄 그 말을 들으
니깐 어떻게 결이 나구 모두 밉살머리스럽던지 마구
그냥 몰아셌지 …… 그래 이건 케케묵게 심청전을 읽
구 있나? 장한몽 같은 잠꼬대를 하구 있나 …… 그게
어디 당한 소리냐구 …… 그리구 일부러 안방에서 어
머니 아버지두 들으시라구, 그럴테믄 애당초에 뭣하러
자식을 길러야구, 저 거시키 돼지 새끼나 병아리 새끼
를 인제 자라믄 팔아먹을려구 길르는 거나 일반이 아
니구 무어냐구 …… 마구 왜장을 쳤더니, 아 언니가
손으루다가 내 입을 틀어막구 꼬집구 그리겠지! ……
그래두 안방에서 다아들 듣긴 들었을 거야 …… 속이
뜨끔했지 뭐 …… 해해해."[165]

---

165) 『탁류』, 전집 2, p.183.

〈계봉이〉는 〈아무리 우리 부모라두 난 나쁘다구 할 말은〉 해야 된다는 당찬 성격이다. 그러한 그녀는 언니의 결혼을 문제 삼아 언니와 부모에게 〈모두 밉살머리스럽〉다는 감정을 내보인다. 부모는 '돼지 새끼, 병아리 새끼＝자식'으로 취급하는 속물이기 때문에 그러하다. 언니의 경우는 이중적이다. 자기를 희생해서 집안을 위한다는 언니의 논리가, 사실은 스스로를 소멸시킬 수도 있고 또는 자신의 잠재적인 욕망을 감추고 합리화하는 명분일 수도 있기 때문이다. 이런 비판을 할 수 있는 힘은 그녀가 객관적인 거리감을 확보하고 있기 때문에 가능하다. 가족 관계 속에서만 자신의 존재위치를 설정하고 그에 따라서 모든 판단과 행동을 하는 언니에 비해 〈계봉이〉는 자신과 가족 구성원을 동등한 위치에 두고 고려하고 있다. 따라서 객관적인 거리감을 확보하고 있는 〈계봉이〉는 자신의 타자적 성격을 상실할 위험으로부터 일찌감치 멀리 떨어져 있다고 할 수 있다.

한편 전근대적 가치세계에 함몰되어 있는 〈초봉이〉에 비해 〈계봉이〉는 근대적 영역에 자리 잡고 인물이다. 군산에서 서울로 올라온 〈계봉이〉는 공부를 더 하고 싶어 한다. 그녀는 〈장형보〉와 억지가정을 꾸리고 있는 언니의 처지를 생각하고는 〈장형보〉의 돈을 지원받을 바에는 공부를 포기하는 편이 낫겠다고 판단한다. 이후 〈계봉이〉는 '경제적 자립'을 선언한다. 경제적 자립을 위해 〈계봉이〉가 선택한 방법은 '백화점' 화장품 코너 판매원이다. '백화점'은 근대적 공간의 상징물이다. 이때 '화장품'도 수공업적 생산으로 방물장

182

수에 의해 유통되는 전근대적 시대의 것이 아니라 이미 대량 생산-대량유통을 통한 근대적 산물이다. 이처럼 경제적 자립주체로 설 뿐 아니라 백화점 화장품 코너라는 근대 문물제도를 적극 이용하고 있다는 점은 〈계봉이〉의 근대적 성격을 단적으로 드러내주는 사실이다.

이외 『탁류』에서 긍정적인 인물로 평가받고 있는 〈남승재〉역시 근대적인 영역의 인물이다. 의사 지망생→의사로의 변화하는 그는 근대적인 지식 체계를 수용하고 전파하는 역할을 충실히 하고 있다.[166] 또 〈남승재〉는 가난한 서민을 위해 의료 봉사에 헌신하고 틈틈이 야학 활동을 하는 긍정적인 인물로 형상화되어 있다. 그러나 그의 긍정성은 식민지적 현실 체계 내에서 그야말로 봉사활동에 그칠 뿐이고 동일성의 담론을 변화시킬 가능성은 거의 없다. 더구나 주요 인물임에도 불구하고, 작품 전체에서 그의 역할은 미미하기 그지없다. 주체와

---

166) 다음과 같은 일화는 〈남승재〉라는 인물의 근대적 성격을 뚜렷이 드러내고 있다. 그가 보조의사로 근무할 무렵 〈고태수〉가 성병에 걸려 찾아온다. 〈고태수〉가 〈초봉이〉와 결혼하려는 사람이라는 걸 알고 적대적인 감정이 생겼지만 곧 진료를 시작하면서 〈고태수〉에게 자신의 의학적 지식을 설명하기에 바쁘다. 900배 배율의 현미경을 은근히 과시하며 세균을 보여주고, 〈×균의 형상부터 시작하여 그 성장이며, 전염 경로, 잠복, 활동, 번식, 그리고 병리와 ××이 전신과 부부생활과 제 이세랄지 일반 사회에 미치는 해독이며, 마지막 치료와 섭생에 대한 설명을 아주 자세하게 들려준다.〉(『탁류』, 전집 2, pp.168-9.) 여기에서는 질병을 체액의 불균형한 '상태'가 아니라 특정한 원인을 지닌 '실체'로 파악하는 근대 의학적 체계가 드러나고, 〈남승재〉는 그것을 수용, 전달하는 근대적 지식인으로 형상화되어 있다.

타자와의 관계도 뚜렷하지 않으며, 즉흥적이기까지 하다.

그는 군산에서 〈초봉이〉와 알 듯 모를 듯한 호감―사랑 관계가 있었고 〈초봉이〉가 결혼한 이후에는 〈계봉이〉와 서로 호감을 느끼는 사이로 발전한다. 〈남승재〉가 병원을 차려 서울로 올라온 이후에는 〈계봉이〉와 본격적인 연애관계가 발전한다. 그런데 이 과정이 전체적으로 모호하고 간략하게 묘사되어 있어 왜 그들이 서로 사랑하게 되었는지가 불분명하다. 특히 〈남승재〉의 태도나 변화계기는 거의 드러나 있지 않아 이전의 남성 주체가 보여주던 자기중심성의 논리는 현저하게 약화되어 있다고 판단할 수 있다.167)

이에 비해 '연애론'을 구체적으로 전개시키는 것은 〈계봉이〉다.

> "연앤 정열허구 정열허구가 만나서 하는 게임이구, 그러니깐 연앤 아마추어 셈이구 …… 그런데 결혼은 프로페쇼날, 직업인 셈이구 ……"(중략)
>
> "그러니깐 이를테면 학문허구 직업허구처럼 다르

---

167) 특히 〈남승재〉는 애초에 우유부단한 성격으로 설정되어있어 기존의 남성인물과 차이를 보인다. 예를 들자면, 〈초봉이〉가 〈고태수〉와 결혼하게 되었을 때, 〈승재〉는 자신만의 짝사랑이었다고 짐작하고, 〈초봉이〉네서 세 들어 있던 방을 빼 이사하는 것을 최선의 방법으로 손꼽는다. 또 결혼 직전 〈태수〉의 성병을 진단, 치료해주면서, 〈태수〉를 살해하는 갖가지 상상을 한다. 독약주사를 놔주기 직전 그러나 그는 〈신경의 스포츠〉, 〈유쾌한 긴장〉이라며 상상의 순간을 즐길 뿐이지, 실제로 행동하지는 않는다. 〈계봉이〉와의 관계에서도 마찬가지로 〈승재〉의 감정 변화는 거의 드러나지 않는다. 〈계봉이〉가 적극적으로 다가오자 자신도 모르게 친밀해졌고, 키스와 같은 신체 접촉 후에는 그저 〈결혼〉에 대해 의무적으로 생각할 따름이다.

지 …… 누가 꼭 취직하자구만 공불 허우?"(중략)

 "…… 이렇게 꼬옥 좋아허구, 좋아하니깐 좋잖우? 그리구 결혼은 인제 두구 봐서 응? 이 말 잘 들어요. 연애란 건 원칙적으룬 결혼이란 목적지루 발전해 나가는 본능을 가졌으니깐 …… 그러니깐 우리두 무사하게 목적지까지 당도하믄 결혼이 되는 거구, 또 중간에 고장이 생기던지 하는 날이믄 결혼을 못하는 거구 …… 그렇잖우?"168)

 이와 같은 〈계봉이〉의 논리는 자신이 주체적인 상태임을 전제로 한다. 그녀는 여성 타자가 남성주체에게 투항하는 사랑의 방식이 아니라, 일대 일의 대응 관계를 원한다. 연애를 하면 반드시 결혼해야 한다는 필연적인 인식이 없는 것도 여성 타자가 남성주체와 동등한 입장에 있기 때문이다. 즉 타자와 주체가 수직적인 위치가 아니라 수평적인 공간 — 이른바 좌표에 놓인 관계라면, 그 좌표의 각 세로·가로 항이 어떻게 바뀌냐에 따라서 위치는 서로 달라진다. 이런 변화에 탄력적으로 대응한다면 결혼은 있을 수도 없을 수도 있는 일이다. 이렇게 본다면 〈계봉이〉의 타자적인 입장은 주체와의 관계에 따라 변화가능한 관계지향적인 입장이다.

 〈계봉이〉와 같이 근대적인 삶의 체험을 하면서도 관계 지향적인 여성 타자의 모습은 채만식이 보여주는 한 가능성이다. 단 『탁류』가 〈초봉이〉의 살인, 감옥행이라는 비극적인 사건에 따라 〈초봉이〉와 〈남승재〉의 관계가 새롭게 암시되는

---

168) 『탁류』, 전집 2, pp.416-418.

것으로 끝나고 마는 것은 아쉬운 점이다. 새로운 주체 가능성을 보여주었던 〈계봉이〉의 모습은 사실상 전체 작품의 부분부분에서 묘사되었던 것이다. 따라서 가능성이 구체화되기 위해서는 결말에 이르러 전체적으로 그 의미가 수렴되어야 할 것이다. 그런데 결말에서 일어난 급작스러운 전환은 〈계봉이〉의 가능성을 일순간에 무화시켜 버리고야 만다.

〈계봉이〉를 통해 긍정적인 가능성을 보여준 여성 타자의 모습은 이후 「모색」(1939)에서 여성적 주체 구성 가능성을 탐색하는 것으로 집약된다. 「모색」은 기존 채만식 문학에서 빈번히 나타났던 지식인 남성 주체의 현실적 좌절과 자기 성찰의 고민을 여성 주체의 입장에서 살펴보고 있는 작품이다. 채만식의 첫 작품으로 알려진 「과도기」를 비롯해, 「창백한 얼굴들」(1931), 「레디메이드 인생」(1934), 「명일」(1936)에서는 좌절하고 고민하는 남성 주체의 모습이 직접적으로 형상화되어 있고 이후 「치숙」(1938), 「소망」(1938), 「패배자의 무덤」(1939)에서는 타자의 목소리를 통해 고민하는 지식인 남성주체의 모습이 서술된다. 이들은 이른바 지식인 소설로 분류되어 왔다. 이 작품들은 공통적으로 일제 강점 하에서 '지식인으로서의 현실좌절, 자기 성찰과 반성, 새로운 가능성 모색'이라는 주제를 담고 있으며, 작가 자전적인 경향이 강한 남성 주체를 중심인물로 내세우는 특징이 있다. 이후 창작된 작품 중 지식인 소설로 분류될 만한 것이 바로 「모색」이다.

다소 거칠게나마 도식화하자면 채만식의 문학 창작 과정에서 '지식인 남성 주체의 직접적인 형상화→지식인 남성 주체의 간접적인 형상화→지식인 여성 주체의 형상화'라는 변화를 읽을 수 있다는 것이다. 이는 제국주의 동일성 담론이 한층 더 강화되어가는 일제 강점 말기에 타자적 위치에 있는 여성을 통해 새로운 출구를 모색해보고자 하는 작가의 노력으로 이해하여야 할 것이다.

「모색」의 〈옥초〉는 학교를 졸업한 이후 자신의 진로에 대해 고민이다. 성격도 세심하고 예민한 지라 여러 가지로 눈치 볼 것도 많다. 그저 하숙집 마루에서 책을 읽으며 간간이 고민하는 것이 그녀가 할 수 있는 전부다. 소심하고, ～척하고 남의 눈치에 민감하고 생각과 궁리가 많지만 행동으로 옮기지는 못하는 나약함으로 묘사되는 〈옥초〉의 성격은 당대 문학에서 지식인의 보편적 속성처럼 묘사된 것들이다. 일제 강점 말기에 아무런 전망을 가지지 못하는 암울한 처지 즉 머리 속 고민만이 유일하게 가능한 상황도 전형적이라 해도 과언이 아니다.

그녀는 아무리 생각해봐도 마땅한 취직자리도 없고, 하고 싶은 일도 찾을 수 없다. 장래 희망이라든지 기존 삶에 대해 비판하는 〈옥초〉의 모습은 이전 남성 지식인 주체와 별반 다를 게 없다. 그녀는 장래 희망에 대해 생각나는 대로 하나하나 짚어가며 검토한다. 회의하고 난 후 부정하고 다시 회의하고 부정하는 논리 전개 과정은 데카르트식 주체 정립 과정과도 유사하다. 더구나 그것이 머리 속 관념에서 이루어지는 것일 뿐 구체적인 현실과 매개된 것이 아니다.

〈옥초〉는 이런 전형적인 상황에 '여성'이라는 사실을 한 가지 더 추가한다.

> 역량이(출중은 못해도) 그만은 하고, 그보다는 컨
> 디션이 그렇게 무던하고 하니 교문을 나서는 날을
> 생각할 때에 우선 결혼이라는 것을 생각하는 것도
> 차라리 상식이었을 것이다.(중략)
>
> 그러한 형편(예전부터 고향에서 혼담이 있었다는
> 사실-인용자)인만큼 자연 그것이 염두에 들어 있지
> 않을 수 없는 것이어서 옥초도 위선 졸업 즉시의 결
> 혼이라는 것을 생각은 해보았었다. 그러나 그는 이어
> 고개를 흔들고 말았다.
>
> 대체로 결혼 같은 것은 인간생활의 한 반주(伴奏)
> 에 지나지 못하는 것인데 아직 인간으로서 독자한
> 생활이랄지 그 테마를 잡지도 못했으면서 덮어놓고
> 결혼을 한다는 것은 옥초의 생각 같아서는 번연히
> 전체를 내버리고서 부분과 바꾸는 일종 자살행위와
> 다를 게 없는 것이었었다. 황차 학교의 ×선생님처럼
> 삼십이 넘었다거나, ×선생님처럼 사십이 다 된 바도
> 아니면서 무엇이 그다지 급하다고 그 옹색하고 푸달
> 진 부분 속에다가 인생 전부를 영영 감금하잘 며리
> 가 없었다.[169]

〈옥초〉는 예전부터 고향에서 혼담도 있었다. 또 학교를
졸업한 때가 이른바 혼인 적령기에 해당하기 때문에 '결혼'
문제를 중요하게 생각한다. 물론 남성 지식인에게도 결혼이
란 중요한 고민거리 중 하나다. 채만식의 문학작품에서도 남
성 지식인이 조혼 때문에 괴로워하거나 자유연애와 결혼을

---

169) 「모색」, 전집 7, pp.479-480.

추구하는 모습은 자주 나타난다. 그러나 남성과 여성에게 결혼의 의미는 상당히 다르다. 조혼, 연애, 결혼에 대한 남성의 고민은 존재론적인 입장에서는 부차적인 것이다. 더 나은 삶을 위해서 궁극적으로는 주체를 강화시키기 위한 고민에 속한다고 볼 수 있기 때문이다. 이에 비해 여성에게 결혼 문제는 자신의 존재 위치를 변환시키는 일이라 할 수 있다. 결혼이 삶에서 부가적인 과정이 아니라 그 자체가 전부인 경우가 대부분이기 때문이다.

〈옥초〉의 결혼에 대한 위기감은 이 때문에 생기는 것이다. 그녀의 인식처럼 〈결혼 같은 것은 인간생활이 반주(伴奏)〉이다. 그러나 여성의 경우 결혼이란 그와 다르다. 따라서 〈인간으로서 독자한 생활이랄지 그 테마를 잡〉는 일이 무엇보다도 우선이다. 이것이 해결되지 않은 상태에서 결혼한다는 것은 〈일종 자살행위와 다를 게 없〉다는 것이다. 얼핏 결론은 결혼에 대한 부정인 것처럼 보이지만 실제로 이것은 주체 성립에 대한 요구와 맞닿아 있다는 점에서 그 의의가 인정된다. 여성으로서의 자각이 주체 성립에 대한 요구를 일깨워주는 한편 〈옥초〉의 '모색'을 더욱 의미 있게 해주는 것은 부정적인 남성 주체이다. 고향에서 혼담이 있었던 〈상수〉는 예전에 〈옥초〉의 존경을 받는 지식인이었다. 그런 그가 이전에 자신이 타락이라고 부르짖었던 술추렴도 〈교제〉를 위해서는 거리끼지 않는 〈읍회의원〉으로 변모해서 나타난다.

　　"허허허허 어허허허! 이거 내가 이렇게 몰리다가
　는 당최 이건 앉구 못 일어서겠군! 그래! 허허허허.

그러나저러나, 차일시피일시 아니우? 어떡허우? ……
나두 많이 두구서 생각두 해본 나머진데 별수 없어
요! 밤낮 서생인가? …… 거저 우리 같은 범인은 괜
히 혼자서 고고했자 별 뾰족수 없구, 거저 현실과 타
협을 하는 게 가장 현명한 노릇이야! 현실과 타협해
서 …… 친하구 응? …… 시대가 시방 시대가 다아
그런 걸 어떡허나? 그렇잖다구?"

"네에! …… 아무턴지 한 두어 길 넉넉 뛰섰구면요!"

옥초는 상수의 변화도 변화려니와 그의 턱없는 비
약이 하도 어처구니가 없어서 잉어가 한 길을 뛰니
까 망둥이는 두 길을 뛴다는 속담을 생각하고 하는
말이었었다.170)

〈옥초〉는 타락한 〈상수〉의 말끝마다 비꼬는 투로 대꾸한
다. 그러나 이미 배짱 좋게 변해버린 〈상수〉는 모든 것을
〈시대〉의 탓으로 돌린다. 시대가 그러하니 어쩔 수 없다는
것이 〈상수〉의 논리다. 〈상수〉의 급격한 변화는 이전 태도에
서부터 그 원인을 찾아볼 수 있다. 〈현실이 나의 이상과 맞
지 않는 바이면 터럭 하나라도 세상을 위해서는 뽑지 않는다
고 정열적으로 부르짖던 젊은이〉의 기개는 사실상 주체 중심
주의적인 태도다. 자신의 기준에 맞추어 세상을 평가하고 행
동하는 것은 관계를 무시하는 일방적인 태도이기 때문이다.
그는 타자를 포함한 세계와의 관계를 배제하고 일방적으로
주체가 세계를 장악한 태도를 지향한다. 그러나 현실적으로

---

170) 「모색」, 전집 7, p.496.

주체가 세계를 장악하는 것은 불가능하다. 이후 세계의 힘이 주체를 압도하게 된다. 주체가 세계를 장악하거나 세계가 주체를 압도하는 것은 외형만 다를 뿐 둘 다 동일성의 담론 구조를 가지고 있다. 따라서 급격한 반전은 자리바꿈만으로도 가능하다. 자연스럽게 변모한 〈상수〉는 〈거저 현실과 타협을 하는 게 가장 현명한 노릇〉이라고 주장한다. 물론 이때의 〈타협〉이란 관계를 의미하는 것은 아니다. 세계에 굴복한 주체가 자신을 변명하는 말일 뿐이다.

> 하기야 그동안 겨우 일 년 반 남짓한 세월에 세상은 눈이 부시게 급격한 변천을 했고 세상이 변하니 당연한 추세로 사람도 따라 변하기야 할 것이었었다. 그러나 이 상수만 하더라도 자못 핍진한 체 현실을 내세우고 시대를 내세우고 하기는 하는 것이나 옥초가 앉아서 보기에는 그것은 마치 약효도 없는 약을 가지고 단지 약이라는 이름(이름만) 밑에서 오늘 밤 제 집의 저녁 양식을 벌기 위하여 허풍을 치면서 입담 좋게 지껄이고 섰는 거리의 약장수와 같은 협잡에 지나지 못하는 것이었었다.
> 이렇듯 일찍이는 그만큼이나 근엄도 하고 순직도 하여 족히 존경하기에 빠질 곳이 없던 그 상수가 불과 일 년 반 동안에 능청스럽게도 거리의 약장수다운 협잡꾼이 되어버렸던 것이고 그리하여 그 얌체 없이 무성한 발육이 곧 옥초의 완상의 촛점이었던 것이다.[171]

---

171) 「모색」, 전집 7, p.497.

〈상수〉의 자기변명을 꿰뚫어 보고 있는 〈옥초〉는 그것을 〈약효도 없는 약〉에 비유한다. 자기변명을 당당한 방어논리로 내세우는 것을 〈거리의 약장수와 같은 협잡〉이라고 비판한다. 그러나 지금까지 고민만 하고 있던 〈옥초〉의 〈고답적인 결벽〉도 실상은 고립된 주체의 내면에 불과한 것이다. 자기중심의 기준으로 모든 일의 가능성을 타진해보는 일이 〈옥초〉의 '모색'이었기 때문이다. 그러나 〈옥초〉는 〈얌체 없이 무성한 발육〉 즉 주체 중심적인 남성이 180°로 변화한 모습에 〈완상의 초점〉을 맞추기 시작한다. 이후 〈옥초〉의 태도를 작가는 〈무거운 꿈에서 시원하게 깨난 것〉 같다고 서술한다. 그녀는 다소 결혼 문제의 부담도 사라지고 후련한 마음이 된다. 〈불행이라고 할 수 있는 남의 소위 '타락'에서 요행을 횡재해가지고 기뻐하는 셈쯤 된 게〉 마음에 걸리기는 하지만 〈옥초〉는 선선히 〈상수〉와 저녁을 먹으러 갈 만큼 편안한 상태가 된다.

현실적으로 〈옥초〉가 달라진 것은 없다. 〈상수〉가 오기 전 수없이 고민했던 진로 문제가 결정된 것도 하나 없다. 결혼 부담이 덜어졌다고는 하나 애초에 그녀는 결혼에 대해 부정적이었다. 〈상수〉가 변했든 변하지 않았든 결혼에 관한 그녀의 결정이 번복되지는 않았을 것이다. 〈상수〉의 변화에도 불구하고 〈옥초〉에게 달라진 사실은 아무 것도 없다. 그러나 〈상수〉는 단지 부정적인 존재가 아니라 남성 주체의 우월한 자기 동일성 세계의 상징물의 역할을 하고 있다는 점에서 〈옥초〉에게 새로운 의미부여가 가능해진다. 동일성 담론 내에서 남성 주체의 위치만 바뀐 변화를 깨닫는 과정이 〈옥초의 완상의 초점〉이라고 할 수 있다. 이때 여성 주체의 새로운 구성은 작품 속에서 구체적으로 드러나지 않는다. 그저 가벼워진 마음으로 〈옥초〉가 〈상수〉를 따라 나가며, 연애를 한다고 은근히 놀리는 하숙집 주인 노파에게 〈아무 걱정두 마세요! 마나님 말씀마따나 아직두 얌전하니깐요, 네〉라고 가뿐하게 대답하는 것으로 마무리된다. 여기에서 분명한 것은 〈옥초〉가 남성 주체의 동일성 담론에 끌려들어가지는 않을 것이라는 것 정도이다. 그러나 작가가 구체적인 주체구성 과정을 진행시키기에는 현실상황의 억압이 너무 크고, 애초에 〈옥초〉 역시 그 현실 상황을 타개하기에는 역부족인 인물이라는 점을 감안하지 않을 수 없다. 따라서 일제 강점 말기에 남성 지식인 주체로서는 제국주의적 동일성 담론에 포섭될 위험에 직면했다는 위기의식이 「모색」을 창작하게끔 했다고 판단된다. 그 위기의식에 대한 해결안으로 여성 타자라는 주변부 담론을 끌어들였다는 점에서 그 의미를 평가할 만하다.

2.4. 여성 화자와 여성 창조신의 의미

시간성을 이행과 발전의 과정으로 파악하는 근대적 시간관에 대한 부정은 탈근대적 시간에 대한 전망으로 가능하다. 새로운 미래에 대한 전망 역시 근대적 시간관과 궤를 같이 한다는 사실은 앞에서 살펴본 바 있다. 채만식의 경우에는 과거 역사와 신화에 대한 관심을 통해 현재를 성찰하고 있어 주목할 만하다.

　연작 소설 「역사-총기 좋은 할머니」와 희곡 「제향날」(1937)
은 할머니가 구한말 역사를 손자에게 이야기해주는 방식의 비
슷한 내용과 형식으로 구성되어 있다. 「역사」는 「역사-총기
좋은 할머니」(1948), 「늙은 극동선수-「역사」제2화」(1949), 「
아시아의 운명」(1955, 유고)의 연작이다. 〈총기 좋은 할머니〉
최씨는 신미양요가 일어나던 1871년에 태어나 1948년의 겨울인
지금까지, 험난한 역정을 견디며 77년을 살아왔다. 희곡 「제향
날」의 최씨 역시 1937년에 이르러 70세가 된 할머니로 구한말
에서 지금에 이르는 역사의 산 증인이다. 두 할머니의 가족 관
계는 다소 다르지만172) 작품의 주제와 인물의 성격이 거의 일
치하는 점을 고려해볼 때 이 둘은 동일인물로 추정된다.

　최씨 할머니가 손자에게 들려주는 이야기를 종합해보면 그
야말로 파란만장한 구한말 역사가 나타난다. 그것은 대체로
외세와 대립했던 시련 혹은 개화파와 수구파가 대립했던 역
사적 사건들, 구체적으로 셔먼호 사건, 신미양요, 병인양요,
운요오호 사건, 임오군란, 갑신정변 등의 이야기이다. 한편,
할머니의 가계에 내재한 역사적 사건들을 보면 동학혁명, 3.1
운동, 독립운동, 해방, 남북한·좌우파의 대립이 나타난다. 한

---

172) 「제향날」의 최씨의 가족 구성을 보면 그녀는 갑오년에 죽은
　　남편과의 사이에 1남 1녀를 두었으나, 아들 영수는 기미년 다
　　음해에 상해로 떠나버리고(독립운동을 하러 갔음을 암시) 딸
　　과 며느리, 동경에서 공부하는 손자 상인만 남아있다. 이에 비
　　해 『역사』의 최씨는 동학혁명이 있던 다음해에 관가에 끌려가
　　죽은 남편 박규천과의 사이에 윤석, 승석, 중석과 딸, 3남 1녀
　　를 두었고, 이들로부터 나온 손자가 이십 명이 가까운 대식구
　　를 이루고 있다.

194

마디로 구한말에서 일제 강점, 해방으로 이어지는 우리나라 근대사가 작품 속에 모조리 포괄되어 있다. 수많은 역사적 사건들을 손자에게 들려주는 할머니는 〈날이 새두룩 들은들 끝이〉173) 나지 않을 이야기의 지속성을 강조한다. 또 할머니의 대식구들이 보여주는 삶의 연속성은 역사의 유한성에 대비되는 시간의 무한성, 그 시간을 타고 흐르는 생명의 무한성을 강조하고 있다.174)

그런데 이러한 수난의 역사가 '할머니'라는 여성 화자를 통해 전승되고 있으며, 할머니의 집에서 남성들은 모두 역사에 희생되고175) 여성 가계 구도가 중심이 되어 있다는 사실은 좀더 주목할 필요가 있다. 근대사의 역사적 주체들은 남성이었고, 조선 ─ 대한제국 ─ 국가 상실 ─ 대한민국으로 이어지는 국가의 주체 또한 남성들이다. 이들이 역사의 굴절을 겪고 나라를 상실한 지금에(물론 국내외에서 국권을 회복하기 위한 노력을 하지만), 현재 ─ 여기에서 주체화될 수 있는 것은 여성뿐이다.176) 더구나 제국주의 담론에서 식민주의자들이

---

173) 「역사─총기 좋은 할머니」, 전집 8, p.510.

174) 방민호, 앞의 논문, p.244.

175) 「제향날」에서 최 씨 할머니의 남편은 동학의 접주로 동학혁명에 목숨을 잃었고, 아들은 3.1운동 이후 상해로 떠났으며, 손자는 동경 유학생으로 사회주의 운동을 하고 있다. 마찬가지로 「역사」에서도 최 씨 할머니의 남편은 동학혁명 때 관가에 끌려가 죽었고, 큰 아들은 나라가 망하자 해외로 떠나 소식이 끊어졌고, 둘째 아들은 3.1운동 때 죽음을 당했고, 셋째 아들의 장남은 11월 초생에 나간 후 소식이 끊어졌다.

176) 더구나 제국주의라는 남성적 체계에 의해 국가상실이 일어났을 때 '여성'의 의미는 새롭게 조망된다는 사실은 문학사에서

식민지 종속민을 타자로 규정하면서 스스로를 남성으로, 그리고 타자를 여성으로 규정하였다는 사실은 '여성 화자'의 의의를 부각시킨다.177) 결국 최씨 할머니가 이야기를 들려준다는 사실 즉 여성 화자의 의미는 여성이라는 타자를 통해 남성 중심의 체계 - 근대 체계가 재구성됨을 의미한다. 이는 남성 중심의 근대적인 역사와 남성성으로 표상되는 제국주의 담론에 균열을 일으키는 이질적인 '틈'을 확보하는 일이다.

한편 『역사』 연작과 「제향날」에서는 공통적으로 신화적 시간, 순환적 시간에 대한 인식이 나타나고 있어 흥미롭다.

> '노구할미'가 졸고 앉았다. 상전(桑田)이 벽해(碧海) 되는 것을 보고 입에 물었던 대추씨하나를 배알았다. 그러고는 또 졸고 앉았다. 벽해가 상전이 되는 것을 보고, 입에 물었던 대추씨 하나를 배알았다. 그렇게 졸고 앉았다는 상전이 벽해 되고, 벽해가 상전이 되고 할 적마다 대추씨 하나씩을 배알고 배알고 하기를 오래도록 하였다.

자주 거론되는 논의이기도 하다.

177) 영국 제국주의 연구에 따르면 인도를 식민지로 지배하는 주체는 남성이다. 이런 성적 메타포는 키플링의 경우 여성적 인도의 이미지로 나타나고, 제국주의적 정복을 성적 관계로 표현한다. 문학에서뿐만 아니라 실제 상황에서도 백인 남성은 백인 여성, 인도 남성, 인도 여성을 타자로서 상정하고 자신의 통제력을 유지한다. 즉 남성으로서의 제국 지배자의 이미지는 국내적으로는 여성의 권리 주장에 대한 방어책으로, 그리고 식민지에서는 식민지 종속민에게 복종을 요구하는 수단으로 사용되었던 것이다.(박지향, 「제7장 남성, 여성, 제국」, 『제국주의 - 신화와 현실』, 서울대 출판부, 2000, pp.163-172.)

> 누가 '노구할미'더러 나이 몇 살이냐고 물었다. '노
> 구할미'는 말없이 손을 들어 대추씨로 이루어진 큰
> 산을 가리키더라 …… 는 옛이야기가 있다.[178]

「역사-총기 좋은 할머니」에서는 '노구 할미'의 이야기가 프롤로그로, 「제향날」에서는 최씨 할머니가 〈내가 옛날 '노구할미' 뿐이다〉라고 이야기하는 부분이 나타난다. '노구할미'의 이야기는 우주적 시야를 확보한 시간 인식의 결과다. 역사의 질곡이 아무리 깊다 해도 상전이 벽해가 되는 시간 앞에서는 해결되지 않을 것이 없고, 세대에서 세대로 이어지는 고난도 그 시간의 흐름 앞에서는 무력하기 때문이다.[179] 이 무한한 시간은 특히 상전이 벽해가 되고 벽해가 상전이 되고 또 상전이 벽해가 되고 다시 벽해가 상전이 되는 순환론적 의미까지 내포하고 있다. 이는 「제향날」에서 시간 구조와 제향날의 의미가 역사의 순환성과 역전성을 드러내는 것과도 상통한다.[180]

「제향날」의 시간 구조는 현재와 과거 교체가 자주 되풀이된다는 특성을 보여준다. 공연을 전제로 하는 희곡임에도 불구하고 이런 교체가 너무 자주 일어나 현실적으로 무대에서 공연하기가 불가능할 정도이다. 예를 들어 한 장 내에서도

---

178) 「역사-총기 좋은 할머니」, 전집 8, p.490.

179) 방민호, 앞의 논문 p.235, pp.242-3.

180) 이상호, 「채만식의 희곡 〈제향날〉 연구」, 『민족학연구』, 한국민족학회, 2000. : 이하 「제향날」의 시간구조와 제의 행위의 의미는 이 글의 논의를 요약, 수용한 부분이다.

현재와 과거가 단순한 암전 처리를 통해 순간적으로 교차되도록 만든 장면이 7차례나 나온다. 이는 형식적인 면에서 레제드라마로서의 특징을 보여주는 것인 동시에 내용적인 면에서는 선조성에 의존하지 않는 시간의 의미를 보여주기 위한 의도적 장치로 해석된다. 즉, 현재의 시간이 과거가 되듯이 그 반대로 과거의 일이 현재에도 유용할 수 있다는 순환성과 역전성의 의미가 투영되어 있다는 것이다. '제향날'의 의미도 이런 연장선상에서 파악할 수 있다. 조상이 돌아가신 것 그 자체는 영원한 과거이지만 매년마다 그 분의 넋을 기리는 제의(祭儀)행사는 항상 현재로 지속된다. 즉, '제향날'은 시간적 의미로 볼 때 과거의 현재화라고 할 수 있다.[181]

이와 같은 시간 인식은 직선적 시간으로서의 근대적 시간을 뛰어넘을 수 있는 탈근대적 시간에 대한 전망이자 신화적 시간의 복원이다. 이때의 복원의 의미는 과거로의 낭만적 회귀를 의미하는 것이 아니다. 신화는 그것이 속한 구성원들의 정체성을 확인시켜 줄 수 있는 근거이자 실존적 시간의 원천이다. 이 때문에 일본 제국주의에 의해 강제적으로 과거 시공간과 정체성의 근거가 파괴된 식민지 종속민들에게 신화의 의미는 더욱 각별하다. 따라서 신화적 시간을 복원한다면 과거를 현재로 바꾸거나 현재를 재확인할 수 있다. 〈현재의 특별한 경우로서의 과거→분열된 현재(과거와 싸우는)→과거를 포함하는 현재의 재창조→새로운 과거〉[182]라는 입장에서는

---

181) 이상호, 앞의 논문, p.82.
182) 이는 독립운동가로 널리 알려진 마하트마 간디가 내세운 시간

과거가 권위일 수는 있지만, 그 권위의 성격은 변화하고 무정형(無定型)이며 개입을 받아들이는 것이다. 그 과거로부터 현재가 고정되고, 현재로부터 미래가 예견되는 일은 아무 의미가 없다. '상전→벽해, 벽해→상전'이 반복되는 순환론도 이러한 맥락에서 신화적 시간의 의미와 상통한다.

그런데 이러한 신화적 시간을 담보해주는 '노구할미'가 여성 창조신이라는 사실은 각별한 의미가 있다. 신화의 세계에서 여성 창조신은 가장 최초의 근원적 존재라 할 수 있다. 이는 혼돈(카오스)으로로부터 가이아라는 여신이 탄생했다는 신화나, 창조 여신 아부카허허와 두 자매신들이 하위신과 천지자연의 만물을 만들어 내는 신화183)에서 찾아볼 수 있다.

관이지만, 개인적인 의견이라기는 보다는 인도의 신화에서 비롯된 것이다. 이 시간관은 역사를 현시적으로 구성하는 과정에 이르게 해주는 신화의 힘을 긍정하는 세계관이라 할 수 있다. 이에 따르면 역사는 인간의 미래를 선취하는 것이지만, 인간의 선택은 제한하는 독립변수로서 만들어진 일방통행이라고 가정된다. 따라서 무역사성의 확인은 비근대인들의 자율성과 존엄에 대한 확인이다.(Nandy, A., 이옥순 역, 『친밀한 적 ― 식민주의 시대의 자아의 상실과 재발견』, 신구문화사, 1993, pp.87-90.): 엘리아데의 경우 고대 사회인과 근대인과의 가장 큰 차이는, 근대인들이 역사의 특질이라고 생각하는, 사건들의 되돌릴 수 없음이 고대인에게는 사실이 아니란 점을 지적한다.(Eliade, M., 『신화, 종족, 상징』)

183) 특히 만주족의 신화는 여신들로 채워져 있고 여신들의 세계라 할 만하다. 창조여신 아부카허허뿐 아니라, 그의 두 자매신들도 끊임없이 하위신을 만들어내고, 이후 천지자연의 만물이 생겨난다. 이들 세 여신은 생명의 기원으로서 각기 물과 공기와 빛을 상징한다. 창조여신 아부카허허는 최초의 여인을 만들고, 다음으로 창조 여신과 두 여신이 합작하여 자신들의 뼈

건국신화, 그리스·로마 신화의 단계에 이르러 우주 세계의 주재자로 남성신이 자리 잡고, 여성은 창조여신으로서의 성격을 상실하고 시조모로서의 성격을 획득한다.184)

　이를 고려한다면 '노구할미'라는 여성 창조신은 근원적 힘을 상징하는 의미로 이해된다. 여성 창조신은 남성신이 중심이 된 시대 이전의 존재다. 대추씨를 뱉어 천지형상을 만들고 치마폭에 안고 가던 돌들이 떨어져 바닷가 섬들이 되었다는 '노구할미'의 신화적 힘은 역사적 세계 이전의 것으로서의 근원을 상징한다. 이런 입장을 수용한다면 일본 제국주의라는 근대적 역사 시간은 〈구름도 허연게 탐스럽게도 흩어진다〉185)는 최씨 할머니의 말처럼 언제든지 사라질 수 있는 것이다. 여성 창조신의 신화적인 시간에서 그것은 한 순간의 가변적 현상일 뿐이기 때문이다. 이런 여유 즉 제국주의 체계를 근원적으로 부정하는 일은 여성창조신이 생산하는 신화적 시간을 긍정했을 때에만 가능하다. 결국 '노구할미'의 존재는 여성창조신이 생산하는 신화적 시간의 의미를 담보해냄으로써 탈근대적 시간으로의 전망을 가능하게 하는 역할을 한다.

　　로 남성을 만든다. 결국 (여신→여인)→(여신→남자)의 논리에 따라 인간이 창조되었다는 것이다.(김재용·이종주, 『왜 우리 신화인가-동북아 신화의 뿌리, 〈천궁대전〉과 우리신화』, 동아시아, 1999.) 특히 김재용, 이종주는 만주족의 신화를 비롯한 동북아 신화가 우리 신화와 뿌리를 같이하고 있다는 점에서 그 중요성을 강조한다.
184) 김재용·이종주, 위의 책.
185) 「제향날」, 전집 9, p.345.

3. 주변부적 타자의 의미와 타자성의 지향

3.1. 현재 초월적 의미로서의 '아이'

근대성의 패러다임에는 현존하는 것에 머무르지 않으려는 실천적 의지가 숨겨져 있다. 그리고 이것의 바탕에는 새로운 것이 곧 진보라고 하는 의식이 깔려 있다. 이러한 근대적 패러다임에서는 전대 사회와의 대립 속에서만 현재가 존재한다. 또 미래를 향한 발전의 직선적 궤도가 존재하기 때문에 현재는 희생가능하다는 시간 인식이 뒤따른다. 이 같은 사실을 인정한다면 채만식 문학에서 '아이' 혹은 '소년' 모티프를 거론하면서 미래에 대한 전망을 읽어냈던 기존의 논의[186]는 다시 고려될 필요가 있다. '아이' 혹은 '소년'을 통해 미래의 낙관성을 읽어낼 수 있다는 논의는 결국 과거 – 현재 – 미래라는 선조적인 시간인식에 바탕하고 있으며, 그것은 미래에 대한 확신을 품은 근대적 시간관의 연장선에 있기 때문이다. 본 연구에서는 채만식의 작품에 나타나는 '아이' 모티프를 현재에 존재하고 있으되 현재를 구별할 수 있는 '차이의 시간', 즉 '탈근대적 시간'을 인식하게 해주는 의미로 읽어내고자 한다.

---

186) 대표적인 예로는 방민호의 「채만식 문학에 나타난 식민지적 현실 대응 양상」(서울대 박사, 2000), 이래수의 「채만식연구」(동국대 박사, 1985.), 이상갑의 「채만식연구 – '소년' 모티브를 중심으로 – 」,(서울대 석사, 1987), 조남현의 「채만식 문학의 주요 모티프」(『한국현대 소설연구』, 민음사, 1987.) 등이 있다.

우선 「명일」(1936)에서는 미래에 대한 인식이 단편적으로 언급되고 있다. 가난한 지식인 가장인 〈범수〉는 〈하루 앞선 내일 일도 염두에 없을 테거늘 인제 가을에 가서 아이들을 입힐 옷을 시장한 허리를 꼬부려가며 만지고 있는 안해를 보며〉〈 인간이란 것은 '생활(生活)의 명일(明日)'에 동화 같은 본능을 가지는 것이〉라고 생각한다. 이때 '명일'이란 일반적인 의미로 '내일'이라는 뜻도 되지만, '생활의 명일'이라는 강조로 보아 진보의 의미를 내재하고 있다고 판단된다. 그러나 이 진보는 〈동화 같은 본능〉이라고 서술됨으로써 부정적 의미를 담고 있다. 왜냐하면 〈범수〉와 〈안해〉가 처한 현실은 〈'명일'보다는 오늘의 양식이 아득〉한 식민지 공간이기 때문이다. 〈범수〉는 종로 거리 금은방에서 금비녀를 훔치고 친구의 양복저고리에서 돈을 훔치려고 할 정도로 절박한 처지에 있다. 막상 행동으로 옮기지도 못하고 〈'도적질도 할 수 없는 인종'이라고 속으로 자기를 저주〉하는 〈범수〉에게 '명일'은 아무런 의미도 없다. 진보를 전제로 한 미래에 대한 전망은 현실에 오지 않을 허망한 것일 뿐이다.

거리를 돌아다니다 집으로 돌아온 〈범수〉는 아이들이 배가 고파서 두부를 훔쳐 먹었다는 사실을 알게 된다. 〈아내〉는 〈부끄럼과 노염〉으로 〈죽고 싶은 마음〉이 들 정도로 괴로워하지만 막상 〈범수〉의 반응의 의외이다.

범수는 피가 한꺼번에 머리로 치밀어 올랐다.
그는 무어라고 아이를 나무래려다가 문득 자기가

오늘 낮에 겪던 일이 선연히 눈앞에 나타나 그만 두
어깨가 축 처져버렸다.
　그는 종석이를 흘겨보며
　"흥! 이놈의 자식 승어부(勝於父)는 했구나."
　하고 두런거렸다. 영주(아내 – 인용자)도 남편이 무
슨 말을 했는지 알아듣지 못했다.187)

아이들의 행동은 부정적인 것이기는 하다. 그러나 자신도
굶주리다 못해 도둑질을 하고자 했던 것을 생각하면 충분히
이해 가능한 것이기도 하다. 어른인 자신도 생각에만 그칠 뿐
실제로는 그 어떤 행동으로도 옮기지 못한 데 비해 아들은 두
부 한 모라도 훔쳐 먹는 적극성을 보인 것이다. 〈승어부〉라는
다소 역설적이고도 자조적인 평가는 이 때문에 가능하다. 무
능력한 부모라는 자조가 꾸중을 할 자격이 없다는 인식으로
이어지는 것도 당연한 귀결이다. 이런 상황에서 '아이'의 의미
는 미약하나마 〈범수〉에게 현실 공간을 초월하게 해주는 계기
로 작용한다. '아이'는 〈범수〉에게 낮에 겪었던 도둑질에 대한
갈등을 비롯해 가난하고 무능한 자신의 처지를 다시금 성찰하
게 만들기 때문이다. 또 부정적 행위를 통해서이지만 '아이'는
아버지와는 다른 대응방식을 보여줌으로써 기존 세대의 생각
에 균열을 내기도 한다.
　「소년은 자란다」(1949 – 유작)의 〈영호〉도 기존 연구에서
소년 모티프의 대표적인 예로 거론된 바 있다. 〈영호〉네 가
족은 만주에서 살다가 해방이 되자 조선으로 돌아온다. 고국

---

187) 「명일」, 전집 7, p.188.

으로 오기 직전, 뜻하지 않게 어머니가 만인(滿人)들에게 살해된다. 조선에 와서 새로운 정착지를 찾아가는 기차 여행 중에 아버지마저 잃어버린 〈영호〉와 동생은 자기들끼리 낯선 곳에서 살아가게 된다. 동생 〈영자〉를 돌보며 기차역 주위에서 아버지를 찾으며 꿋꿋이 살아가는 〈영호〉의 모습에서 기존의 논자들은 희망적인 미래를 읽어낸다.

그러나 낙관적인 미래 전망은 과도한 의미 부여라는 점에서 문제가 있다. 〈영호〉가 아버지를 만날 현실적인 가능성은 거의 없다. 〈영호〉네 가족은 애초에 정착지를 정해놓고 기차를 탄 것도 아니다. 〈전라도 어디라는 작정〉도 없이 〈가다가 차 속에서도 물어보고 하여 남들이 좋다고 하는 데서 내리려〉는 계획을 가졌을 뿐이다. 〈영호〉의 아버지는 물을 구하러 대전에서 내렸다가 다시 서울로 가는 기차를 타고, 아이들은 이리 역에서 내린다. 〈영호〉에게는 이리 역에서 기차가 올 때마다 소리를 질러대며 아버지를 찾는 것 외에 그 어떤 방도도 없다. 더구나 〈영호〉는 자신이 아버지를 찾고 있다는 소문이 퍼져서 〈어디에서든지 아버지의 귀로 그 소문이 들어갈 기회가 있을 것이고, 그러는 날이면 아버지는 영락없이 이 이리로 쫓아 올 것〉이라는 막연한 가능성을 〈가장 여망이 있는 도리〉라 생각할 따름이다. 결국 시간이 지나면서 〈영호〉는 점점 아버지를 만날 현실적인 가능성이 희박하다는 사실을 깨닫게 된다. 〈영호〉는 〈아버지가 살아만 있다면, 일 년이나 십 년 후에라도 만날 수〉 있다며 스스로 기대를 유보하고 '영자'를 돌보기 위해서 최선을 다한다.

애보기를 하며 남의 집에 얹혀사는 〈영자〉의 경우에는 올바르게 성장할 수 있을지조차 의심스럽다. 탐욕스럽고 처세에 능한 주인아주머니[188]를 비롯한 이웃들이 소녀에서 여성으로 성장해나갈 〈영자〉를 어떤 방식으로든 성적 착취, 이용할 소지가 충분하기 때문이다. 더욱이 지금은 곧고 바른 심성을 가진 〈영호〉라 하더라도 동생을 지키며 자신도 올바르게 성장해나갈 것이라고 믿기에는 현실적 장애가 너무 크다. 하루하루 살아가기도 힘겨운 〈영호〉에게 타락한 현실을 막아주는, 동생의 든든한 보호자가 되기를 기대한다는 것은 불가능하다. 또한 해방직후의 혼란스러운 상황을 감안한다면 이들 남매가 처한 현실은 훨씬 더 암울한 것이다. 단적인 예로 작중 인물의 하나인 〈오선생〉의 눈에 비친 현실은 해방의 긍정적인 의미도 제대로 찾아볼 수 없는 상황이다. 그럼에도 불구하고 〈영호〉와 〈영자〉 남매에게서 미래의 전망을 읽어내고자 하는 것은 과도한 기대심리일 뿐이다. 이는 북한 문학에서 목적을 앞세운 결과로 빚어지는, 이른바 혁명적 낙관주의의 낭만성과도 별반 다르지 않을 것이다.

오히려 〈영호〉와 〈영자〉 남매를 통해 짐작할 수 있는 것은 미래에 대한 낙관적인 전망이 불투명하다는 사실 그 자체이다. 〈영호〉의 눈에 비친 현실은 명백히 부정적이다.

(가) 영호는 암만 생각하여도 모를 일이었다. 설마

---

188) 〈영호〉는 〈영자〉의 주인집 여자는 〈무엇인지 모를 차갑고 데데한〉 사람이어서 〈차가운 물고기〉라고 표현한다. 이는 주인집 여자의 부정적인 면모를 감지한 표현이라고 할 수 있다.

아버지가 아까 혼잣말을 한 말대로, 똥오줌 싸라는 해방이야 아닐 것인데 …… 남에게 나라를 빼앗기고서 남에게 매어 살다가 해방이 되어 나라를 도로 찾고, 나라가 내 것이 되었으니 전보다 오히려 길 같은 것만 하더라도 더 깨끗이 하면서 아끼고 해야 할 것인데 말이다.

(나) 딱딱거리고, 반말지거리로 욕하고, 함부로 때리고, 붙잡아 가두고 하면서 백성을 압제 주는 순사는, 왜사람들이 쫓기어 감과 함께 없어졌으리라는 것은 허망한 생각이었다.

되었다던 독립은 어디로 가 버리고 옛날 왜사람이 앉아서 왕 노릇을 하며 조선사람을 못살게 굴었다는 총독부 거기에는 왜사람 대신 미국 사람들이 들어앉았는 것과 마찬가지로, 순사는 여전히 백성에게는 무서운 물건인 채로 있던 것이었었다.

(다) 그와 같이 딴 세상에서 살고 있는 그 훌륭한 사람들의 세상을, 영호는 비로소 자상하게 보고 알고 할 수가 있었던 것이었었다.

가령 6호실의 눈딱부리와 빈대머리를 놓고 보기로 하더라도 ……

일본 정치 때에 일본 사람들이 조선 사람에게서 공출입네 하고 강제로 뺏어간 놋그릇을, 뇌물을 쓰고 나서서 불하를 받아서 백만 원이니 하는 이문을 남겨먹는다고 하는데, 영호가 보기에는 어린 소견에도 도무지 사리에 어그러지는 짓인 것 같았다. (중략)

> 　그런 것을, 눈딱부리와 빈대머리 단 두 사람이, 군
> 정청의 관리네 미군의 통역이네를 끼고, 미국 사람에
> 게 술과 선사와 색시와 돈을 처안기고는 은밀히 불
> 하를 받아, 백만 원이면 백만 원을 이익을 따먹고 있
> 으니, 그들에게 조선 사람 전체가 낸 놋그릇에 대하
> 여 무슨 권리가 있어서 그러는 것이냔 말이었다. 그
> 것은 멀쩡한 도적질이 아니냔 말이었다.
> 　이런 짓을 하고 돌아다니는 것이, 영호가 본즉, 그
> 훌륭하던 사람들이었다.189)

　(가)는 〈영호〉가 해방된 서울 풍경에서 느끼는 심정을 드러
낸 것이다. (나)는 거리에서 마주친 〈순사〉의 모습, (다)는
〈영호〉가 일 해주는 여관 손님들의 모습을 서술한 부분이다.
해방된 조국이라지만 거리는 똥오줌으로 더럽혀져 있고 무질
서하고 혼란스러운 상태다. 해방 전후의 혼란스러운 사회상과
〈순사〉나 〈눈딱부리와 빈대머리〉 같은 인간 군상들의 부정
적 생활상은 〈영호〉의 눈에 비판적으로 포착된다. 가난하고
힘없는 아이지만 나름대로 부지런하고 정직하게 살아가는
〈영호〉와 〈얼마든지 해방을 울궈먹고 있는〉 사람들은 대조
적인 양상으로 부각된다. 이는 '아이'라는 현실과 다른 이질적
인 존재, 즉 타자적 존재가 있음으로써 가능한 것이다. 따라서
'아이'라는 타자적 존재는 현실의 폭압성을 드러내고 미래 전
망이라는 직선적인 시간관의 환상을 깨트리는 역할을 한다.
　『태평천하』(1938)의 〈경손〉은 나이답지 않은 조숙함으로

---

189) 「소년은 자란다」, 전집 6, p.340, p.344-345, p.399.

어른들을 비꼬고 자신의 실리를 챙기는 아이이다. 그는 어른과 동질적이며 어떤 면에서는 어른보다도 더 현실 질서에 잘 순응한다. 하지만 결말부분에서 사회주의 운동을 하는 것으로 밝혀지는 삼촌 〈종학〉의 세계를 긍정하는 인물이 유일하게 〈경손〉이라는 점에서 새로운 의미를 읽어낼 수 있다. 이때 사회주의는 자본주의적 근대의 모순을 지적하는 것에서 출발하지만, 그 역시 시간적인 선조성에 기초를 두고 근대 이후의 시간적 비전만을 강조하는 점에서 한계가 있다.190) 그러나 『태평천하』에서 〈종학〉의 사회주의 활동은 그 의미가 상대적으로 축소되어 있는 독립운동과 거의 같은 의미로 사용되고 있다.

삼촌 〈종학〉은 텍스트 내에서 다른 인물을 통해서만 존재가 확인되는 인물이다. 〈윤직원〉의 말을 통해서 그는 〈어려서버텀두 워너니 나(윤직원 영감 - 인용자)를 자별허게 따루구, 재주두 있구, 커서두 내 말을 잘 듣〉는 체제 순응적인 인물이었다고 서술된다. 이후 그가 사회주의 운동을 한다는 사실도 간접적으로 암시되고 있다. 그것은 〈종학〉의 친구가 보낸 전보에서 〈사상관계로 피검〉되었다는 구절을 보고 추측한 사실이다. 이처럼 간접화된 서술은 작가가 〈종학〉을 사회주의 운동을 한다는 의미보다는 이질성을 담보하는 타자적 존재로 설정했음을 알게 해준다. 그는 기존 현실 체계 - 일제 강점하 근대 - 에 저항하는 존재로, 〈윤직원〉의 '태평천하'라

---

190) 김종욱, 「1930년대 한국 장편 소설의 시간 - 공간 구조 연구」, 서울대 박사, 1998.

는 세계인식을 깨트리는 인물로 설정되어 있다. 이와 같이 현실적 시·공간의 질서에 저항하는 존재를 긍정하고 있는 유일한 인물이 〈경손〉이다. 그리고 이것이 바로 〈경손〉이 보여주는 '아이'의 의미이다. 다시 말하면 〈경손〉이라는 '아이'는 현재 시·공간에 이질적인 의미를 드러내주는 존재로 설정되어 있다는 데 의의가 있다.

더구나 〈경손〉은 애초부터 삼촌 〈종학〉이 할아버지(윤직원)가 생각하는 그러한 인물이 아니라는 것을 알고 있다.

> "흥! 작은아버지가 경찰서장 할 사람인 줄 아시우? 참 어림없수!"
> "그래두 그럴 양으루 법률 공부 배운다믄서?"
> "말두 마시우. 큰사랑 뚱뚱 할아버지, 헷다방이지! …… 아주, 작은손자가 경찰서장 될라치믄 영감님이 척 뽐낼 양으루! 흥!" (중략)
> 그러나 조 씨(종학의 처─인용자)는 연방 더 전접스럽게 ……
> "워너니 재갸가 진작 맘 돌리기 잘했지야 …… 주제에 무슨 경찰서장은 ……"
> "아즈머니두! …… 아즈머니두 경찰서장 등 대구 있었수? 그랬거덜랑 얼른 이혼하시우. 경찰서장 5백리 갔수!"[191]

〈윤직원〉은 두 손자 중 하나는 군수, 하나는 경찰서장을 만들 꿈에 부풀어 있다. 이 꿈은 〈집안에서 정말 권세 있고

---

191) 『태평천하』, 전집 3, p.129.

실속 있는 양반을 내놓〉아 〈집안 문벌을 닦〉아서 〈경손〉의
말대로 〈척 뽐낼 양〉인 것이다. 이때 손자-'아이'는 주체의
동일성을 강화해주는 존재가 된다. 그러나 〈경손〉은 할아버
지의 계획이 어긋날 수밖에 없다는 것, 그것도 주체의 부정
성을 극복하는 차이로서, 현재를 극복하는 미래로서 〈종학〉
이 존재하고 있음을 이야기한다. 현재적 질서를 깨트리는 균
열을 '아이'를 통해서 밝혀낸다는 점에서 바로 '아이'의 현재
초월의 의미가 드러난다.

  아버지의 입장에서 아들이란 아버지가 소유할 수 있는 차
원을 넘어선 자리에 있지만, 그럼에도 불구하고 어떤 의미에
서는 여전히 그의 소유라 할 수 있는 존재이다. 이를 가리켜
레비나스[192]는 차이가 없지 않은 것-타자를 소유할 수 있는
가능성이라 지칭한다. 이 때문에 아버지에게는 아들을 통해
가능한 것 너머의 가능성이 주어지고, 차이가 없지 않음을
통해 주체는 가능한 것 너머로 넘어갈 수 있다. 이때 아들은
'아이'의 대표적인 존재이고 '가능한 것 너머의 가능성'이란
현실에 대한 저항, 극복, 발전의 의미가 아니라 '탈(脫)', '초
월'[193]의 의미이다. 초월이 가능하려면 나는 나로 남아 있는
동시에 나 혹은 내가 정립한 귀속 세계와도 '다르게' 될 수
있어야 한다. 이와 같이 '여전히 나이되 또 다른 이로 변화

---

192) 레비나스, 앞의 책, p.25. 참조.

193) 레비나스는 초월은 다음과 같이 기술하고 있다. 〈넘어감(초월,
    passer)이란 존재와 다르게 됨, 존재의 '타자'로 가는 것이다.
    이는 '다르게 존재함이 아니라 존재와 다르게 됨이다. 즉 여기
    서 넘어감은 죽음이 아니다.'〉(서동욱(2000), 앞의 책, p.321.)

함'의 조건을 충족시켜 주는 이가 바로 '아이'의 존재이다. 따라서 미래라는 시간은 나의 시간이 아닌 남의 시간, 즉 내 '아이의 시간'이라고 규정할 수 있다.[194] 「명일」, 「소년은 자란다」, 『태평천하』의 '아이'가 의미하는 것은 이와 같은 현실초월로서의 미래, 탈근대적 시간에 대한 전망이다.

3.2. 식민지 질서로 재편된 공간과 '산책자'

신화적 시간으로 탈근대적 시간을 전망하는 것은 정신적인 차원에서 가능한 방법이다. 그렇기 때문에 채만식은 현실적 차원에서 근대적 시간관—시계적 시간이나 화폐화된 시간을 부정하기 위해 '느림'을 선택한다. 게으르고 비생산적인 것으로 비난받아 마땅한 '느림'은 그러나 새로운 성찰의 계기를 마련해준다는 점에서 자본주의적 양식에 저항하는 하나의 방법이 될 수 있다. 채만식이 선택한 '느림'의 방법은 '산책'의 형식이다.

「창백한 얼굴들」(1931), 「레디메이드 인생」(1934), 「명일」(1936), 「종로의 주민」(1941) 등에는 닫힌 공간으로서의 식민지 체험과 선조적 시간을 부정하는 '산책'이 잘 드러나 있다. 기존 논의에서는 일반적으로 이런 류의 작품들을 무력한 지식인의 방황, 좌절을 다룬 작품으로 분류해왔다. 물론 실업자로 전락한 지식인의 괴로운 방황이 작품 속에 드러나는 것

---

194) 서동욱(2000), 위의 책, 8장 참조.

은 사실이다. 그러나 방황하고 좌절하는 지식인의 내면과 함께 지식인의 '방황'이 이루어지는 시공간을 분석해보아야만 이들의 '방황'이 갖는 의미를 밝힐 수 있다.

따라서, 모더니즘 문학의 전형적인 인물로 거론되는 '산책자' 개념을 적극 고려해볼 필요가 있다.[195] '산책자'는 도시를 방랑하고 그 주변을 돌아보기 위해 여유와 돈을 가지고 도시 주변에 머무르는 남성 작가[196]이다. 이때 '여유'는 경제적 시간적으로 여유를 얻은 자들, 혹은 반대로 돈으로부터 소외당한 자들이 누리는 역설적인 행위의 '여유'다.[197] 산책자의 개념 중 '작가'라는 것 또한 중요하다. 즉, '산책'은 글쓰기를 수반한다는 점이 중요하다. 벤야민이 보들레르를 분석하면서 거리 산책자의 군중을 향한 관심과 태도를 중요시한 것도 이

---

195) 리얼리즘에서 자본주의 극복의 이상적 인물로 '문제적 개인'을 설정하는 데에 비해 모더니즘에서는 '현대의 파편들 속에서 과거의 진실을 끌어 맞추려고 노력하는 자', '역사의 천사'인 '산책자'를 중요하게 다룬다.(최혜실, 「제2절. 인물: 한국 현대 모더니즘 소설에 나타나는 '산책자' 연구」, 『한국현대소설의 이론』, 국학자료원, 1992, p.78.)

이러한 관점에서 '산책자'를 다룬 주요 연구는 다음과 같다.

서준섭, 「모더니즘과 1930년대의 서울」, 『한국학보』 45, 1986. 겨울. ; 신범순, 「30년대 모더니즘에서 산책가의 꿈과 재현의 붕괴」, 『한국 현대시사의 매듭과 혼』, 민지사, 1992. ;최혜실, 「'소설가 구보 씨의 일일'에 나타나는 '산책자' 연구」, 『관악어문』 13, 1988. 12. ; 한계전, 「1930년대 모더니즘 시에 있어서의 '문명비판'」, 『국어국문학』 114호, 1995. 5.

196) Bowlby, R., Still Crazy after All These Years, Routiedge, 1992, p.5.

197) 조영복, 앞의 논문, p.15.

212

와 같은 맥락이다.[198] 이는 주체와 그가 바라보는 대상이 존재한다는 것을 의미한다. 다시 말해 주체가 거리를 바라보는 관점과 그가 본 풍경(대상)에 대한 서술이 '산책자'의 글쓰기라 할 수 있다. 모더니즘 소설을 연구하면서 〈산책의 주제는 개인과 타자의 소통 불가능성 속에서 역설적으로 한 개인이 산업사회의 모순을 직시하게 하는〉 구조가 '산책자'를 통해서 가능하다고 설명한 논의도 이러한 까닭에 설득력을 얻는다.[199] 따라서 채만식의 작품에서도 '산책'하는 지식인들이 어디에서 방황하고 어떻게 좌절하며 무엇을 보는지, 그 결과 작가가 형상화해내는 것이 무엇인지를 살펴보아야 할 것이다.

우선 「창백한 얼굴들」, 「레디메이드 인생」, 「명일」, 「종로의 주민」에 드러난 여정을 정리해보면 다음과 같다.

---

198) Benjamin, W., 조형준 역, 「아케이드 프로젝트」, 『세계의문학』, 2002. 봄, pp.137-146.
특히 〈산책자는 시장에서 척후병의 역할을 한다. 그러한 의미에서 산책자는 동시에 군중의 조사자이기도 하다.〉라든가 〈아무 말 없이, 아무 생각 없이 단지 어떤 장소에 아주 가까이 있는 것만으로도 그(산책자-인용자)는 많은 시사와 암시를 얻는다〉라는 구절은 '산책자'란 '풍경을 관찰하고 묘사하는 자'라는 해석을 넘어서 주체적인 행위의 선택이 있는 자임을 암시한다.

199) 최혜실, 앞의 논문(1992), p.63.

장소＼작품	창백한 얼굴들	레디메이드인생	명 일	종로의 주민
북촌 일대	K의 집 안국동 네거리	삼청동 꼭대기 －P의 집		송영호군의 하숙집
종 로		광화문 네거리 종로 화신 백화점	종로네거리	광교 종각 종로 모리나가 화신 백화점
남촌 일대	진고개 명치정 정자옥	경성역	경성역 조선은행	경성우편국 미쓰코시백화점 본정통 명치정 정자옥
외곽 지대	한강		청파	

　위의 도표에서 정리된 것처럼 「창백한 얼굴」의 〈K〉와 친구 〈S〉, 「레디메이드 인생」의 〈P〉와 친구 〈M〉·〈H〉, 「명일」의 〈범수〉, 「종로의 주민」의 〈송영호〉와 친구 〈강선필〉이 산책하는 과정에서 가장 중심이 되는 곳은 종로와 남촌일대이다. 이들은 북촌이나 외곽지대의 집에서 출발하여 종로를 거쳐 남촌 번화가의 백화점, 서점, 술집, 카페, 상가를 두루두루 돌아다닌다. 물론 이때의 산책은 특별한 목적이나 이유가 있어 시작된 것은 아니다. 찾아온 친구가(물론 그도 할 일없이 찾아왔다) 〈놀러나 나가지〉라고 이끄는 바람에(「창백한 얼굴들」), 그저 매일 하는 일과여서(「종로의 주민」), 아내 잔소리가 듣기 싫거나 답답한 마음 때문에(「명일」), 제각기 혼자 있으면 우울해지니까 친구들끼리 모여 하는 일 없이 돌아다닐(「

214

레디메이드인생」) 뿐이다.

그러나 산책이 진행되는 시공간의 모든 풍경이 식민지적 질서로 재편된, 새로운 '경성'이라는 점에 주목할 필요가 있다. 북촌-종로-남촌-외곽의 구분은 일제 강점에 의해 '한양'이 '경성'으로 바뀌고, '근대화'란 명분 아래 도시가 조직적으로 개조된 결과이다.

> 식민경제기반을 구축하기 위하여 19세기 말부터 이미 한양에 진출한 일본 거주민촌을 거점으로 일제는 남촌, 즉 지금의 명동을 주축으로 새로운 상업촌으로 진출하려는 시도를 하지만 북촌 토박이들의 완강한 저항에 부딪힌다. 대신 일제는 남촌 위주의 개발을 추진하여 도로 포장, 상하수도시설 설치에 차별을 둠으로 하여 상대적으로 북촌의 환경은 현격히 낙후된다. 또한 일제는 성곽을 부수고 전차를 내어 용산, 노량진, 신촌, 신설동 방면으로 소위 '전차교외지역'을 만들어 식민도시의 기능과 영역을 확충한다.[200]

이렇게 해서 경성은 식민도시로서의 특징을 고스란히 지니게 된다. 그것은 무엇보다도 화려·부·정연(整然)의 신(新)지구와 누추·빈곤·복잡의 구(舊)지구가 공존하는 이른바 이중도시(dual-city)의 구조가 확립되는 것을 의미한다.

채만식의 작품에서 '산책자'들은 모두 구(舊)지구에 거주하고 있으며, 그들의 산책은 새로운 '경성'의 모습을 드러내주

---

200) 김진애, 『서울性seoulness』, 서울포럼(주), p.26.

는 역할을 한다. '화신 백화점', '진고개', '명치정', '미쓰코시 백화점', '정자옥' 등은 일본인들이 주축이 된 대표적인 상가이며, '경성역', '경성우편국', '조선은행' 등은 일본에 의해 이식된 근대적 제도의 상징적인 장소이다. 그러나 '산책자'들이 이 공간에서 하는 일은 지극히 비생산적인 것이다. 자본주의 체제에서 산책이 애초부터 비생산적이고 게으른 것으로 간주되는 것처럼 '산책자'의 행위도 그 범주를 벗어나지 않는다. 자본주의의 꽃이라 일컬어지는 백화점에까지 찾아가서는 고작 담배 한 갑을 사거나(「종로의 주민」) 커피 한 잔을 마시는 것(「창백한 얼굴들」, 「종로의 주민」), 아니면 카페에서 술 마시는 것(「레디메이드 인생」)이 그들이 할 수 있는 일의 전부다. 요행 알고 지내던, 돈 많은 친구를 만나 근사한 점심을 대접받더라도 빈속에 먹은 밥과 술로 인해 괴로울 따름이다. 〈시장한 판에 정신없이 퍼먹은 밥이 술에 뒤섞여 배가 불러오매 그것은 배부른 안심이나 만족을 주지 아니하고 도리어 배고픈 때보다 더한 고통을 주〉201)는 것이다. 이처럼 자본주의 도시의 핵심부에서 식민지 지식인이 할 수 있는 일은 아무것도 없다.

그럼에도 불구하고 '산책자'들의 여정은 이중도시화된 경성을 극명하게 드러내준다. 도표에서 나타난 것처럼 '종로'와 '남촌'이 산책의 중심공간이었다는 점 이외에도 이들의 여정 자체가 일제가 도시개발한 중심축에 의존하고 있다는 점에서 그러하다. 일제는 조선 왕조의 도시 중심축이었던 '광화문→

---

201) 「명일」, 전집 7, p.164.

남대문'을 연결하는 남북축을 '조선총독부→경성부청→서울역
→용산'으로 이어지는 축으로 대치202)함으로써 세력을 확장
해 나갔다.

　「창백한 얼굴들」의 여정은 '안국동(북촌)→명치정, 정자옥,
진고개(남촌)→한강(외곽)→진고개(남촌)'로 일본이 재편한
도시의 세로축을 왕복한 것이며, 「레디메이드 인생」은 삼청
동 집을 중심점으로 '삼청동→종로→경성역→삼청동'의 삼각
형 구도를 그린 것이다. 「명일」에서는 '청파→종로→경성역,
조선은행→청파'의 사각 구도 속에서 '남촌과 종로'라는 신
(新) 지구를 부각시킨다. 「종로의 주민」에서도 '북촌→종로→
명동→북촌(집)'의 원형 구도를 며칠 동안 반복하면서, 종로
와 명동을 중심에 놓고 이중 도시의 면모를 드러낸다.

　　　　이야기에 팔려서, 오는 줄 모르게 어느덧 종각 앞
　　　을 지나 광교를 건너고 있다.
　　　　화신 앞 네거리까지가 송영호 군에겐 거주구역이
　　　고, 게서부터 남쪽으로 본정을 둘러 명치정 골목을
　　　돌아 내려오는 건, 이를테면 **여행**을 하는 셈이다. 간
　　　혹, 네거리에서 다시 서쪽으로 약 이백 미터 가량 더
　　　가서, ××영화의 사무실로 친구를 찾는 수도 있으나,
　　　그 역시 두고 먹는 골은 아니다.203) (강조 – 인용자)

　위 작품 속의 '산책자'는 시골 여행을 하면서도 종로를 그

---

202) 조선일보사 편, 「부록 서울의 역사지도」, 『월간조선』, 2001. 3.
203) 「종로의 주민」, 전집 8, pp.157-158.

리워한다. 그는 종로를 지나 일본인 거주 지구인 본정, 일본인 상업 지구인 명치정을 산책하는 일을 하루도 빼놓지 않는다. 그러나 그 '산책'은 문자 그대로 여유를 가지고 이리저리 거닐었다는 '산보'의 개념이 아니다. 새로운 곳, 낯선 곳으로 떠난다는 의미를 전제한 〈여행〉이다. 이는 조선인 지구를 벗어나는 것에서부터 '산책'이 시작된다는 것에서 추론 가능하다. 「창백한 얼굴들」에서 〈진고개〉에 대한 자조적인 서술이 드러나는 이유는 이와 관련이 있다.204)

> "네나 내나 요보가 진고개에 무슨 일이 있냐!" 하
> 고 S가 픽 웃는다.
> "그건 그래도 나으이 …… 상투쟁이래야 제격이지."
> "저건 모·본데."
> S가 보니, 응 아닌 게 아니라 옷과 몸매가 모·보(모던
> 보이의 약어 – 인용자)로 된 친구 하나가 쓱 지나간다.

---

204) 당대 문학작품 속에서 '진고개'에 대한 서술은 흔하게 찾아볼 수 있다. 그곳은 「재생」(이광수, 1924-25)의 봉구가 〈진고개를 갔다가 '기무라야'라는 일본 과자집에서 가장 맛나 보이는 것으로, 또 순영이가 좋아할 듯한 것으로〉 과자를 샀으며, 「삼대」(염상섭, 1931)의 덕기가 〈꼭 무엇이 살 게 있는 것은 아니나 돈푼 있는 사람의 버릇으로 막연히〉, 〈진고개로 올라가서 무어나 사 볼까?〉 하고 생각했던 곳이다. 또 '진고개'는 「무화과」(염상섭, 1931-32)의 홍근이가 〈우선 진고개로 올라가서 저녁을 두둑이 먹고 나오다가 명치옥에 들어가서 오원 각수짜리 과자 한 상자〉를 샀던 곳인 동시에, 더 나아가 「T일보사」(김남천, 1939)의 주인공이 구두방, 양복점, 백화점, 시계점, 모자점을 돌아다니며 쇼핑하던 곳이다.(이경훈, 「미쓰코시, 근대의 쇼윈도우 – 문학과 풍속 1」, 한국문학연구학회 편, 『한국근대문학과 일본 문학』, 국학자료원, 2001, pp.110-111.)

218

　　　K는 눈초리로 고소를 하며

　　　"그래 모·보는 모·보야 …… 단 조선놈 모·보

　　는 Modern Yobo라는 모·보야, 하하."

　　　"하하하하."

　　　"하하하하."

　　　두 사람의 **염치없는 너털웃음**에 지나가던 사람들

　　이 눈이 뚱그래진다.205) (강조 - 인용자)

　　〈요보〉는 일본인들이 조선인을 비하하여 부르는 명칭이다. 조선인은 〈진고개〉에 어울리지 않고, 설혹 최신 유행을 따른 '모던 보이'(Modern Boy)라 할지라도 그는 〈조선놈〉일 따름이다. '산책'이 일본인 지구를 〈여행〉하는 것이라면 그 〈여행〉의 정점에 있는 곳이 '진고개'이다.

　　'진고개'(泥峴)는 지금의 중구 충무로 2가 중국대사관 뒷편에서 세종호텔 뒷길에 이르는 고개이다. 일찍이 진고개 일대는 남산골이라 불렸다. 이 지역에는 가난한 양반들이 많이 살아 '남산골 딸각발이', '남산골 샌님'이란 말도 여기에서 유래하였다. 그러나 1885년 2월부터 서울에 일본 민간인의 거주가 허용되면서 진고개 일대는 일본인들이 모여 살기 시작하였다. 일제 강점기에 이르러서는 진고개 입구에 일본 영사관이, 배후의 남산 중턱에는 통감 관저가 위치해 그 영향력을 더욱 넓혀나갔다. 1917년경에는 충무로, 필동, 남대문로 1-4가, 남산동, 인현동, 명동, 저동, 오장동, 예관동, 초동, 소공동, 주자동, 회현동 등이 거의 완전한 일본인 거주 지역이

---

205) 「창백한 얼굴들」, 전집 7, pp.14-15.

되었다.206) '선비 마을→일본인 거주 구역→식민지 지배세력의 핵심 공간'이라는 역사적 변모에서 나타나는 바와 같이, 진고개는 한국 근대사의 상징적 공간이라 할 수 있다.

「창백한 얼굴들」에서 〈요보〉라는 자조가 '진고개'에서 이루어진다는 사실은 바로 이러한 맥락에서 이해된다. 그러나 자조하고 있는 〈S〉와 〈K〉 역시 일본인 전당포에 시계를 잡혀 마련한 돈을 들고 '진고개'에 와 있다는 점은 아이러니하다. 지식인의 이중성이라 할 만한 이 부분을 작가는 〈염치없는 너털웃음〉으로 표현한다. 자본주의적 질서로 재편된 식민지 공간의 부정성과 문명의 이기는 동전의 양면으로 존재한다. 그 양면의 긴밀한 관계를 포착한 지점이 바로 〈요보〉라는 자조와 〈염치없는 너털웃음〉이다. 근대화의 양면성을 드러냄과 동시에 그 양면성에 휘둘리고 있는 인물의 이중성을 다각도에서 서술하고 있는 점에서 채만식의 뛰어난 작가적 안목을 발견할 수 있다.

'산책'을 마친 주체들은 그러나 별반 달라지지 않는다. 「창백한 얼굴들」에서 〈다시 헌 책전을 뒤지러 묵묵히 걷는 두 사람의 얼굴이 가다가 와사가등(瓦斯街燈)에 비칠 때에는 한층 더 창백〉(「창백한 얼굴들」)할 뿐 이들의 산책은 닫힌 공간으로서의 식민지 체험일 뿐이다. 그러나 하루 동안의 산책의 의미는 일제 강점의 식민지 체제에 순응하지 못하는 현실(체험)을 보여준다는 데 의미가 있다. 물론 진정한 저항, 레

---

206) 손정목, 『일제 강점기 도시화 과정 연구』, 일지사, 1996, pp.361-364.

비너스적인 의미에서의 초월로 가기에는 역부족이고 단지 부정성을 드러내는 데 그칠 뿐이다. 그러나 부정성과 조우하는 경험은 새로운 성찰의 가능성을 열어준다.

그 성찰은 근대화의 결과물인 '경성'이라는 근대적 공간을 경험하는 '산책'으로부터 가능하다. 작품의 표면에는 도시를 산책하는 과정에서 겪는 단편적인 사건들이 계기적으로 나타난다. 주체가 산책하고 있던 경성은 근대화의 과정 속에 존재하고 있다. 경성에는 미쓰코시(三越) 백화점, 화신상회와 같은 근대적인 문물과 전차와 버스라는 근대적인 교통체계가 존재하고 있었다. 그리고 일본 제국주의에 의해 주도된 근대화는 경성의 거리 풍경을 변화시켜 왔다. 주인공이 도심을 배회하는 과정에서 만나는 수많은 건물들은 그러한 근대적 발전을 상징하는 공간적 요소라고 할 수 있다. 그러나 근대적 발전의 이면에는 물질적·정신적 궁핍화를 초래한 식민지로서의 역사가 중첩되어있다.

> 親愛하는 서울의 市民 諸君들이여! 그대들이 和信이나 三越에 돌아다니는 그 걸음으로 仁王山 한중어리의 土幕村으로 가보라. 그러면 그대들은 天國과 地獄을 한꺼번에 旅行할 수 있을 것이다. 아니다. 仁王山 한 봉오리에 올라가 바라보면 한눈으로는 天國 다른 한 눈으로는 地獄을 한꺼번에 볼 수 있을 것이다. 그래서 비로소 『진정한 서울』水火와 같이 永遠히 和合하지 못할 두 다른 子女를 한 품 속에 안고 있는 異常한 서울 어머니를 참으로 알 수 있을 것이다.[207]

위의 글에서 권환은 식민지 수도 '경성'의 이중성에 대해 인식하고 있음을 보여준다. 화신(和信)과 삼월(三越)을 중심으로 구축된 근대 도시 경성은 광범위한 빈민지역에 의해 둘러싸여 있다. 그런데 인왕산 정상에 놓여있는 그의 시선조차 대상을 '있는 그대로' 바라보는 것은 아니다. 그는 경성을 '천국'과 '지옥'으로 분리시켜 놓았다. 이러한 태도 속에는 그의 근대 지향성이 드러난다.208) 근대 지향이 역사의 장기적이고 지속적인 측면에서 하나의 필연임을 부정하기는 어렵지만, 식민지 체험은 이러한 시·공간의식을 왜곡시켜 버린다. 그것은 근대 지향의 궁극에 제국주의가 존재하기 때문이다. 따라서 '산책'은 이 공간을 적극적으로 향유할 주도권도 없고, 공간 체제에 순응하지도 못하는 개인 주체에게 자신에 대한 성찰의 가능성을 열어주는 역할을 한다.

이 장에서는 채만식 문학에서 주체와 타자가 관계하고 있는 양상을 살펴보았다. 그의 문학에서 가장 두드러진 주체-타자는 작가의 자전적 경향이 강한 남성 주체와 그의 아내인 여성 타자였다. 주체-타자 관계에서 여성 타자는 대체로 남편에게 종속되어 있거나, 그 존재 가치가 미미하게 드러났다. 여성 타자의 부재라고 부를 수 있는 이러한 양상은, 그러나

---

207) 권환, 「(문인이 본 서울)天國과 地獄」, 조선일보, 1932. 1. 3.
208) 손종업, 『극장과 숲－한국 근대문학과 식민지 근대성』, 월인, 2000, p.30.

부재란 무를 나타내는 것이 아니라는 점에서 새로운 시각을 필요로 한다. 타자가 부재한다고 할 때, 이는 그가 존재하지 않음을 의미하는 것은 아니다. 주체가 인식할 수 없는 곳, 인식하지 못하는 거리에 타자가 존재하고 있을 뿐이다.[209] 주체가 감지할 수 없는 거리에 있는 타자, 가려진 타자는 주체 스스로 타자를 자신의 영역에 동일화시킨 결과였다. 아내는 남편에게 종속되어 있고 나아가서는 남성적 질서, 남성적 세계의 가치를 재현하는 존재일 뿐일 때 주체에게 타자는 부재의 상태일 수밖에 없다. 그러나 여성 타자가 자신의 이질성을 발현하고 남성 주체가 그 타자와의 거리감을 인식할 때 비로소 주체와 타자는 근대적 동일성의 지반을 벗어날 가능성을 확보하게 된다. 비록 그 가능성이 즉흥적이고 감상적인 수준에서 주어지거나, 여전히 계몽적이고 우월한 주체의 위치에 의해 굴곡을 겪게 된다할 지라도 '차이'에 대한 인식은 변화로의 길을 열어주는 것이기에 그 의의가 있다.

한편, 근대화에 의해 부정되거나 배제되었던 타자들은 채만식 문학에서 새롭게 의미화되었다. '아이'와 '여성 화자', '여성 창조신' 그리고 '산책자'는 식민지적 근대를 벗어날 수 있는 이질적인 균열과 틈을 만들어 주는 존재다. '아이'는 현실의 부정성을 자각하게 해주고 현재를 초월할 가능성을 만들어주었다. '여성 화자'와 '여성 창조신'은 남성 중심의 근대

---

209) 사르트르는 부재는 인간 존재 상호 간의 관계를 표현하거나, 하나의 위치와 그 위치를 점할 수 있는 인간 존재와의 관계를 표현하지, 존재와 무의 관계를 표현하는 것은 아니다.(서동욱, 『차이와 타자』, 『문학과 지성사』 4장 참조.)

화 체계, 제국주의적 담론을 무력화시키고 새롭게 재창조할
가능성을 보여주며 '산책자'는 현실의 시공간을 배회하는 방
식을 통해 주체의 성찰을 가능하게 해주었다. 여성 타자와
마찬가지로 근대 담론에서 배제되었던 타자들은 궁극적으로
는 남성 주체에게 변화의 계기를 마련해주었다는 점에서 그
의의가 있다.

Ⅳ. 타자성의 지향과 문학적 서술 양식의 관련 양상

이 장에서는 앞에서 살펴본 주체의 근대 체험, 타자와의 관계가 서술되는 방식을 살펴보고자 한다. 채만식의 문학에서 형식적인 특질은 이미 많은 주목을 받아왔다. 의미의 이중 구조를 보여주는 풍자·아이러니 등의 기법, 전통 문학과의 연계를 짐작하게 해주는 판소리 기법, 동·서양 고전의 주체적인 패러디, 작중 인물들에게 생동감을 부여해주는 사투리의 적극적 사용 등은 대부분의 연구자들이 지적하는 사실이다. 이와 같은 형식적 특질들이 작가의 창작의도와 긴밀하게 연관된다는 것은 또한 당연한 일이다.

1. 시선의 귀환과 중심의 해체

1.1. 근대적 시선 체제를 이탈하는 시선

서사문학의 핵심은 이야기이다. 따라서 이야기가 전달되고 있는 위치, 시점(point of view)과 서술자의 문제는 지금까지 서사 문학 형식 가운데 가장 많이 연구된 항목이라 할 수 있다. 채만식 문학 연구에서도 서술자의 양상이 어떻게 드러나고 있는 지에 대해서는 많은 논의가 있어왔다.[210] 본 연구에서는 이 논의를 바탕으로 채만식 문학의 서술 양식이 주체 구성 과정과는 어떠한 관계가 있는지를 살펴보고자 한다. 이를 위해 특별히 '시선'이라는 분석틀을 사용한다.

전통적인 문학 형식 이론에 비추어보면 '시선'이란 작품 내 주체의 시점을 의미한다. 특히 쥬네뜨 등이 지적한 초점화(focalization) – 초점 화자(focalizer)라는 명칭은 주체의 '시선'과 깊은 관련이 있다. 쥬네뜨는 표층의 텍스트 차원에서 말하는 방식보다 심층적인 차원에서 지각하는 방식이 작용하는 것으로 보고, '누가 보는가' 곧 사건이 지각되는 위치를 초점화라는 또 다른 개념으로 분리시키고 있다.[211] 이와 유사하게 미케 발 역시 초점화는 '시각' 즉 보는 주체와 보여지는 대상 사이의 관계를 드러내준다고 판단하고 초점화자, 초점화 대상, 초점화의 단계를 자세하게 분석하고 있다.[212] 초점화가 작가의

---

210) 대표적인 예로 한혜경(「채만식 소설의 언술구조 연구」, 이화여대 박사, 1992.)은 서술자의 양상이 채만식 소설 텍스트 이해의 관건이 된다고 파악한다. 이에 따라 서술자의 존재, 태도에 따라 어떻게 서술양상이 달라지는 가를 살펴보고 있다. 이 연구는 세밀한 방법론에 의거, 채만식 소설의 서술 양상을 자세히 드러냈다는 장점이 있다. 그러나 본 연구의 연구사에서 밝힌 바와 같이 이러한 연구가 기존 논의에 합의하는 결과를 도출하는 데 그치고 있다는 것은 한계로 지적된다. 그 외 김주남(「"천하태평춘"의 서술자 연구」, 「서강어문」 5집, 1986. 12.), 노광복(「채만식 소설의 서술상황연구」, 서강대 석사, 1986.), 문현옥(「채만식 소설의 서술방식 연구」, 전남대 석사, 1998.) 등의 연구가 있다.

211) Genette, G., 권택영 역, 『서사담론』, 교보문고, 1992, pp.174-175.

지각과 인식 태도를 문제 삼는 것이라면 '시선'은 주체를 대상으로 그와 같이 분석하는 것이다. 이때 주체는 화자 혹은 초점화자와 일치할 수도 있고 어긋날 수도 있다.

본 연구에서 '시선'을 문제 삼는 이유는 다음과 같다. '시선'은 신체기관으로서의 눈이 수행하는 시지각 이상의 의미가 있다. '시선'은 주체가 속한 사회의 문화적 내용들에 의해 매개된다. 이에 따라 특정한 시대, 특정한 사회의 일상생활 속에서 세계를 바라보는 '보는 방식(way of seeing)'이 규정된다. 따라서 시각적 경험은 직접적이고 보편적인 것이라기보다는 항상 우리의 지식과 믿음에 의해 매개되며 타자들과의 관계 속에서 이루어지는 사회적, 역사적인 것이라 할 수 있다.213) 따라서 '시선'에 대한 분석은 주체가 세계, 타자와 관계 맺는 방식 즉 본 연구의 연구목적을 충실히 행할 수 있다고 판단된다.

채만식의 경우 등단작에서부터 '시선'의 문제를 주목하고 있다.「세 길로」(1924)는 기차 여행을 하는 〈나〉의 시선을 중심

---

212) Bal, M., 한용환·강덕화 역,『서사란 무엇인가』, 문예출판사, 1999, pp.181-207.

213) 주은우,「현대성의 시각체제에 대한 연구 ─ 원근법과 주체의 시각적 구성을 중심으로」, 서울대 사회학과 박사, 1998. pp.1-14. : 이때 '시각' 대신 '시선'이란 말을 사용한 것은 그것이 단지 눈앞에 있는 그대로를 수용하는 소박하고 객관적인 지각이 아니라는 점을 표시하기 위해서이다. 따라서 '시선'이란 용어에는 주체의 의도, 시선의 방향과 범위를 결정짓는 권력의 체제가 전제되어 있다. 이런 입장에서 푸코의 경우『감시와 처벌』에서 감옥과 같은 장치나 담론이라는 언표의 배치들을 통해 작동하는 시선들, 그 시선들을 통해 작용하는 권력의 문제를 다루고 있다.

228

에 두고 그 '시선'에 따라 인물들의 심리가 변화해가는 과정을
서술하고 있다. 특히 이 작품에서 기차 안의 풍경을 자세히 묘
사하고 있다는 점은 중요하다. '기차'는 이질적인 것들이 균등
해지는 공간, 낯선 것이 모두 친화되는 동질성의 공간이라는
의미를 가지고 있다. 이것이 바로 근대적 문물의 성격이다. 등
단작 「세 길로」가 '기차' 공간에서 '시선'의 문제에 주목하고
있다는 사실은 우리에게 '근대'의 의미가 채만식 문학의 화두
라는 것을 암시하는 것이라 판단된다.

　「세 길로」에서 〈나〉는 기차 속에서 여학생과 그녀의 어머
니로 보이는 〈마나님〉, 건너편에 앉은 중학생, 사내 등 같은
공간에 있는 인물들을 세심하게 관찰한다. 따라서 이 작품을
등단작으로 추천한 이광수의 언급214)처럼 관찰과 묘사가 중
심이 되고 있다. 이것을 행하는 주체는 물론 〈나〉이지만, 작
가는 〈나〉의 시선과 타자의 시선을 함께 포착한다.

　　그(여학생 - 인용자)는 미리 나를 치어다보고 있었
　　든지 나와 시선이 마주쳤다. 나는 무류하여 고개를
　　돌려 그의 시선을 피하며 속맘으로 '왜 바라볼까?' 하
　　고 생각할 때에 '사람이 사람을 보는데 의미는 무슨
　　의미가 있어'라고 해석하였으나 나는 그 해석에 내

---

214) 이광수는 「세 길로」를 『조선문단』 3호(1924. 12)에 추천하면
　　　서 다음과 같이 평한다. 〈이번에 뽑힌 것 중에서 채만식 군의
　　　「세 길로」는 기차 속의 광경을 그린 것인데, 재료의 취사며
　　　심리의 묘사가 심히 익숙하게 되었다. 이렇게 평범한 재료를
　　　취해가지고 그만큼 재미있게 그만큼 깊게 사람의 부끄러운 약
　　　점을 그려낸 것은 칭찬할 솜씨라 아니할 수 없다.〉

스스로가 불만족이었고 도리어 그에게 치어다보인 것이 무조건으로 기뻤다.

그러자 그 마나님도 고개를 돌려 나를 바라보고 그 사내도, 또 건너편 줄에 앉은 중학생도 어느 시골 신사도 나를 바라보는 것을 알았다.

나는 좀 불안은 하였으나 승리자의 심리(心理)같은 기쁨을 느꼈다.215)

〈나〉는 같은 기차 칸에 탄 〈여학생〉에게 은근한 호감이 있다. 〈나〉는 기차를 타면서부터 내릴 때까지 계속해서 그녀를 바라보며 감정의 변화를 느끼며 여러 가지 상상을 한다. 끊임없이 이어지는 주체의 시선은 그러나 〈여학생〉이라는 타자의 시선과 부딪친다. 뿐만 아니라 기차 속의 다른 인물들의 시선도 의식되기 시작한다. 많은 사람들이 자기를 바라보는 것을 느꼈을 때 주체는 〈좀 불안은 하였으나 승리자의 심리같은 기쁨〉을 느낀다. 이는 물론 주체의 일방적인 자기 우월감에 도취된 것에 지나지 않는다. 그러나 여기에서 주체의 일방적인 시선 속에 모든 것이 관찰되는 것이 아니라 타자의 시선이 부각되고 그것을 의식하는 주체의 인식이 드러난다는 사실이 의미 있다.

시선은 언제나 그 초점이 어디에 놓이는가에 의해서 대상과 관계를 맺는다. 초점은 대상을 중심부와 주변부로 갈라놓는 동시에 초점의 강도에 따라 그 경계를 심화시키거나 약화시킨다.216) 이것은 초점을 지정하는 방식에 따라 볼 수 있는

---

215) 「세 길로」, 전집 6, p.412.

것과 볼 수 없는 것을 가르고, 보아야 할 것과 보는 방식을 정의하는 근대적 시선의 체계이다.[217] 따라서 원근법이 근대의 지배적인 양식으로 자리 잡아왔다. 이때의 주체는 데카르트의 코기토, 즉 근대적 주체이다. 그의 시선은 자기의지적이며 대상 세계와 거리를 둔 채 통제력을 행사하는 세계의 중심이다. 여기에 따라 대상 세계는 주체가 지정한 중심점으로 수렴됨으로써 서술·해석되어진다.[218]

「세 길로」에서는 주체의 중심적인 시선이 드러나기는 하지만 그것이 원근법의 소실점처럼 하나로 수렴되는 최종적인 결과를 야기하지는 않는다는 데 의미가 있다. 「세 길로」의 주체는 타자의 시선을 인식하고 본격적으로 타자의 시선 변화 과정에 주목하기 시작한다. 〈나〉는 자신과 마찬가지로 〈여학생〉을 주목하는 〈사내〉의 시선을 인식한다. 주체의 시선에는 〈여학생〉과 〈사내〉의 시선교차, 나를 향한 〈여학생〉의 시선의 변화가 느껴진다. 〈나〉는 〈사내〉의 시선에 〈여학생〉에 대한 〈욕망과 기대〉가 있음을, 〈여학생〉 또한 〈호기심을 가지고 가끔 그(사내 – 인용자)를 바라〉본다는 사실을 발견한다. 자신의 생각과는 다른 일이 일어나고 있음을 감지한 주체는 타자의 변화에 주목한다.

---

216) 황호덕, 「체념과 해방」, 『세계의 문학』, 2002. 봄, 민음사, pp.244-247.

217) 이진경, 「근대적 시선의 체계와 주체화」, 서울 사회과학 연구소 편, 『근대성의 경계를 찾아서』, 새길, 1997. p.255.

218) 말을 바꾸어 보면 전체 상황이 수렴되는 과정이 원근법적 구도이며 중심점은 소실점에 해당한다.

나는 그 여학생을 바라보았다.

그는 나를 마주 보다가 먼저 시선을 돌렸다.

내 마음에는 **그 시선이 퍽 차진 것 같고 도리어 그 사내에게로 향하는 시선이 따스한 듯하였다.**

그 사내도 나를 바라보았다.

그의 시선과 얼굴에는 자기의 자랑과 나를 조롱하는 듯한 기운이 보이는 듯하였었다.

나는 퍽 섭섭도 하고 노엽기도 하여 맥없이 내 자리로 돌아갔다.

내 자리로 돌아가서 그제야 꿈에서 깬 듯이 얼음보다 찬 미소를 띠었다. (강조 - 인용자)219)

처음에는 〈여학생이 그(사내 - 인용자)를 바라보는 그 시선이 나를 바라보는 시선과는 다르게 나에게는 보였다.〉, 〈나〉는 그녀가 사내보다는 내게 관심이 있다고 생각했기 때문이다. 그러나 주체의 세심한 관찰은 자신의 생각과는 다른 타자들의 시선을 발견하게 된다. 〈여학생〉은 〈나〉에게는 차가운 시선을, 〈사내〉에게는 따뜻한 시선을 보내고 있었던 것이다. 더구나 〈사내〉는 이 모든 사실을 감지하고 새로운 시선의 변화-〈자기의 자랑과 나를 조롱하는 듯한 기운〉-을 보인다. 주체는 타자들의 이질성을 접하고 자기 자신을 되돌아본다. 〈꿈에서 깬 듯이 얼음보다 찬 미소를 띠었〉다는 것은 이전의 자신의 시선과 인식이 얼마나 일방적이었는가를 깨달은 결과다.

---

219) 「세 길로」, 전집 6, p.417.

232

결국 「세 길로」에서는 '시선'이 주체의 단일한 영역을 벗어나서 타자의 '시선'에 영향 받는 과정을 보여준다는 데 의의가 있다. 주체의 시선에 따라 타자들의 시선이 발견되고 주체가 변화하는 것이다. 따라서 주체는 〈주체→타자, 타자→주체〉로 시선이 귀환하는 과정에 따라 구성된다. 여기에서 한 발 더 나아가 「선량하고 싶던 날」(1961 - 유고)에서는 '시선'에 따라 주체의 인식이 변화하는 과정, 타자의 '시선'과 교차한 후 변화하는 주체의 모습이 드러난다.

> 이상한 것은 속이 상한다 치면 차에 탄 손님들이란 명색들이 모두가 반반스런 얼굴을 지닌 자라곤 없어 보이는 것이다. 열이면 열, 백이면 백 남녀노소 할 것 없이 이 광장선을 타는 승객들이란 모두가 삐뚤어진 얼굴, 일그러진 얼굴, 애꾸, 곰보, 입삐뚤이, 말하자면 천하 어디서 무지막지하고 경우나 인정도 모르고 점잔이나 예절 같은 것하고는 이웃도 해보지 못한 불쌍놈들인 것만 같아 보이는 것이다.[220]

「선량하고 싶던 날」의 주체는 전차 운전수다. 그는 오늘만은 승객들에게 '선량하리라'고 결심을 하고 일을 시작한다. 승객들에게 어질다는 칭찬을 받아가며 얼마간 운전을 했지만 곧 선량하게 지내겠다는 결심은 무너지고 만다. 〈이편이 선량한 눈치를 보고는 무름한 줄 알고, 만만한 줄 알고, 도리어 좋지 못한 행티를 하려고〉 드는 승객들 때문이다. 짜증이 나

---

220) 「선량하고 싶던 날」, 전집 8, p.245.

기 시작한 나에게 손님들은 이상하게 보이기 시작한다. 그들이 실제로 삐뚤어진 얼굴이나 애꾸, 곰보일 수도 있고 또는 그런 사람들만 내 눈에 띄는 것일 수도 있다. 또 현실은 아니지만 그렇게 보는 나의 상상일 수도 있다. 어떤 경우이든지 간에 주체의 인식에 따라 시선이 달라지는 점을 포착했다는 사실은 중요하다. 이는 시선 자체도 개인을 일정한 방식의 주체로 구성하는 사회적 과정과 결부되어 있다는 사실을 의미하기 때문이다.221) 시선은 개인을 가시적 세계 속에 일정하게 위치지움으로써 그를 주체로 구성한다. 주체란 인간 개인의 삶의 조건을 구성하는 다양한 현실적 관계들 속에서 그가 차지하는 위치에 의해 규정된다.

선량함을 포기한 전차 운전수는 짐을 싣고 타는 아낙네를 매몰차게 내친다. 자신의 시선과 마주친 아낙네가 〈비굴한 웃음과 간살떨이〉를 하는 모습을 참을 수 없었기 때문이다. 그러나 차에서 내쳐진 아낙네가 자신을 바라다보는 시선과 마주친 순간 새로운 변화가 일어난다.

> 보지 않으려고 했으나 끌리듯 고개가 돌려졌다.
> 망연자실하여 우두커니 차 꽁무니를 바라다보고 섰는 **그 아낙네의 눈**.
> 일찍이 그다지도 **슬프고 절망적인 눈**을 본 적이 없는 것 같았다.
> 가슴이 찌르르 저리면서 그대로 올라달아 눈물이 핑 돈다.

---

221) 주은우, 앞의 논문.

> 펄썩 주저앉아 엉엉 울고 싶은 것을 겨우 지탱할
> 채 차가 왕십리에 다 올 때까지도 정신을 차리지 못
> 했다. (강조 - 인용자)[222]

타자의 시선과 주체의 시선이 교환되면서 주체는 감정 변화를 일으킨다. 그 변화는 자기반성을 기반으로 한 것이다. 나를 〈펄썩 주저앉아 엉엉 울고 싶〉게끔 만들었다는 서술을 통해, 그가 이전의 사실을 뉘우치고 있다는 것을 알 수 있다. 이 변화의 계기가 되는 것은 〈아낙네의 눈〉이다. 자신을 바라다보는 〈슬프고 절망적인 눈〉과 마주친 순간 주체는 감정의 동요를 일으키고 점점 그 파문이 커진다. 결국 타자의 시선을 거친 주체의 시선 귀환과정에 따라 주체의 변화가 일어나는 것이다.

이외에도 채만식의 작품 중에서는 우연히 타자의 시선 - 〈눈〉과 마주친 주체의 시선을 묘사하는 장면을 심심찮게 찾아볼 수 있다. 「차 중에서」(1961 - 유고)에서 〈나〉는 기차 안에서 만난 부녀 중 아버지의 소심스러움을 경멸하다가 〈고개를 돌리는데 소녀의 고마워하는 눈이 기다리고 있었〉음을 발견한다. 이후 〈소녀〉의 처지가 더 절망적임을 알게 되고 〈나〉는 〈부지할 수 없는 슬픔과, 일변 노염〉에 사로잡힌다. 지식인 남성 주체의 신분인 〈나〉가 가난한 민중의 처지에 있는 부녀의 상황을 헤아리기 시작하는 것이 〈소녀〉의 〈눈〉 즉 타자의 시선과 교차되는 이후라는 사실을 알 수 있다.

---

222) 「선량하고 싶던 날」, 전집 8, p.246.

「해후」(1941)에서는 첩살이를 하는 신세이지만, 자신의 욕망을 감추지 못하는 여성 때문에 당황스러워하는 〈나〉의 모습이 드러난다. 여기에서 주체가 타자의 욕망을 인식하는 것도 다름 아닌 타자의 시선이다. 여성 타자는 첫 만남에서부터 〈곁눈으로 언뜻 나를 보다가, 마침 나와 시선이〉 마주치고, 〈그 눈이 어쩐지 이상히 맑고 은근하게 빛〉나고 있었다. 오랜 세월이 지난 이후 그 두 사람이 다시 마주치게 되었을 때 주체는 또다시 여성 타자의 〈은근함이 가득 어린 그 눈〉을 통해 숨겨진 욕망을 읽어낸다. 타자의 시선 속에 숨겨진 욕망을 찾아내는 주체의 시선은 주체-타자의 상호 소통을 암시한다. 시선을 통해 소통한 관계가 '도덕'과 '윤리'라는 가치 규범으로 인해 현실 속에서 이어지지는 못한다.

'시선-관찰'의 근대적인 의미는 주체의 동일성을 강화하는 것이다. 원근법으로 대표되는 근대적인 시선의 체제는 주체 중심주의가 드러나는 형식이기 때문이다. 그러나 채만식의 문학적 출발점이 바로 이 '시선'을 통해 타자와의 시선 교환, 주체의 시선 귀환 과정, '차이'의 인식까지 드러낸다는 사실은 의미심장하다. 특히 「세 길로」, 「차 중에서」, 「선량하고 싶던 날」이 모두 '기차', '전차'라는 근대적 문물을 배경으로 하여 '시선'의 문제를 다루고 있었다. 이는 작가의 관심이 전근대에서 근대화되어가는 과정에 놓여있었다는 사실을 새삼 입증해주는 부분이다. 또한 「세 길로」, 「차 중에서」, 「선량하고 싶던 날」, 「해후」가 모두 남성 주체와 여성 타자의 시선의 교차를 다루고 있어 더욱 의미 있다. 채만식이 지향했던 것은 주체 중심으로 시선으로 수렴되는 근대적 체제가 아니라 타자와의 '시선'의 교차를 통해 재구성되는 주체의 모습이었다는 사실을 읽어낼 수 있기 때문이다.

1.2. 중심을 해체시키는 서술자의 개입

채만식 문학에서 작가나 서술자가 서술되고 있는 사건에 직접 참견하거나 주석을 가하는 등의 개입 방식은 흔하게 찾아볼 수 있다. 이러한 서술방식의 특징에 대해 구술시대 구비 서사를 담당했던 이야기꾼의 전통과 연계해서 긍정적으로 평가하는 연구가 지배적이다.223) 이 연구들은 특히 채만식이 판소리 창자(唱者)의 연행방식을 수용했다는 측면에서 그 의의를 높이 평가한다. 전통 계승이라는 평가가 문학사적인 차원에 해당한다면 채만식의 문학작품을 동시대의 문학행위 – 담론이라는 차원에서 다시금 살펴볼 필요가 있다.

채만식 문학에서 작가나 서술자의 주석적 해설 혹은 직접 개입은 그러나 연구자에 따라 부정적으로 평가되기도 한다.

---

224) 김성수, 「이야기의 전통과 채만식 소설의 짜임새」, 한국정신문화연구원 박사, 1984. ; 박병윤, 「'태평천하'의 판소리 수용양상에 관한 연구」, 전북대 석사, 1987. ; 배봉기, 「채만식 소설에 나타난 판소리의 서술양식에 대한 고찰」, 연세대 박사, 1986. ; 유려아, 「채만식과 老舍의 비교연구」, 한국정신문화연구원 박사, 1992. ; 유화수, 「채만식 소설 연구 – 서사 전통과의 연계 양상을 중심으로」, 전북대 박사, 1996. 등이 대표적이다.

군말·설명·평가 등을 통해 작가나 서술자가 지나치게 개입하고 있다고 판단되기 때문이다.224) 물론 소설의 역사를 살펴볼 때 동·서양을 막론하고 소설 장르의 발달에 따라 작가나 서술자의 해설이나 개입이 줄어들어 온 것이 사실이다.225) 채만식 소설에서 주석, 해설, 개입의 양상은 달리 해석될 여지가 있다. 그것은 일차적으로 독자에게 영향력을 행사하는 서술자, 작가의 의도로 해석된다. 서술자와 작가의 의도는 궁극적으로 작품의 의미를 단일한 중심 체계로부터 일탈시키고자 한다.

> 이러고 보니 가깝고도 좋은 새 길이 나고 또 궁민의 구제가 되었고 미상불 좋은 일이다. 그런데 도가 맡았던 사람은 밑졌다고 끙끙하더라는데 실상은 밑졌는지 어쨌는지 모르겠으나 개략 통계를 따지어보면 R-K 사이에 이번 도로 신설을 하느라고 소용된 노동자 즉 궁민의 총 연인원(延人員)이 만 명이 될락말락하고 평균 임금이 삼십 전이라는데, 그렇다면 삼만 원밖에 더 들지 아니했을 것인데 …… **하기야**

---

224) 그 결과 문학작품은 현실과 직접 대면하는 데서 주어지는 객관적 진실성이 약해지고, 인물·상황에 대해 특정한 시간이나 편견이 생길 수 있으며, 풍사 내상이 무정적 측면이 과장됨으로서 진지한 삶이 자리 잡기 어려운 느낌을 주고 인물의 전형성 또한 그 특이성으로 인해 객관적 조건은 뒷전으로 밀리게 된다고 주장한다.(김흥수, 「문학의 방언에 대하여」, 『문학과 방언』, 역락, 2001.)

225) 김천혜, 『소설 구조의 이론』, 문학과 지성사, 1991. 제3장 화자 참조.

그 사람도 카네기나 최창학이에 비하면 궁민이겠지.
(강조 – 인용자) 226)

　위 인용문은 Ⅱ장의 2.2.2에서 근대적 공간으로 편입되어
가는 과정을 비판적으로 성찰하고 있다고 평가한 「화물자동
차」(1931)의 한 부분이다. 이 작품은 교통이 불편한 R 정거
장→G 정거장→K 항구에 이르는 사십 리 길에 '구루마'가 요
긴한 수단이었다가, 새 길을 닦은 후 '화물 자동차'가 독점하
게 되는 과정을 그린, 짧은 분량의 소품이다.
　신설 도로 공사는 〈가깝고도 좋은 새 길〉이 만들어지며
〈궁민 구제〉가 되는 일거양득의 긍정적인 것이다. 그러나 이
긍정은 표면적인 의미일 뿐이다. 다른 의미가 존재한다는 것
을 알려주는 것이 서술자의 적극적인 개입부분이다. '～다'라
는 서술 구조에서 갑자기 '…… 인데', '～겠지'로 드러나는
서술자의 목소리는 부정적인 현실에 대한 풍자 방법이기도
하다. 이와 함께 독자가 표면적인 의미 해석과정에 몰입하는
것을 방해하는 효과를 노린다.
　'궁민 구제 사업'이라는 명목으로 신설 도로 공사를 강행했
던 일본인 사업가는 손해를 봤다고 불평한다. 이때 서술자는
직접 개입하여 〈개략 통계를 따지어 보면 (중략) 삼만 원(전
체 노동자 임금－인용자)밖에 더 들지 아니했을 것인데
……〉라며 그렇지 않다는 사실을 밝혀준다. 나아가 〈하기야
그 사람(일본인 사업자－인용자)도 카네기나 최창학이에 비

---

226) 「화물자동차」, 전집 7, p.20.

하면 궁민이겠지〉라고 조롱한다. 카네기는 서양의 유명한 갑부이다. 그와 재산 정도를 견줄 사람이 드물다는 것은 당연한 사실이다. 때문에 〈그 사람〉과 카네기를 비교한다는 것 자체가 조롱에 해당할 수 있다. 또한 최창학은 친일 재산가이다. 조선의 100여 도시 중 24개 도시를 대상으로 10만 원 이상의 재산을 보유한 자를 조사해 165명의 명단을 밝힌 〈반도재산가총람〉(『삼천리』, 1932년 2월호 부록)에 따르면 최창학은 100만 원 이상의 재산가로 분류되어 있다. 그 조사에 따르면 300만 원 이상의 재산가는 동일은행 민재식(민영휘의 장남) 한 명뿐이라는 사실에서 최창학의 재산규모를 짐작할 만하다. 특히 최창학은 '금광 부자'로서, '유독 현금이 많은 부자'라고 평가되어있다. 더구나 그는 일제 강점 말기에는 전시에 사용할 비행기를 기증할 만큼 친일 권력가이기도 했다. 서술자는 일본사업가와 '최창학'이라는 부정적인 인물을 비교함으로써 조롱, 비판의 효과를 가중시킨다. 따라서 〈궁민의 구제〉란 표면적인 의미일 뿐 일본인 사업가는 저임금으로 노동을 착취했을 것이라는, 다른 해석－비판을 가능하게 해준다.

또 Ⅱ장의 1.1.3에서 살펴본 것처럼 「동화」(1938)에서는 서술자의 개입으로 인해 표면적인 서술과는 달리 인물들이 파멸하고 있음을 짐작할 수 있다. 서술자의 목소리는 〈업순〉이가 가난하나마 행복하고 충만한 세계에 살고 있다는 표면적인 진술과는 달리 그녀와 가족들은 파멸에 이를 수밖에 없다는 것을 알려준다.227) 다시 서술자는 〈현대 의학의 가장 정

---

227) 〈진실로, 가장 이 세상에서 몰인정한 사람일지라도, 몹쓸 악인

240

수를 다하고, 돈을 얼마든지 들이고 해도, 열에 둘이나 셋이 살아나기가 어렵다고 하는 그런 무서운 병인 줄을 안다면./약간 슬프고 마음이 어둡고가 무어랴. 사뭇 기절을 않으리〉라는 자신의 목소리를 직접 노출해서, 사실이 이러이러함을 힘주어 강조한다. 「동화」에서 서술되고 있는 상황과는 다른 의미가 존재한다는 것, 독자에게 표면적인 의미와 이면적인 의미를 대조시켜 보여 주는 것이 바로 서술자의 개입이다.

이와 같은 서술자의 개입은 단일한 의미 해석으로부터 독자를 일탈시키는 효과가 발생한다. 서술자의 개입은 작가가 이야기하고 있는 것과 이야기하려는 것 사이에 차이가 있다는 사실을 분명히 드러내 보여준다. 이는 표면적인 주제와 이면적인 주제를 구별하는 설명방식이면서 궁극적으로는 다양한 의미를 창출하고자하는 작가의 의도적 소산이라고 판단된다.

한편 채만식 소설에서는 개입이나 참견, 해설 등의 범위를 넘어서서 아예 서술자의 진술로만 이야기가 구성되는 방식도

일지라도, 업순이의 요만 겸손하고 가난한 '야심'(공장에서 돈을 벌어 장래를 준비하겠다는 소망 – 인용자)을 가져다 트집을 잡아 시비를 하며 방해놀 사람은 없을 것이다.(소설가라고 하는 천하에 잔인하고도 악착스럽고도 박절하고도 냉혹하고도, 가지가지로 그 죄 많은 사람은 말고서는 ……)〉라는 인용문에서처럼 서술자의 목소리와 괄호 안으로 묶여진 서술자의 목소리는 업순이의 〈겸손하고 가난한 '야심'〉은 비현실적인 꿈에 지나지 않음을 독자에게 일깨워준다. 소설가에 대한 자학적인 표현과 어조는 잔인하고 비정하지만 진실을 밝히는 것이 소설가의 숙명이라는 괴로움의 토로이기도 하다. 이와 같은 개입은 '동화의 충만함 – 비현실성'과 '소설의 황폐함 – 현실성'의 한층 두드러지게 대조하는 효과를 낳고 있다.

특징이라고 지적되어 왔다. 서술자가 이야기를 들려주는 방식으로 전체 소설이 구성되어 있는 것이다. 이러한 서술방식은 판소리에서 '말건넴의 어투'와 유사하다고 지적되어 온 점이기도 하다.228) 판소리에서 서술자의 '말건넴의 어투'229)는 서술자와 독자 간의 거리를 좁힘으로써 현장적 친화를 도모하는 것을 그 목표로 하고 있다. 이러한 말건넴의 어투에는 창자나 극중 인물의 시점이 일정 함량 얹혀 있기 때문에 창자와 청중, 그리고 서술 대상 사이의 거리는 순간적으로 축소된다. 즉 판소리에서 '말건넴의 어투'는 판소리 공연상 고수와 청중의 추임새를 유발하기 위한 창자의 책략이기도 하지만, 그것의 보다 주요한 기능은 창자와 청중 간의 거리를 좁힘으로써 현장적 친화를 도모하는 데에 있다고 정리된다.

채만식의 경우 일단 외형상으로는 판소리의 '말건넴의 어투'와 비슷한 서술 구조를 취하고 있다. '서술자―서술대상―청자(서술자의 이야기를 듣고 있는 소설 속 인물), 독자'의 거리가 가까워지고 친화―동일시나 몰입에 빠져드는 효과가 일어난다. 그러나 이것은 표면적인 구조일 뿐 채만식 소설에서 '말건넴의 어투'는 이중적인 의미를 가지고 있다. 일차적으로는 판소리의 '친화'의 의미―동일시를 발견할 수 있고, 그 이면에는 동일시와 대조적인 또 다른 의미가 내재되어 있다.

「흥보 씨」(1939)의 경우가 이와 해당한다. 서술자는 가난

---

228) 윤영옥, 앞의 논문.

229) 김현주, 『판소리 담화 분석』, 좋은날, 1998, p.43, p.201; 이하 판소리에서 '말 건넴의 어투'를 설명하는 부분은 위 책을 요약·인용한 것이다.

하나 선량하기 그지없는 〈현서방〉의 이야기를 독자들에게 말을 건네는 것처럼 전달한다. 〈소학교 고쓰까이〉인 〈현서방〉에게 도시락과 정종 하나가 생긴다. 학교 교장선생님이 예식을 다녀와 먹다 남긴 것들이지만 다리를 저는 딸 순동이에게 모처럼 별식으로 줄 생각에 그는 흐뭇해한다. 사소한 일화에 그칠, 이런 이야기가 뜻하지 않은 상황으로 계속해서 전개되는 것이 이 작품의 주요 뼈대이다.

우선 기독교를 믿는 아내 때문에 술과 담배를 금지당한 〈현서방〉은 도시락과 함께 받은 정종의 처리문제가 고민이다. 다행히 잘 알고 지내는 이웃지간인 〈김순사〉를 만나 그에게 정종을 주기로 함으로써 문제는 해결된다. 두 번째로 발생하는 상황은 〈김순사〉네 집으로 향하는 길에서 소학교 아이들을 만나게 되는 것이다. 〈현서방〉은 도시락을 먹고 싶어 하는 아이들의 마음을 달래주지 못해 난처한 지경에 빠진다. 세 번째는 더욱 난처하고 어려운 상황이다. 〈김순사〉 부인은 정종을 건네받으며 도시락도 같이 따라온 것인 줄 착각하고 두 가지를 모두 받아 챙겨 버린 것이다. 엉겹결에 도시락을 뺏긴 〈현서방〉은 섭섭한 마음에 직접 도시락을 사러간다. 여기에서 또 새로운 상황이 전개된다. 도시락을 사 오는 길에 마주친 〈의동생 윤보〉가 술을 권한다. 강권에 못 이겨 첫 술잔을 드는 순간 독실한 기독교도인 아내에게 그 광경을 들키고야 마는 것이다. 화가 난 아내는 집안을 발칵 뒤집어 놓고 〈현서방〉은 아내가 무서워 집에 들어갈 엄두도 내지 못한다. 갖은 우여곡절을 겪은 〈현서방〉의 하루는 결국 도시락을 안고 대문 밖에서 밤을 새우는 것으로 마무리된다.

새로운 사건이 꼬리에 꼬리를 물고 일어나는 이런 상황을 서술자는 '말건넴'의 어투를 빌려 청자(독자)에게 전해준다. 〈현서방〉은 자신에게 무슨 일이 일어나고 있는 지도 잘 모르고 있다가 그저 일을 당해서야 어쩔 줄 몰라 할 뿐이다. 서술자는 〈현서방〉의 무능함까지도 포함해서 앞뒤맥락을 세세히 밝혀준다.

> 이렇듯 말이 서로 숭허물이 없을 만큼 현서방과 김순사는 사이가 무관합니다. 원, 한 편이 소학교의 일개 고쓰까이요 한 편은 적어도 판임관 대우의 조선총독부 도순사(朝鮮總督府 道巡査)인 경찰관인데 지체를 무시해도 분수가 있지, 숭허물이 없는 건 무엇이며 무관하다께 될 말이냐고 혹이 분개를 할는지는 모르겠으나 일변 지체는 지체요 상하의 구별이야 있다지만 그래도 인정은 일반일 경우가 더러는 없는 게 아니니까요.
> **그래도 종시 말이 쾌씸하다면 어디 이런 이야기는 어떻습니**까. (강조 – 인용자)[230]

학교 용인(傭人)과 순사가 허물없이 친한 이유를 설명하는 서술자의 태도는 청자(독자)의 처지를 십분 고려하고 있다. 설명하는 이유 자체도 청자(독자)가 이상하게 생각할 것이라는 점을 고려한 때문이다. 서술자는 그저 사람 사는 세상에

---

230) 「흥보 씨」, 전집 7, p.423.

〈인정은 일반일 경우가 더러는 없는 게〉 아니냐는 일반론으로 〈현서방〉의 상황을 설명한다. 뒤이어서는 〈그래도 종시 말이 괘씸하다면 어디 이런 이야기는 어떻습니까〉라고 독자에게 반문한 뒤 다시 현서방의 구체적인 상황(김순사와 친하게 된 내력)을 설명해나간다. 이때 〈말이 괘씸하다면〉이라는 서술은 서술자가 청자(독자)의 반응을 예상한 서술자의 판단에서 나오는 말이다. 서술자는 이 판단에 따라 '그렇다면 내가 더 자세히 설명하겠다'는 입장을 정리한다. 이 부분은 숨겨진 상황이다. 이후 서술자는 〈어디 이런 이야기는 어떻습니까〉라고 청자(독자)를 향한 질문으로 화제를 전환한다. 이 질문은 새로운 설명이 시작된다는 사실을 청자(독자)에게 인식시키고 공감대를 형성시키기 위한 것이다. 이로써 서술자―청자(독자)은 〈현서방〉이라는 서술대상을 살펴보자는 공동 목적에 잠재적으로 합의하게 된다. 또 서술자와 청자(독자)의 거리는 한층 가까워지는 효과가 발생한다.

서술자와 청자(독자)의 긴밀한 거리는 판소리에서 '말건넴의 어투'의 서술 방식과 외견상 유사하다. 그러나 동일시, 친화의 효과를 나타내는 판소리에서와는 달리 채만식에게서 서술자의 '말건넴의 어투'는 표면적 의미와 비동일시, 이화(異化)의 효과를 의도한다.

　　(가) 마침 가까이 과자 가게가 하나 있기는 합니다. 그러나 슬픈 일로는 현서방의 수중에는 단 동전 한 푼도 지닌 게 없습니다.―언제라야 돈을 지니고 다니는 사람이었을까마는―

(나) 현서방은 생각하면 생각할수록 딱해 죽겠고 기가 막혀 죽겠고 합니다.

가난한 오리쓰메 한 납대기가 어찌하자고 천신이 돌아와 가지고는, 아까 길에서부터 끝끝내 이렇게 곤경과 슬픔을 주는지 알 수 없는 일입니다.

(다) 사람이 재수가 없기로 든 날은, 별스럽게 공교한 일이 다 생기는 법인가 봅니다.

어쩌자고 글쎄, 첫새벽에는 고놈 제비새끼가 떨어져서는 이내 마음을 답답하고 걱정스럽게 해주는 것이며, 또 분수도 없는 오리쓰메와 정종은 무엇하러 생겨가지고는 대뜸 길에서는 그 두 어린아이들로 인하여 마음 섭섭한 일을 당하게 하고, 그러고는 또 먹던 턱찌꺼기를 남을 주어, 그렇지 않아도 성미가 까달스런 김순사네한테 욕을 먹게 하고(그러느라니) 이웃 간의 좋은 의까지 상하게 해주는 것이며 …… 순동이한테는 얼마나 속으로 민망하고 애처로왔으며, 그래 남대문 밖까지 벤또를 사러 나갔었으니 그 수고는 또 어떠하며 ……

그러나 거기까지는 오히려 약과였습니다. (중략)

아마도 오늘은 현서방한테 동남방(東南方)이라는 방위가 오귀삼살방이었던가 봅니다.231)

---

231) 「흥보 씨」, 전집 7, pp.431-440.

 (나), (다)에서 서술자는 인물과 감정적 거리가 매우 친밀한 상태이다. 따라서 서술자의 이야기를 통해 독자는 〈현서방〉의 처지에 공감, 동정하는 분위기로 쉽게 몰입하는 구조가 외형상 성립할 수 있다. 그러나 실제로 〈오리쓰메〉 하나를 두고 한없이 머뭇거리는 〈현서방〉의 바보스러울 만치 착함에 독자들이 전적으로 공감하기란 어려운 노릇이다. '이건 우리 딸 줄 것인데요'라든가 혹은 '아니, 그건 전해 주라는 것이 아니었어요'라는 말 한 마디로 얼마든지 도시락을 어이없이 뺏기는 일을 피할 수 있다. 또 설혹 도시락을 뺏겼더라도 그것이 〈딱해 죽겠고 기가 막혀 죽겠고〉 할 만큼, 〈곤경과 슬픔〉이라고 표현될 만큼 대단한 일은 아니다. 그것은 보통 사람 같으면 그저 쉽게 잊어버릴 수 있을 정도의 사소한 헤프닝에 가까운 일이다. 그럼에도 불구하고 서술자의 어조와 진술은 심하게 과장되어 있어 독자와의 거리는 더욱 멀어진다. 서술자는 〈별스럽게 공교한 일〉, 〈어쩌자고 글쎄〉이라며 서술대상에게 전적으로 동조한 상태이다. 따라서 〈현서방〉이 겪은 그 모든 상황은 〈오귀삼살방〉이라는 운명론적 재앙으로까지 승격한다.

 애초에 서술자는 (가)에서처럼 서술대상의 감정이 투영된 판단 – 슬픈 일이라는 – 의 사실여부를 밝혀주는 객관적인 입장이었다. 〈현서방〉은 길에서 만난 학교 아이들에게 도시락을 주지 못하는 대신 과자라도 사주어 그들의 서운함을 달래주고 싶어 한다. 그러나 과자 살 돈이 없는 현서방은 서운함을 느끼고 따라서 〈슬픈 일〉이라는 서술이 가능해진다. 서술자의 설명은 〈슬픈 일〉이 사실은 그다지 슬퍼할 일이 아 님을 청자(독자)에게 알려준다. 〈현서방〉은 하필 오늘 돈이 없는 게 아니라, 늘 돈이 없는 사람이었으므로 이런 상황이 벌어진 것은 당연하기 때문이다. 그러나 〈현서방〉의 복잡한 상황이 전개되면 될수록 (나), (다)에서처럼 서술자는 서술대 상에 밀착해서 그와 감정을 공유한다. 이 뿐만이 아니라 서 술자는 서술대상의 현 상태를 훨씬 과장시켜 감정적인 태도 로 〈현서방〉의 상황과 심리상태를 청자(독자)에게 서술한다. 마치 청자(독자)에게도 서술대상과의 동일시를 강요하는 듯 하게 느껴질 정도이다.

이런 서술자의 갑작스러운 태도 변화는 청자(독자)에게 신 뢰감을 잃게 하는 요인으로 작용한다. 청자(독자)는 서술자 가 하는 이야기를 곧이곧대로 믿을 수 없다고 판단하게 된 다. 게다가 청자(독자)에게 과장된 어조로 서술대상과의 동 일시를 강요하는 서술태도는 오히려 이질감을 부각시키는 결 과를 야기한다. 결국 서술자가 서술대상을 옹호하면 할수록 청자(독자)는 그들과의 거리로부터 멀어지게 되는 것이다. 작가가 의도한 것이 바로 이러한 역설적인 결과이다. 외면적 으로는 서술대상에 밀착해서 독자에게 그의 이야기를 전해주 는 듯하지만 궁극적으로 서술자가 일깨워주게 되는 것은 외 면적인 공감에 어긋나는 이면의 의미다. 작품 내용으로 돌아 가 다시 살펴보면 〈현서방〉의 착함―흥부와 같은 그저 순하 디 순한 착함은 현실 상황에서 무력할 따름이라는 것이 이 소설의 참 주제이다.

248

「홍보 씨」에서는 고전 소설 「홍부전」의 '제비다리 고치기' 이야기가 변용되어서 나타난다. 「홍부전」의 '홍부'는 제비다리를 고쳐주고 많은 재물을 얻어 행복해진다. 이렇게 될 수 있었던 것은 '홍부'의 착함 때문이었다. 〈현서방〉 또한 '홍부'에 못지않게 착하다. 그는 〈사(邪) 없이 동심(소학교 아이들 — 인용자)으로부터 우러나는 하나의 애칭(愛稱)〉으로 불릴 만큼 호의적인 평가를 받고 있다. 그러나 그의 착함은 아무런 가치가 없다. 오히려 무능하고 바보스럽게 취급당할 뿐이다. 물론 '홍부'와 같은 보상도 돌아오지 않는다.

〈현서방〉도 둥지 밖에 떨어진 제비를 어미에게 되돌려 주지만 제비 어미·아비는 한사코 새끼 제비를 밀쳐낸다. 〈새끼의 몸에서도 사람의 냄새가 나면 밀어버리고 기르지 않는 야릇한 습성이 있음을 현서방은 몰랐〉기 때문에 그의 착함은 받아들여지지 않는다. 이것이 '착함' 자체의 문제는 물론 아니다. 이미 '홍부'가 될 수 없는 사회로 변한 시대 상황 때문이다. '홍부'는 자신의 착함이 제대로 평가받는 시대 속의 인물이다.

이에 비해 〈현서방〉은 착하다는 가치가 제대로 평가될 수 없는 사회 즉 가치가 상실된 시대에 살고 있다. 오히려 부정적인 가치가 팽배한 상황에서 〈현서방〉의 착함은 나약한 순응으로 귀결될 가능성도 있다. 이와 같은 가치 상실의 문제가 「홍보 씨」의 참주제이다. 이 주제는 서술자의 태도에 따라 역설적으로 강조되었고 청자(독자)에게 더욱 효과적으로 전달될 수 있었다.

서술자의 진술이 표면구조와 이면구조의 의미를 다르게 설정하고 있는 점은 「치숙」(1938), 「소망(少妄)」(1938), 「이런 처지」(1938)에서 더욱 두드러진다. 이 작품들은 특히 한 명의 화자에 의해 전체 이야기가 서술되며 텍스트 내에 청자가 상정되어 있다는 공통점을 보여준다. 이때 청자의 모습과 발언이 숨겨지고 지워짐으로써 그것은 직접 사건을 구성하지 않고, 단지 서술자의 발언을 용이하게 하는 보조적인 역할을 수행할 뿐이다.[232] 이 작품들은 모두 표면에서 서술되고 있는 의미와는 다른 의미가 존재한다. 즉 서술자가 말하고 있는 것과는 다른, 심지어는 극단적으로 대조되는 주제를 작가가 의도하고 있는 불일치 현상이 일어난다. 이것은 말을 건네고 있는-이야기를 서술하는 서술자 자체의 문제 때문이다. 그들은 신뢰할 수 없는 부정적인 인물(「치숙」의 오촌 조카)이거나 자기중심적이고 나약한 인물(「이런 처지」의 지식인 남성 화자)이거나 상황판단을 할 수 없는 무지한 인물(「소망」의 여성 화자)이다. 따라서 독자들은 그들의 서술을 전적으로 신뢰할 수 없다. 오히려 서술이 계속되면 될수록 말해지는 것과 말하고자 하는 것 사이의 차이만 부각된다.[233]

---

232) 윤영옥, 「채만식 풍자소설의 서사기법 연구」, 전북대 박사, 1999. p.54.

233) 이와 같은 서술자는 부드, 채트먼에 의하면 '믿을 수 없는 화자(unreliable narrator)'로 롤랑 부르뇌프에 의하면 '신뢰할 수 없는 나레이터'로 불린다. 이들은 공통적으로 그의 서술이나 논평을 독자들이 신뢰할 수 없거나 의혹을 가지는 서술자를 지칭하는 말이다.(Booth, Wayne C., 이경우·최재석 역, 『소설의 수사학』, 한신문화사, 1987. ; Chatman, S., 한용환 역, 『이야기

「소망」은 여성 서술자가 언니에게 자신의 남편이야기를 하는 내용으로 구성되어 있다. 이때 언니는 작품에서는 드러나지 않는 청자이며 서술자는 대화를 주고받는 상황을 전제한 상태에서 말을 계속 이어나간다. 서술자의 남편은 일제 강점의 암울한 상황을 고민하는, 그러나 현실적으로는 무력함을 괴로워하고 있는 지식인이다. 그가 할 수 있는 저항이라고는 무더운 여름날 〈뜸가마〉 같은 방에서 견디어 내기, 〈온갖 인간들이 더우에 항복하는 백기(白旗) 대신 최저한도루다가 엷고 시언한 옷을 입〉는 데 비해 〈종로 한복판에 가 당당하게 겨울옷을 입구서 처억 버티구〉서 있는 것이 고작이다. 실제로는 아무 의미도 없는 행위이지만 그는 대항하는 형식을 취했다는 그 자체만으로 〈해방〉의 의미를 부여하고 모처럼만에 유쾌해질 수 있다. 나약한 지식인의 자기만족이라고 치부할 만한 일화이지만 일제 강점 말기라는 암울한 상황은 역설적으로 그 일화에 의미 부여를 가능하게 만들어 준다. 그러나

와 담론』, 고려원, 1991. pp.175-176. ; Bourneuf, R. & Ouellet, R., 김화영 역, 『현대소설론』, 1997, 현대문학사, pp.159-162.)
이런 의사소통의 과정은 다음의 도표와 같이 나타난다.

내포작가 ─────→ 화자 → 수화자 ←───── 내포독자

: 화자와 수화자 사이에는 직접적인 의사소통이 이루어지고, 점선으로 표시된 부분은 간접적이거나 추리적인 의사소통을 의미한다. 믿을 수 없는 화자의 경우는 점선들을 통해 서사행위가 이루어진다. 따라서 이럴 경우에 서사적 표현들은 아이러니적 성격을 띠게 된다.(한용환, 『소설학 사전』, 고려원, 1992, pp.158-159.)

이 이야기를 언니에게 전하는 서술자는 시대 상황이나 남편
의 심리 상태를 전혀 짐작하지 못하는 처지이다.

> 가슴이 지레 터지구, 내가 얼마나 폭폭 하겠수? 사
> 뭇 살이 내려요.
> 허기야 사람이 전에두 고집이 세구 신경질이 돼서,
> 편성이구, 허기는 했지만, 시방 저러는 것 고집두 편성
> 두 아니구서, 거저 나무토막이구 돌덩어리라니깐! 그
> 러니 병이지, 병이 아닌 담에야 어디 그럴 법이 있
> 수.234)

서술자는 언니에게 그간 일어났던 일들 – 남편의 이상한 행
동들을 이야기해준다. 독자 또한 언니와 같은 위치에서 서술
자에게 이야기를 전달받는다. 이야기를 해주는 서술자는 그
러나 남편의 행동을 이해하지 못할 뿐더러 〈병〉이 아닌지 걱
정한다. 언니나 독자에게 전달되는 표면적인 의미 또한 기이
한 남편의 행동, 정신병적인 행위에 다름 아니다. 서술자의
해석(남편이 정신병이라는)은 그동안 남편의 여러 가지 말과
행동에 근거를 두고 있으며, 아내가 장기간 심각하게 고민한
결과라는 점에서 더욱 설득력이 있다. 남편에게 직접 물어보
기도 했지만 그는 〈네까짓 것 하등동물이, 동아줄 신경이, 설
명을 해준다구 알아들으면 제법이게? 설명해서 알 테면 설명
해주기 전에 알아챌 일이지, 이리면서 몰아세〉우는 독설로
일관할 뿐이었다. 따라서 서술자가 말하고 있는 것은 한 개

---

234) 「소망」, 전집 7, p.344.

인의 정신병적 행위 또는 그와 유사한 기괴한 행동이다. 그러나 이것은 표면적인 의미일 뿐 작가가 궁극적으로 의도하는 것은 아니다.

> 옳아, 언니 시방 하는 말이 맞았어. 나두 실상 그렇게 짐작은 했다우. 그러니 말이지, 사내대장부가 어찌 그대지 못났수? 이건 과천(果川)서 뺨맞구, 서울 와서 눈 흘기기 아니우? 제엔장맞을, 차라리 뛰쳐나서서 냅다 한바탕 …… 응? 그럴 것이지, 그렇잖우?
> 그러구저러구 간에 시방 나루서는 병(病) 시초나 또 뿌렁구나 그게 문제가 아니야.
> 다못 그이가 정말루 못쓰게 신경 고쟁이 생겼느냐, 요행 일시적이냐. 만약에 중한 고장이라면은 어떻게 해야만 그걸 나수어주겠느냐, 이것뿐이지 그 밖에는 아무것두 내가 참견할 게 아니야. 날더러 그이를 이해(理解)를 못한다구? 딴전을 보구 있네! 그게 어디 이해(理解)를 못허는 거유? 235)

자신도 알지 못하는 이야기를 전달하는 서술자의 해석을 신뢰할 수 없는 것은 당연하다. 더구나 작가는 서술자가 말하는 의미와는 다른 의미가 있다는 사실을 독자들에게 암시한다. 작가는 서술자가 남편의 행동이 병적인 상태가 아니라는 것을 알고 있다는 사실을 서술한다. 서술자의 〈짐작은 했다우〉라는 말은 구체적인 내용이 드러나지는 않지만, 무언가 다른 의미가 있음을 알게 해준다. 또 〈차라리 뛰쳐나서서 냅

---

235) 「소망」, 전집 7, p.349.

다 한바탕 ……〉이라는 서술자의 말은 일제 강점 상황에 적극적인 저항을 하지도 못하면서 그 기괴한 행동을 하느냐는 은근한 힐난이 숨어 있다고 판단된다.

그러나 〈짐작〉과 〈차라리~〉라는 서술자의 말은 서술대상을 완전히 이해하는 태도로 발전하지는 못한다. 그저 청자-독자가 유추할 수 있는 여지를 마련해줄 뿐 서술에서 명확하게 드러나는 의미는 아니기 때문이다. 오히려 서술자는 〈그게 어디 이해(理解)를 못허는 거유?〉라며 언니에게 큰 소리를 치며 남편의 병 상태를 진단해보기에 바쁘다. 이로써 표면적인 서술의 의미는 다시 강조되고, 이면의 의미와의 간극은 더욱 벌어진다. 결국 작가가 의도하는 바는 표면 담론의 의미와는 다른, 이면의 의미를 청자-독자에게 전해주는 것이라 할 수 있다.

2. 탈중심화된 의미와 언어적 타자성의 확보

2.1. 의사소통 단절과 의미의 어긋남

채만식의 문학에서 의사소통의 단절은 풍자성을 구현하는 주요한 방법 중 하나로 사용되고 있다. 작중인물들의 대화에서 각자의 의미가 다르게 전제되어 있거나236) 아니면 애초부

254

터 의사소통이 제대로 될 수 없는 화자와 청자를 설정해 의
미가 전달되지 못하는 과정을 그려낸다.237) 그러나 작중 인
물 사이에서는 의사소통이 이루어지지 않고 의미가 어긋나지
만 독자에게는 그 이면의 의미가 전달된다. 따라서 풍자, 아
이러니, 역설의 구조가 성립한다. 희곡의 경우도 이와 마찬가
지이다. 희곡은 특히 대화성이 강조되는 장르 자체의 특성
때문에 '의사소통'의 문제가 소설보다 더 뚜렷이 부각되고 있
다.

　「다섯 귀머거리」(1934)는 동네 아이들 다섯 명이 모여서
소꿉장난 대신 귀머거리 놀이를 하는 내용을 그린 단막극이
다. 아이들은 각각 영감님, 마님, 딸, 부엌 어멈, 박서방의 역
할을 맡는다. 그들은 모두 귀머거리여서 상대방의 말을 제대
로 알아듣지 못하고 엉뚱한 대답을 주고받으며 서로 큰 소리
만 낸다. 영감님 밥에서 돌이 나왔다는 마님(역할을 하는 아
이)의 타박에 부엌어멈(역할을 하는 아이)은 〈내가 언제 쌀

---

236) 대표적인 예로는 「치숙」(1938)을 들 수 있다. 〈나〉와 〈아저
　　씨〉, '경제', '사회주의', '세상물정'을 두고 서로 다른 의미를
　　전제한 후 자신의 주장을 하고 있다. 대체로 〈나〉는 표면적
　　인 어의(語義)에서 의미를 추출하지만, 〈아저씨〉는 학문으로
　　서의 경제나 역사적 전개과정으로서의 사회주의, 지금의 현실
　　상황과 관련된 세상물정에 관련된 의미를 전제로 하고 있다.
237) 이런 작품은 대체로 지식인 남성 주체인 남편과 무식한 구식
　　여성 타자인 아내의 대화상황을 설정하고 있다. 대표적인 예
　　로 「소망」(1938)을 살펴보면, 의사소통이 제대로 되지 않자
　　남편은 〈네까짓 것 하등동물이, 동아줄 신경이, 설명을 해준
　　다구 알아들으면 제법이게? 설명해서 알 테면 설명해주기 전
　　에 알아챌 일이지〉(전집 7, p.341.)라고 독설을 퍼붓는다.

을 퍼냈어유? 내가 언제 쌀을 훔쳐내유? 끼 때마다 작은 아씨가 두주에서 양식을 내주시는데.〉라며 억울함을 호소한다. 자기 이름이 거론되는 것을 얼핏 들은 작은 아씨(역할을 하는 아이)는 부엌어멈(역할을 하는 아이)보다도 더 큰 목소리로 〈머 어째? 내가 쌀 퍼 주구 떡 사먹는 걸 보았어? 보았어? 생사람 잡겠네!〉라며 펄펄 뛴다. '귀머거리'라는 예외적인 상황을 전제로 하고 아이들의 놀이라는 점에서 적극적인 의의 부여는 다소 어렵다. 그러나 작가가 의미가 원활히 소통되지 못하는 과정을 주요 내용으로 설정하고 있다는 점은 주목할 만하다.

화자와 청자 간에 의미가 전달되는 의사소통행위는 사회적 맥락에서 이루어지는 것이다. 하버마스는 의사소통 행위의 역할을 설명하면서 의사소통이 개인과 사회의 질을 평가하는 기준이 될 수 있다고 설명한다.[238] 언어소통이 원활하다는 것은 의미의 공유와 생성이 원활한 세계, 즉 개인과 전체의 소통이 원활해서 소외가 이루어지지 않는 사회를 뜻하기 때문이다. 「다섯 귀머거리」는 아이들의 놀이 행위라는 점에서 간접적이고 단편적이기는 하나 바로 소통 불화 상태인 현실을 암묵적으로 풍자했다는 점에서 의의가 있다.

---

238) Habermas, W., 장은주 역, 『의사소통의 사회이론』, 관악사, 1995, pp.147-195.
　　그에 따르면 의사소통적 행위는 다음 세 가지 의의가 있다. 우선 기능적으로 작용하는 〈이해〉의 〈측면〉에서 문화적 앎의 전승과 혁신에 기여한다. 둘째, 〈행위조정〉의 측면에서 사회통합과 유대의 산출에 기여한다. 마지막으로 〈사회적 측면〉에서 개인적인 정체성의 형성에 기여한다.

이에 비해 「영웅모집」(1934)은 의사소통 – 사회적 맥락의 관계를 좀 더 표면화시키고 있는 단막극이다. 파고다 공원을 찾아온 피에로(광대)는 조선 현실을 적나라하게 보여주는 인물들과 마주친다. 배가 고파 먹을 빵 한 조각을 두고 싸우는 소년들, 좌절한 실업 지식인들, 돈 몇 푼에 몸을 팔려는 여자, 수단방법을 가리지 않고 돈 벌 궁리에 혈안이 된 신사들, 먹고 살 길이 막막한 과부와 어린아이들, 병든 다리를 끌고 울먹이는 노동자, 변절해서 스스로를 합리화시키고 있는 A와 B, 그리고 A, B가 버린 담배토막을 서로 주우려고 다투는 룸펜, 간도로 이주하기 전 마지막으로 서울구경을 하러 온 가족, 일본어를 지껄이며 술에 취한 사람들 ……. 이들과 마주친 피에로는 부정적인 현실을 개선하기 위해 '영웅'이 필요하다며 사람들에게 알리고 다니기 시작한다. 한 사람의 영웅이 현실을 변혁시킬 수 있다는 단순한 생각 더구나 그 영웅을 모집하는 사람이 '피에로'라는 점에서 이 작품이 적극적이기보다는 은유적이고 풍자적인 성격을 띠고 있다는 사실을 알 수 있다.

더구나 피에로가 영웅을 모집하는 방법은 내용이나 형식 둘 다 희극적이다. 피에로는 구경하는 아이들에게 〈빈대약 파는〉 약장사로 오인되기 딱 알맞게 입간판을 기대 세워 놓고 작은 종을 마구 흔들어 댄다. '자, ~합니다.'라는 약장사 특유의 말투로 시작한 이야기는 엉뚱하게도 영웅의 예로 〈이태리의 히틀러 같은 영웅 독일의 뭇솔리니〉를 든다. 히틀러와 뭇솔리니 같은 독재자가 지금의 조선 현실을 구할 수 있는 영웅인지 쉽사리 수긍하기 어렵다. 더구나 '독일 — 히틀러, 이탈이아 — 뭇솔리니'라는 사실마저 뒤집혀진 상태다. 뒤이어 정말 영웅이라 할 만한 워싱턴과 나폴레옹의 경우도 마찬가지다. 〈보시오. 와싱톤은 불란서의 오늘날의 영화를 끼치었고 나폴레옹은 미국의 아버지가 되지 아니하였습니까?〉라고 피에로는 청중들에게 공감을 구하고자 한다. 그러나 사실이 역전된, 힘찬 호소는 관객(독자)들에게 오히려 웃음을 자아낸다. 절박하고 비참한 현실에서의 문제제기가 희화화된 것은 적극적이고 직접적인 현실대응이 무력화된 상황을 드러내기 위해서라고 보여진다. 피에로에게 다가온 소년들과 피에로의 대화는 이런 점을 좀 더 직접적으로 나타내 보인다.

　　　소년 갑: 영웅이 무어유?
　　　피에로: 우리 조선을 위해서 일할 사람이다.
　　　소년 갑: (까막까막 생각하다가) 그럼 저 우리 집
　　　　　　　　옆에 김서방 오라구 해요?
　　　　　　　　일시키면 품삯 주지요? 전에는 생선장수 했
　　　　　　　　지만 지금은 ……
　　　피에로: (기가 막혀) 예끼 녀석!
　　　소년 병: 그럼 영웅은 어떤 사람이래야 해요?
　　　피에로: 위대해야 한다. 큰사람이래야 된다.
　　　소년 갑: 큰사람요?
　　　피에로: 아므렴 큰사람이래야지.
　　　소년 갑: 그러면 저 우리 집 행랑아범이 키가 퍽 큰데.
　　　피에로: 예끼 녀석! (그리려 한다)
　　　피에로: (다시 종을 흔들며) 자, 영웅이야 영웅! 어

> 서 바삐 나오십시오. 이대로 가다가는 큰일
> 납니다, 어서 영웅이 나오시오.
> 소년 을: (저희끼리) 이애 그럼 영웅이 무어냐.
> 소년 갑: 몰라.
> 소년 병: 아마 저 사람이 미친놈인가부다?
> 소년 정: 오라 미친놈이야. (물러서며) 야 미친놈 봐라.
> 소년들: (사방으로 헤어지며 일제히) 야, 미친놈 봐라.[239]

영웅이 무엇이냐고 묻는 소년들의 질문에 피에로는 〈조선을 위해서 일할 사람〉, 〈큰사람〉이라고 가르쳐 준다. 피에로가 설명하는 영웅의 의미는 좀 전 공원에서 본 비참한 조선 현실을 전제로 한 것이다. 그러나 소년들은 문자 그대로 해석한다. '일할 사람→품삯 일꾼 김서방', '큰사람→키가 큰 행랑아범'이라는 해석 그 자체가 틀린 것은 아니다. 그러나 '~에서 일할 사람', '~에 필요한 큰사람'이라는 의미해석에 전제가 되는 사회적 맥락이 제거되어있기 때문에 기상천외의 엉뚱한 의미라고 여겨지게 된다. 이런 판단은 그러나 관객(독자)의 몫이다. 작품 속에서는 역으로 피에로가 미친 사람으로 취급당할 뿐이다. 더구나 피에로는 〈이대로 가다가는 큰일 납니다, 어서 영웅이 나오시오.〉라고 애타게 부르짖지만 그 호소는 피에로의 본분인 어릿광대놀음처럼 여겨질 따름이다. '영웅'이란 그가 활동하는 사회·역사적 맥락에서 규정되는 것이지 선험적으로 주어지는 의미가 아니다. 그럼에도 불구하고 물건을 찾는 것처럼 '영웅'을 찾는 피에로의 행위는

---

239) 「영웅모집」, 전집 9, pp.371-372.

우스꽝스러울 뿐이다. 따라서 소년들과 피에로 사이에 의사소통이 이루어질 수 없는 것은 소년들의 무지때문이기도 하겠지만 작가가 의도적으로 상황을 희화화시킨 때문이기도 하다. 즉 의사소통이 되지 않을 수밖에 없는 상황을 작가가 의도적으로 설정한 것이라고 판단할 수 있다.

작품의 담론은 현실세계의 담론 구조와 상동성(相同性)을 갖는다. 이는 담론의 내용을 통해서 시대상을 비판하거나 풍자를 행하는 것이 아니라 담론 자체가 이데올로기를 드러내는 방식이다.240) 즉 담론 자체가 의사소통의 불능이라는 구조를 가짐으로써 그 자체가 의미를 가지는 것이다. 의사소통이 원활하다는 것은 의미의 공유와 생성이 원활한 세계, 즉 개인과 전체의 소통이 원활해서 소외가 이루어지지 않는 사회를 뜻한다. 의미의 소통이 장애를 받거나 의미공유가 이루어지지 않는 사회, 의미가 역전되는 사회는 바람직한 사회라고 할 수 없다. 「다섯 귀머거리」, 「영웅모집」에서 보여주는 의사소통의 불화는 바로 현실 세계의 소통 불화 현상을 은유화하는 양식이다.

「예수나 안 믿었더면」(1937, 단막극)에서 화자 - 청자는 의사소통 - 합의에 도달한다. 그러나 그들의 합의는 진정한 의미를 결여한 것이기 때문에 원활한 의사소통이라 보기 어렵다. 더구나 극중 인물들의 그릇된 해석에 의해 의미가 계속 지연되는 상황이 전개된다.

예수를 믿게 된 부인, 부잣집 영감, 전도사 역할을 하는

---

240) 우한용, 『채만식 소설 담론의 시학』, 개문사, 1992, pp.243-254.

〈안부인〉은 모두 언어의 표면적 의미만을 좇아간다. 유행가가 음탕하다고 비판하는 〈안부인〉은 레코드에서 정몽주의 단심가가 나오자 〈우리 예수교에서두 그런 그 순교의 정신은 퍽 예찬〉한다고 좋아한다. 그러나 단심가의 마지막 구절 〈임 향한 일편단심이야〉가 들리자 〈것두 음탕한 소리〉라며 비판한다. 〈안부인〉은 정몽주가 말하는 '임'이란 누구인지 어떤 '일편단심'을 지칭하는지는 따져보지도 않고 '임', '일편단심'이란 문자적 의미에 국한해 해석해버리는 것이다.

〈영감〉도 이와 유사한 의미해석 방식을 보여준다. 그는 부자가 천당에 가기는 낙타가 바늘구멍으로 나가기보다 어렵다는 성경 구절을 문자 그대로 해석한다. 그는 천당에 가지 못할까봐 걱정하는 아내에게 기발한 해결책을 내놓는다. 철공소에서 낙타가 통과할 만한 크기의 바늘을 만들어서 천당에 가지고 가면 된다는 것이다. 그럴듯한 의견이라고 좋아하는 아내를 보면 마치 이들 부부 사이에는 의사소통이 원활히 이루어지고, 행복하게 의견일치를 본 것처럼 여겨진다. 그러나 실제로 성경구절의 의미는 미끄러져 달아나고 남편과 아내의 의미가 어긋나게 끼워져 있는 상황이 관객(독자)에게 전달되고 있을 뿐이다. 의미의 미끄러짐은 아내가 첩과 싸우는 대목에서 더욱 극적으로 연출된다.

〈아씨〉(본부인)는 〈안부인〉이 음탕하다고 지적한 레코드판을 깨트려 버린다. 이 때문에 레코드판 주인인 〈철원집〉(첩)과 〈아씨〉(본부인)는 머리채를 잡고 싸운다. 순간 〈아씨〉에게 떠오른 것은 '원수를 사랑하라'는 성경말씀이다.

아씨: 아니야. 그래두 나는 자네를 사랑허네. (생각
하다가 방백) 가만있자. 이렇게 내가 저년을 사랑허믄
인제는 원수가 아니었다. 원수가 아니야. 그렇다면 저
년을 가만둘 수야 있나. (갑자기 일어서면서) 네 요년.
요년. 뉘게다가 대구 놀리는 조둥아리냐 요년. (건넌
방으로 쫓아간다) ― (중략) ―

아씨: (방백) 이렇게 싸우면 도루 원수지? 원수지
원수야. 그러믄 싸우지 말구 사랑을 해얘지. (울듯이
철원집을 보고) 여보게 나는 자네를 사랑허네 자네
를 사랑해요. 내가 잘못했네. 나는 자네를 사랑허네.

철원집: 이 여편네가 상성이 됐어.

아씨: 아니야 아니야. (큰 방으로 오면서) 나는 자
네를 사랑하네 자네를 사랑해. (도로 돌아서서 방백)
그래 원수는 사랑해야지. 그런데 가만 있자, 사랑을
허니까 인제는 또 원수가 아니었다. 옳지 옳지. 그러
니까 미워허구 때려주구 그래두 괜찮지? 참 그래.
(다시 철원집한테 사납게 덤빈다) 요년 요년 찢어죽
일 년. 내가 너를 뜯어 죽일 테다 요년.

철원집: (눈이 휘둥그래서) 이게 정말 미쳤어요!
덤빌 테거든 덤벼 이년아.

아씨: (덤비다가 우뚝 서서 방백) 아니 아니야. 이러
믄 도루 원수야! 그래 그래 원수야. 그러니깐 이래서는
못쓰지? 못써 못써. 원수니까 사랑을 해얘시. (철원십
더러) 여보게 아우님, 나는 자네를 사랑허네 사랑해 사
랑. (돌아서서 안방께로 간다)

철원집: 징그러워! 이 여편네야.

아씨: (방백) 그래 사랑을 해야지. 원수를 사랑해야

지. 응 인제 지금 사랑헌다. (생각) 아니 사랑을 허믄 원수가 아닌데? 그러니까 때려주구 분풀이를 해두 괜찮지? 사랑을 허니까 원수가 아니니까. (돌아서서) 네 요년 죽일 년. (방백) 아니야 이러믄 원수야 이래서는 못써. (왔다 갔다 하면서) 이게 어떻게 된 셈이야? 응? 이게 어떻게 된 셈이야? 응? (가슴을 찢는다) 아이구 답답해 죽겠네! 아이구 답답해서 나 죽어요 나 죽어요. 차라리 예수나 안 믿었드면 좋았지! 아이구 답답해서 나 죽네. (급히 막이 내린다)[241]

'싸우고 미워하는 사람＝원수', '사랑하는 사람≠원수'라는 〈아씨〉의 해석 자체가 틀린 것은 아니다. 따라서 '～하라'는 명령을 따라 원수에게 사랑한다고 말을 했고 그러니 원수가 아니라는 〈아씨〉의 논리가 성립할 수 있다. 그러나 이때 문제가 되는 것은 '사랑'과 '원수'라는 말의 의미이다. 〈아씨〉의 논리는 '원수를 사랑하라'는 성경구절을 표면적으로만 해석한 것이다. 예수가 말한, 기독교에서 설명하는 의미는 한층 복합적이다. 누구를 원수로 규정할 것인지 어떻게 사랑할 것이지 그 이후 내 삶을 어떻게 변화시킬 것이지를 고려해야하기 때문이다. 이를 무시해버린 〈아씨〉는 〈답답해서 죽〉을 상황으로까지 내몰리고 결국 〈차라리 예수나 안 믿었드면 좋았지!〉라는 결론을 내리게끔 된다. '원수를 사랑하라'는 성경적 의미는 미끄러져 관객(독자)과 작가 사이에서 맴돌고 극중에서는 오해된 의미의 유희만이 이어진다. 이와 같은 의미의 유

---

241) 「예수나 안 믿었더면」, 전집 9, pp.400-401.

희는 인물을 희화화시키고 극중 상황을 희극적인 것으로 연출하게끔 한다.

2.2. 주변부 언어의 복원과 탈근대적 의미

언어적인 관점에서 채만식 문학을 살펴볼 때 생동감 있는 구어체, 방언과 토속어가 특징적으로 사용되었다는 것은 거의 일반화된 논의이다. 이는 특히 개성적인 구어체의 완성[242]이라는 점에서 구체적이고 현장감 있는 서술, 토속적인 분위기를 드러내주는 효과가 있다고 설명되어왔다. 그런데 이뿐만 아니라 채만식은 창작과정에서 방언, 외래어 등의 사용에 대해 고민하고 작품 내에서 환기될 수 있는 효과를 고려하는 등 언어적인 관심이 각별했다는 점에서 좀 더 주목을 필요로 한다. 그는 몇몇 수필에서 방언, 외래어, 교정, 발음, 표준어 통일안, 사전 편찬에 대한 자신의 견해[243]를 직접 밝힐 정도로 열의가 대단했다. 특히 방언의 경우 문학작품 속에서 현장감이나 인물의 개성을 드러내기 위한 경우는 물론 표준어와 다른 억양, 어휘 등의 차이에 대해 직접 언급하기도 한다. 또 대다수 독자와 의사소통이 안 될 만큼 독특한

---

242) 김영민, 「한국소설의 문체와 근대성의 발현」, 문학과사상연구회 편, 『채만식 문학의 재인식』, 소명출판, 1999. p75.

243) 대표적인 예로는 「속 여백록(續 餘白錄)」(1938), 「말 몇 개」(1939), 「외래어 사용의 단편감(外來語 使用의 斷片感)」(1940), 「풍속시평」(1941), 「한글 교정, 오식, 사투리」(1949) 등의 수필을 들 수 있다.

방언이라고 판단되는 경우에는 괄호를 이용하여 표준어를 제
시244)하면서까지 적극적으로 방언을 사용하고 있다.

방언에 대한 각별한 작가적 관심의 예를 들어보면 다음과 같다.

◇"글쎄요 …… 약간 남도사투리가 섞였던 것 같은데 ……
그거 확실히는 모르겠습니다."
"남도라도 전라도 사투리가 다루고 영남 사투리가 다르
잖나?" (『염마』, p.315.)

◇강화 사람이 '서껀'이라든가 '오니까'라든가 하는 사투리를
잘 쓰는 것을 영호가 알므로 넘겨짚어 본 것이다. (『염마
』, p.421.)

◇"대체 아파트 명색이 이리 춥어 어찌 사노?"
한다. 억양이 말이 다 같이 영남 사투리가 제법 섞인다.
그 구수한 영남 말투가 넓주름하니 호인(好人)답고 야취
(野趣)있는 그의 생김새허며 표정, 음성과 꽤 잘 어울려
보인다.(『아름다운 새벽』, p.29.)

◇그 사내는 그 중학생의 등을 턱 치며 허겁스러운 능라주
(綾羅州) 사투리로 "음마, 중학생이 담배 막 묵네요
……"라고 누구더러 들으라는 듯이 일부러 소리를 높여

---

244) 『태평천하』를 예로 들어 찾아보면 다음과 같다. 〈쌕이(삯이),
갱기찬헌 종(괜찮은 줄), 어매(어머니)가, 을매(얼마), 실갱이
(승갱이), 권연시리(괜시리), 이름인 종(인줄), 애맨(애꾸진),
초란이치름(처럼), 박천(바가지), 접방사리(곁방사리), 인자
(인제야), 꽝시리(꽝우리), 저(겨)묻은개, 창사구(창자), 지상
(기생)〉 그 외에도 이런 방식의 방언 사용은 무척 많다.

말을 하고.(「세길로」, p.414.)

◇악센트하며 김만경(金萬頃) 그 등지 농민의, 알짜 전라
도(全羅道) 사투리다.(「강선달」, p.196.)

◇그런 뒤에 영춘은 비로소 애틋한 황해도 사투리와 악센
트가 섞이는 말로

"형님 좀 뵙자든 것은 다름이 아니구요.(하략)"(「낙조」, p.395.)

◇그러자 등 뒤에서, 다뿍 늘어지게 알짜 우리게 사투리와
악센트로

"홀타리는 히여서 무얼 히여어! ……"

하는 소리에, 돌려다보나 마나 득수라는 그 사람이었다.
(「집」, p.88.)

◇"웨 안 될 말잉가아?"

하고 영남 사투리를 전라도 악센트로 흉내를 낸다. (「냉
동어」, p.385.)

이처럼 방언을 쓰는 이유는 작가의 설명에 따르면 그것은
표준어에서 〈꼭 같은 말이거나 꼭 같은 의미〉, 〈어감〉을
찾을 수 없기 때문이다.[245] 이 때문에 채만식은 대화뿐만 아

---

245) 「말 몇 개」(1939)에서는 〈무지금코〉, 〈무띠리고〉라는 호남
　　방언의 의미가 〈'눈 지그려 감고 ……' '덮어놓고 ……' '죽을
　　셈 잡고 ……' '상관 말고 ……' '마구 거저 ……' 등과 근사
　　하〉지만, 〈단지 근사할 따름이요 해석일 뿐이지 꼭 같은 말
　　이거나 꼭 같은 의미〉가 아니라고 설명한다. 또 「속 여백록
　　(續 餘白錄)」(1939)에서는 남도에서는 〈논에서 벤 벼를 논두
　　덕에 가릴 때 그 선후와 형식에 따라〉, 〈별가리, 새별가리,
　　벼눌가리〉라 하지만 그에 알맞은 표준어가 없음을 지적한다.

니라 지문에서도 방언을 자주 사용한다. 즉 작가는 방언의 현실성·토착성보다는 의미 표현상의 가치에 더 의의를 부여하고 있다고 판단된다.[246] 의미 표현상의 가치 확보는 방언이 다양성, 혼합성, 이질성[247]의 특징을 가지고 있기 때문에 가능한 일이다. 그러나 현실적으로 방언은 하위언어로 규정되어있고 표준어에 비해 평가 절하되어있다. 표준어가 공식어인 반면 방언은 표준어로 수렴, 교정되어야 할 대상으로 취급당하고 있기 때문이다.

희곡 「당랑의 전설(螳螂의 傳說)」(1940)에서는 미두장에서 방언 때문에 벌어진 일화가 삽입되어 있다. 시골 사람하나가 미두장에 와서 돈을 투자해 쌀 삼백 석을 사려고 한다. 그러나 자신이 쓰는 말(방언) – 쌀을 '팔다'와 '사다' – 가 표준어와는 반대의 의미로 쓰인다는 것을 몰랐기 때문에 쌀을 사달라는 주문을 〈쌀 삼백 석 팔아주시우〉라고 한다. 미두장에서는 그 말을 표준어의 의미대로 해석하고 팔아준다(賣). 이후 미두 시세가 달라지고 그에 따라 시골사람이 보증금으로 걸었던 돈은 다 잃어버리게 된다. 그러나 이 사실을 전혀 모르는

또 〈그보다 더 쉬운 '데데' 하다〉는 전라도뿐 아니라 〈중앙에서도 많이 쓰는 것 같〉지만 실상 모르는 이도 많고 사전에도 없어 답답하다고 호소한다.

246) 김흥수, 「소설의 방언에 대하여」, 이기문·이상규 외 편, 『문학과 방언』, 역락, 2001, pp.301-302.

247) 이질성(heterogeneity)이란 언어의 수행·실현(performance, parole)에 나타나는 다양·혼합성을 말하는 것으로, 촘스키 류의 변형생성문법이 이상적 화자의 동질적인(homogeneous) 언어능력·추상적 체계(competence, langue)를 가정하고 추구하는 것과 대비된다.(김흥수, 앞의 글, pp.289-290.)

시골 사람은 방언의 의미에서 쌀을 팔았으니(買) 달라진 시세에 따라 이천 원에 가까운 돈을 땄으리라고 생각하고 의기양양해서 미두 사무소를 찾아온다. 쌀을 팔았으니(賣) 돈을 잃었다는 사무원과 쌀을 팔았으니(買) 돈을 벌었다는 시골사람은 서로의 말을 이해하지 못해서 쩔쩔맨다. 옆에서 듣고 있던 〈바다지〉248)가 쌀을 팔아달라(買)는 방언 때문에 벌어진 일임을 알아채고, 두 사람의 상황을 정리해준다. 결국 방언과 표준어의 의미가 달라 서로 의사소통이 되지 않았다는 사실이 밝혀지지만 이미 엄청난 돈을 잃은 시골 사람은 거의 미칠 지경이 되어서 〈돈 내누와라우!〉고 소리를 질러대고야 만다. 팔다(賣)－팔다(買)라는 말을 서로 주고받으며 의아해하는 광경은 마치 희극의 한 장면을 보는 것처럼 우스꽝스럽기조차 하다.

한갓 해프닝에 그칠 이 일화는 그러나 미두장에서 벌어지는 일이기 때문에 새로운 의미를 읽어낼 수 있다. 미두(米豆)는 이미 채만식이 『탁류』를 비롯한 많은 작품에서 세밀하게 묘사해왔던 것이다. 그것은 생산과는 전혀 상관없이 자본 자체의 운동과 증식에 의한 이윤이 얻어지고 이런 점에서 물신화된 자본주의적 현상의 전형적인 한 예이기도 하다. '쌀을 팔다'는 말 한마디가 잘못 이해되는 우연성으로 말미암아 부자/거지가 결정된다는 사실은 미두의 투기성, 도박성을 효과적으로 드러내준다. 더구나 시골사람의 방언의 의미가 제대

---

248) 바다지(ばだち)란 증권업자의 대리인으로서 거래소에 나와 거래하는 점원이란 뜻의 일본말이다.

로 전달되더라도 한 번쯤은 큰 돈을 딸 수 있었겠지만 미두를 통해 부를 축적하는 것은 궁극적으로 불가능하다. 작품 제목이 뜻하는 바처럼 '당랑거철(螳螂拒轍)'의 운명이 대다수 조선인의 현실이기 때문이다. 이를 고려한다면 미두장에서 돈을 잃고 따는 장면을 계획적인 투자에 의해서가 아니라 방언으로 생긴 헤프닝을 통해 묘사한 작가의 의도가 분명하게 드러난다.

한편 「냉동어」(1940)에서는 작중 인물들이 '한글 통일안'을 두고 논쟁을 벌인다. 논쟁의 시작은 〈뚫〉이라는 글자가 〈쌍디근에 리을을 하구, 또 그 옆댕이다가 ㅎ을 붙이구, 이게 무슨 놈의 천하 괴벽〉이라는 〈김〉의 불평 때문이다. 이 불평에 대해 〈박〉은 '한글 통일안'을 지지하며 반박한다.

"…… 누가 아니래? …… 나두 그분들의 성의만은 높이 사구 또 경의두 표해요. 그리구 통일안을 대부분은 지지를 하구 …… 그렇지만 불편한 것두?"
"참아야 하제!"
"억지루?"
"질서를 위해서 참아야 하제!"
"와아 엄살고?"
"무어가 질서야?"
"질서 아니고? …… 항글통일안이 ……"
"항글이 뭐야? 항글이 …… 한글광(狂)두 그따위루 발음을 하나?"(중략)
"소용없는 소리야! …… 통일안은 말구서, 제엔장 천하 없는 거래두 불합리한 걸 어쨌다구 그대루 쫓

나?… 그러나마 불합린 해두 편리하기나 하다면 몰
라! 그렇지만 불합리해서 불편한데야 안 고칠 택이 뭐
람!"

　"가사 불합리하다고 하고 …… 실상 불합리하지도
않지만 말이제, 가사 불합리하다고 하고 …… 그기 질
서 아니오? 잉? …… 약간 불편 불합리해도, 벌써 일반
이 다아 그대로 쓰고 있능 기니 당분간 참고 쫓다가,
차차로 정세로 따라서 개량도 하고 하야제, 아 고만에
쪼꼬매 불편하다고 아침에 뜯어고치고, 또 쪼꼬매 불
합리하다고 지낙에 뜯어고치고, 어느 천년에 완성으로
하노? 또오, 쓰는 백성들은 정신이 사나 워여 하노?"

　"미완성에 만족하는 건 천민근성이야!"

　"이 세상에 완성은 어데 있노? 역사는 앞으로 나
가고 제도는 임시임시 만등 긴데 ……"

　"데데한 현상 유지파! …… 고만 해두구서, 일이나
해! 인전."

　"하하하! …… 히틀러의 어데서 나쁜 본만 뜨고,
…… 흉악한 파괴주의자!"249)

　일종의 맞춤법 규정을 두고 논란을 벌이는 〈김〉과 〈박〉은
'편리성(합리성)'과 '질서'를 각기 논리적 근거로 내세우고 있
다. 편리하게 쓰는 것이 합리적이기 때문에 '한글 통일안'이 고
쳐져야 한다는 것이 〈김〉의 주장이고, 안정된 질서유지를 위
해서는 그럴 수 없다는 것이 〈박〉의 주장이다. 이를 두고 〈파
괴주의자〉(박), 〈현상유지파〉(김)라고 서로를 규정하고 신랄

---

249) 「냉동어」, 전집 5, pp.386-287.

하게 논박한다. 이른바 표음주의(表音主義)와 표의주의(表意主義) 주장의 대립이라 할 만한 이들의 논쟁에서 그러나 작가는 어느 한 편을 들지 않는다. 그저 논쟁이 있었다는 사실만을 서술하고 다른 이야기로 전환한다.[250] 오히려 여기에서 주목할 만한 것은 언어를 하나로 통일하고자 하는 인위적인 노력에 대한 비판적인 시각이다. 〈김〉은 그것을 전적으로 비판하고 '한글통일안'을 지지하는 〈박〉조차도 〈정세에 따라 개량도〉 할 수 있다는 것을 인정한다. 결국 다양한 언어의 이질성을 포괄하지 못하는 단일한 질서체계가 문제된다. 이에 대해 문제의식 없이 산다는 것이 결국 '냉동어'의 삶일 것이다.

　이들의 논쟁을 지켜보던 〈대영〉과 〈스미꼬〉의 부러움도 같은 맥락에서 해석된다. 그들의 부러움은 〈제네들 스스로의 현실을(크게는 세계를) 파악하고 있고, 파악한 바 그 현실 그 세계의 유지를 위하여 혹은 보다 나은 발전을 위하여 끊임없이 안으로는 탐색을 하고 밖으로는 대고 주장을 하고 해서 마지않는 기개가, 싱싱한 기개가 그들에게는 지녀져〉[251] 있다는 것 때문이다. 따라서 '한글 통일안'에 대한 논쟁은 채

---

250) 참고로 해방 이후에 채만식은 자신이 표의주의(表意主義)적인 입장에 서 있음을 명시한다. 1949년에 나온 수필 「한글 교정(校定), 오식(誤植), 사투리」에서 작가는 '같이'가 동(同), 공(共)의 의미를 다 포함하도록 맞춤법 규정이 바뀐 것에 대해 심각한 불만을 표시한다. 〈다른 두 개의 사물에 대하여는 각기 다른 글자로서 표현되는 것이 원칙이요 이상적이요 따라서 상식〉인데 '같이'(同), '가치'(共)이라고 쓰던 것을 왜 통일했냐는 것이다. 따라서 이 통일은 비합리적이라고 비판한다.

251) 「냉동어」, 전집 5, pp.388-389.

만식이 스스로 강조했던 방언의 사용과 맥이 닿아있다고 볼 수 있다. 채만식이 사용한 방언의 풍부함은 언어적 다양성 확보의 측면에서 보다 적극적으로 해석되어야 할 것이다.

표준어는 그 규정에 의하면 '교양 있는 사람들이 두루 쓰는 현대 서울말'이다. 사실은 서울말도 방언인데 한 나라의 언어를 대표하는 것으로 정했기 때문에 편의상 표준어라고 할 뿐이다. 따라서 표준어는 뚜렷한 목적에 의해서 만들어진 인위적인 언어이고 방언은 자연어(natural language)이다. 1933년 조선어학회에서 '한글맞춤법 통일안'(1933)이 나온 이래 표준어를 확립하는 일은 방언을 구별하고 배제하는 작업이 중심이 되었다. 그것은 중심부/주변부 언어의 이항대립을 설정하고 주변부 언어를 '하위 언어'로 배제시키거나 중심부 언어로 포괄하는 일이다. 민족어의 정리, 체계화 사업, 민족어의 보급이라는 조선어학회의 목표는 당시 제국주의 일본에 대항하고자 하는 민족주의의 논리라는 긍정성을 갖는 반면 그 또한 제국주의 논리와 구조적 유사성을 가지는 동일성의 논리이기도 하다. 표준어가 중심을 차지함에 따라 방언은 주변부로 배제된다. 주변부 언어로 평가절하된 방언은 표준어로 수렴되거나 교정되어야 할 대상으로 취급당한다. 이는 중심/주변을 나누는 이항대립적 사고에 다름 아니다. 결국 표준어의 확립 과정은 제국주의 담론이 동일성 유지를 위해 구심력을 발휘하는 과정과 꼭 같은 절차를 밟아나가게 되는 것이다.

따라서 빌 애쉬크로프트[252]가 지적한 바와 같이 방언(토착

---

252) Ashcroft, B. etc., 이석호 역, 『포스트 콜로니얼 문학이론』, 민

어)이라는 형식도 〈정확한〉 혹은 〈표준적〉인 제국주의 힘에 대항하기 위해 피식민지 지역에서 채택할 수 있는 공간적, 정치적 기호 중의 하나다. 방언(토착어)이 지닌 혼합적이고 교배적인 속성은 언어적인 측면에서 표준어적 코드가 누리는 특권적 위치 및 인간 경험에 대한 독선적인 시각을 배제하게 해준다. 아울러 방언(토착어)의 구성적인 토대는 식민지 본국의 언어가 설정한 기준에 대한 본질주의적 시각을 폐기함과 동시에 제국 중심주의적 사고를 해체하는 것에 기반한다.

채만식 문학작품에서의 적극적인 방언 사용도 마찬가지 의미를 획득한다. 특히 그는 특히 방언과 표준어를 적절히 혼합, 교차시킴으로써 언어적인 '차이'로 생기는 긴장을 그침 없이 견인시키고 있다. 더구나 기존 연구에 따르면 채만식 문학의 방언은 전북과 충남의 방언이 혼합된 것으로 판명되었다.253) 복합성이 내재된 방언의 풍부한 사용은 주변부로 배제된 언어를 복원시키는 것이며, 중심부 언어와의 이분법

음사, 1996. p.75, p.130. 참조.

253) 그동안 채만식이 구사하는 방언은 대체로 전라도 지역의 독특함이 잘 드러나 있다고만 연구되어 왔었다. 이태영에 따르면 채만식이 구사하는 방언은 전라북도 옥구군의 방언이다. 이 지역은 충청남도와 경계하고 있는 지역으로 전라북도와 충청남도의 방언이 함께 공존하는 접촉지역이다. 따라서 채만식의 작품에는 전북과 충남의 방언이 공존하고 있는 셈이다. 이러한 현상은 특히 모음 가운데 'ㅜ'모음을 많이 쓰는 것과 여러 어휘나 문장을 통하여 구체적으로 알 수 있다.(이태영, 「채만식의 소설 『천하태형춘』에 나타난 방언의 특징」, 이기문·이상규 외, 『문학과 방언』, 역락, 2001, p315.)

적 대립을 해체하는 일이다. 이런 점을 고려한다면 채만식 문학에서 주변부 언어의 사용은 탈근대적 힘을 획득한다고 평가할 수 있다.

V. 비판적 식민지 근대 담론의 가능성과 그 의의

　식민주의는 경제적 침탈이나 정치적 권력만으로 설명될 수 없는 것이다. 그것은 일종의 문화적 계속성을 나타내며 문화적 수화물을 수송하는 '친밀한 적'의 형상을 하고 있기 때문이다.254) 식민지 종속민으로서 문인들이 겪어야 했던 혼란과 모순·분열은 바로 이로부터 시작하는 것이라 할 수 있다. 그들의 정체성은 이중으로 소외되어 있다. 이미 식민지화된 현실은 전래적인 삶으로부터 그들을 이탈시켜버렸고 한편 제국주의의 교육 속에서 훈육되고 그 제도와 형식을 받아들이며 성장해온 근대적 세계 또한 그들의 정체성을 확인할 수 있는 곳은 아니기 때문이다.

　더구나 일제 강점 하 문인들의 자의식은 서구의 오리엔탈리즘과 일본의 '자기화된 오리엔탈리즘'255)이 중첩되는 곳에서 형성될 수밖에 없다. 그들에게 일본 식민주의가 마련해주

---

254) Nandy, A., 앞의 책, pp.29-34.

255) 일본의 '자기화된 오리엔탈리즘', 혹은 '역전된 오리엔탈리즘'은 일본제국주의에 의해 독특하게 비틀어진 오리엔탈리즘으로, 서양과 자국을 동일시한 일본은 스스로를 표상할 수 없는 무력하고 은폐된 동양인(서양의 타자)을 대신해서 서양을 타자화하면서 동양을 대변한 것이다.(양현아, 「한국적 정체성의 어두운 기반: 가부장제와 식민성」, 『창작과비평』 106호, 1999, p.49.)

는 사유의 지형은 벗어나기 쉽지 않은 곳이었다. 그들에게
미래는 외래적인 것이고 과거는 그 외래(서구＝일본)가 보는
시선이 정의하는 본질적 상태로 파악되었다. 이러한 식민지
공간에서 현재는 미래가 결핍된 곳이면서 동시에 과거가 지
속되는 곳이다.256) 따라서 정체성 확인이란 근대적 주체와
식민지 종속민으로서의 주체가 공존할 수 없다는 간극의 확
인으로 귀결될 수밖에 없다. 이 간극을 어떻게 인식하는가에
따라 문학활동은 여러 가지 양상으로 나타난다.

> 뿐만 아니라 우리가 가장 주목해둘 점 하나는 이러
> 한 일방적인 신문화의 이식과 모방에서도 고유문화
> 는 전통이 되어 새 문화의 형성에 무형으로 작용함
> 을 사실인데 우리에 있어 전통은 순수한 수입과 건
> 설을 저해하였으면 할지언정 그것을 배양하고 그것
> 이 창조될 토양이 되지는 못했다는 점이다.(중략)
> 　이 불행은 어디서 왔느냐? 하면 그것은 결코 우리
> 문화전통이나 유산이 저질의 것이기 때문이 아니다.
> 단지 근대문화의 성립에 있어 그것으로 새 문화 형
> 성에 도움이 되도록 개조하고 변혁해놓지 못했기 때
> 문이다. 그것은 우리의 자주정신이 미약하고 철저하
> 지 못했기 때문이다.257)

근대적 주체의 입장에만 머무를 경우 역사발전에 대한 신

---

256) 김수진, 「'신여성', 열려 있는 과거, 멎어 있는 현재로서의 역
　　　사쓰기」, 『여성과 사회』 11호, 창작과비평사, 2000, p.25.
257) 임화, 「개설신문학사」, 제17회분.

념으로 개별적인 역사가 보여주는 구체적이고 특수한 풍경은 사라지고 만다. 〈문화전통이나 유산〉에 대한 임화의 비판도 신문화(서양, 일본)가 보편적인 준거로 작용했을 때 전통문화는 그 미달로 평가될 수밖에 없음을 보여준다. 근대사에서 이른바 계몽적 지식인들이 보여주었던 열정과 친일에로의 경사도 이런 연장선상에 놓여있다고 할 수 있다. 근대적 주체의 진보의 신념은 굴절되어 일본 제국주의의 동일성 담론에 흡수·포괄되었고 한편으로는 역사 변화를 지지하는 강렬한 열정으로 발현되기도 했다. 예를 들어 1920-30년대 마르크시즘을 바탕으로 일어났던 계급 문학운동이 후자의 경우라 할 수 있다.

반면 식민지 종속민이라는 입장만을 견지할 경우 주체는 현재적 토대를 완전히 부정한 반근대주의나 과거에로의 낭만적 회귀에 자신을 투사할 수밖에 없다. 전통에 근거하고 있다는 점에서 보다 견고한 담론으로 보이지만 그러나 그것들은 출발에서부터 현실적 토대를 벗어난 환각에 지나지 않는다. 자칫 자기 합리화로 이용될 소지마저 있는 전통주의자들의 논의는 그 심미적 가치의 의의에도 불구하고 현실적으로 무력하다.

이 두 입장의 불화와 그 간극은 당대가 낳은 역사적인 문제제기라는 점에서 대부분의 문인들이 이로부터 자유로울 수 없었다. 그 압박감의 확인이 채만식의 작가적 출발이다. 채만식은 자기자신이 근대 주체와 식민지 종속민 주체라는 이질적 정체성의 혼란에 놓여있다는 사실을 인지하지만, 문학 세계에

서 그 간극의 복원이나 과거 회귀를 통한 통일성의 세계를 꾀
하지 않았다. 오히려 역사적인 간극과 불화 그 자체를 드러내
는 것, 그것이 채만식 문학의 주체들이 경험하는 근대이다.

　주체가 경험하고 있는 현실은 전근대적 가치와 근대적 가
치가 혼재되어 있는 곳이다. 그러나 전근대적 세계는 주체의
근원적 토대가 되어 주지 못한다. 자본주의적 식민지 질서는
전통을 내재한 과거문물을 철저히 배제하면서 자신의 위치를
공고히 해나갔기 때문이다. 『태평천하』의 〈윤직원〉처럼 식민
지 질서에 순응하는 인물들이 과거문물을 향유하는 방식을
풍자, 조롱, 야유할 수 있는 이유도 여기에 있다. 구체성을
제거한 채 한갓 장식품처럼 전통을 향유하는 것은 식민주의
자들의 태도와 별반 다르지 않기 때문이다. 한편 '조혼'으로
대표되는 전근대적 제도·가치의 잔존은 근대적 지식인 주체
를 억압한다. 그로부터 탈피하고자 하는 주체의 욕구는 그러
나 일본 제국주에 의해 이식된 자본주의적 세계나 식민지 종
속민으로 억압된 세계에 고착될 것을 강요받을 뿐이다. 식민
지적 자본주의 세계의 부정성에 대한 묘사는 채만식 문학의
특질 중 하나로 그 의의를 인정받아왔다. 그러나 세계의 부
정성과 함께 제도의 변화에 따라 주어지는 문명의 이기는 주
체에게 혼란과 모순의 경험만을 가중시킨다. 결국 이들은 문
제 해결의 주체가 아니라 문제를 유발하는 모순의 혼재를 확
인하는 주체다.

　세계의 부정성 확인은 당대 문인들에게 공통적으로 나타나
는 바이지만 그것을 단일한 부정성이 아니라 이질적인 모순

과 중층적인 구조로 파악한 것이 채만식 문학의 특징이다. 이 자체로써도 작가적 역량과 그 의의를 평가할 수 있지만 만약 이 확인만 하고 만다면, 그 문학작품이 나타내는 폐쇄적 구조로 세계의 부정성을 벗어날 길을 드러낼 수는 없다. 타락한 세계와 맞서는 또 다른 길, 그 세계와 야합하지 않고 자신의 의기를 실현할 수 있는 또 다른 길을 찾아나가는 일, 그것이 문학행위라는 사실은 지극히 당연한 일이다.

그러나 일제 강점 하에서 그 길을 계몽적 열정이나, 역사의 진보, 전통적 세계에서 찾고자 했던 이들은 그 선명함에도 불구하고 사실상 식민지적 근대의 환각에 사로잡혀 있을 수밖에 없었다. 우리에게 근대적 시간 인식이 자생적이기보다는 일본 제국주의에 의해 강제적으로 주어졌다는 점을 생각하면 과거－현재－미래를 논리화하는 일은 제국주의의 동일화담론에 순응하는 것이 되기도 한다. 또 시간적 인과성과 공간적 연결에 대해 전면적인 대립과 반정립을 하는 일은 필연적으로 제국주의 권력과 정반대의 양상으로 닮아갈 수밖에 없다. 그들이 실제로 일제 강점 말기에 식민주의 동일성 담론에 포획되거나 스스로 좌절했던 역사적 도정이 이를 반증한다. 그 속에서는 역사발전을 하나의 단선적인 기획으로 바라보는 자의 강박관념을 발견할 수 있다.

이렇게 보았을 때 채만식 문학작품 속의 인물들이 겪는 혼란은 오히려 식민지적 근대 주체에게 필연적으로 야기되는 일임을 알 수 있다. 이와 같은 혼란을 혼란 그 자체로 인지한 것이 채만식 문학에 나타난 주체의 근대체험이라 할 수 있다.

　한편 채만식은 이질성을 존재적 자질로 담보하고 있는 타자를 통해 부정적 근대로부터 벗어나고자 했다. 채만식 문학에서 타자들은 식민지적 근대가 배제하고, 억압한 자들이다. 여성, 아이, 룸펜 등의 모습은 작가가 의도했든 하지 않았든 그의 작품 속에서 이질적인 형상으로 포괄되어 있다.

　근대 체험은 남성의 몫이다. 근대라는 역사단계는 생산양식의 변화로부터 비롯되었으며, 그 곳은 남성이 주도적 역할을 하는 공적 영역에 해당한다. 따라서 근대 담론의 중심부에 남성이 주변부에 여성이 있다는 구도가 성립한다. 남성 주체와 여성 타자의 관계를 바라보는 관점도 이런 구도에서부터 출발한다. 그러나 본 연구에서 주목했던 것은 남성 주체와 여성 타자의 대립 혹은 대조 구도가 아니었다. 오히려 주체란 고정 불변의 것이 아니라 구성되어간다는 입장에서 논의를 시작했다. 따라서 여성 타자와의 관계 구도 속에서 남성 주체가 어떤 식으로 구성되어 가는지를 살펴보고자 했다. 여성 타자와 마찬가지로 남성주체 중심의 체계에서 소외된 타자들도 어떻게 주체에게 영향을 미칠 수 있는가를 살펴보고자 한 것이다.

　이에 따라 채만식 문학에 나타나는 타자는 주체에게 그의 한계를 넘어서게 해주는 의미로 존재함을 알 수 있었다. 주체가 암묵적으로 혹은 명시적으로 남성 주체로 설정되었을 때 여성 타자의 의미는 한층 각별했다. 또한 '아이', '여성 화자', '여성 창조신', '산책자'와 같이 근대 담론에서 억압되고 배제된 것들이 복원된 의미도 그와 같다. 근대 체험과 식민지 체험이 중층적으로 얽혀있는 지점에서 남성 주체는 근대·제국주의의 남성성258) 체계와 같은 궤도에 놓여 있기 때문이다. 이 궤도로 부터 주체를 이탈시키는 힘은 타자에 대한 인식으로부터 비롯된다. 타자가 가진 이질성은 중심으로 보편화된 근대 세계, 특히 제국주의적 성격이 혼재되어 있는 일제 강점의 세계를 반성적으로 성찰하게 한다. 해방 이후 시기적으로는 식민지를 벗어났지만 정신적·문화적으로 식민주의의 계속성 아래 놓여 있다는 현실적 부정성에 대한 작가의 자각은 자기반성과 비판이라는 문학적 과제 외에도 부정적인 현실을 풍자하고 타자를 통한 이질적 시선을 지속적으로 견지하게끔 한다.259)

　타자들의 이질성은 근대의 동일성 담론에 포함될 수 없는 '차이'에서 생겨난 것이다. 따라서 주체가 근대의 부정성을 인식하고, 그들의 타자성을 받아들일 때 비로소 근대라는 지반을 벗어날 힘을 확보할 수 있다. 획일성이나 중심주의를 교란하는 타자는 다양성을 낳는다. 다양성 혹은 다원화란 무정부주의적 혼란이 아니라 억압된 것의 복원이다. 마찬가지로 여기서 이 억압된 것은 중심의 독선을 경고하고 교란하는 것이거나 그 중심과 대화하는 것이지 또 하나의 중심은 아니다.260)

---

258) 근대를 남성의 서사로 보는 관점은 『근대성과 페미니즘』(리타 펠스키, 거름, 1998)의 서론과 1장 참조. 제국주의를 남성 서사로 보는 관점은 『제국주의』(박지향, 서울대출판부, 2000)의 7장 참조.

259) 「낙조」(1948), 「민족의 죄인」의 여성 타자, 「소년은 자란다」(1949)의 아이, 『역사』(1948-1949) 연작의 여성 화자와 여성 창조신을 그 예로 들 수 있다.

260) 남성이나 서구 담론이 절대적이 아니라는 것을 보여주는 것이 타자이며, 타자는 유령으로서 말을 할 뿐 그것이 또 하나의 절대성이 될 수 없다. 만약 인류의 역사에서 여성이나 동양이 중

채만식이 타자성을 전적으로 긍정하고 그 속에서 전망을 찾아 나갔다면 그 또한 새로운 신념과 진보의 열망으로 승화할 수 있었을 것이다. 그러나 그 신념과 진보의 열망은 사실상 현실적 토대에서는 불가능한 것이다. 불가능한 것을 가능하게 만드는 허위의식의 유혹은 강렬하다. 그러나 이 유혹을 채만식이 떨쳐 버릴 수 있었던 것은 역설적이게도 작가 스스로가 주체이면서 타자인 모순적 존재 상황에 놓여 있었기 때문이라 할 수 있다. 이것은 사실상 작가의 전기적 사실에서 비롯되는 바이기도 하지만, 누구든지 자기의 내부에 완전히 동일화되지 않는 타자를 안고 있다. 보통은 이 타자성을 억압하고 망각하고 있으나 이것을 근절시킬 수는 없다. 자기 내부의 타자를 보는 것은 반성의 노력이며, 바로 거기에서 이성의 능력이 시험된다.261) 채만식이 타자를 작가적 시선으로 채택한 사실을 높이 평가할 수 있는 것도 이 때문이다.

혼란과 모순으로서의 주체의 근대체험, 이것이 작가가 문학적으로 포착해낸 근대 세계였다. 그 혼란과 모순을 자기 자신의 시선 속에 가두어놓는 것이 아니라, 타자의 시선으로 판단해보는 일이 채만식 문학이 궁극적으로 이루어 놓은 성과라 할 수 있다. 이것은 하나의 완결된 체계로서의 식민지적 근대 담론을 분열시키고, 그것의 동일체적 가상을 훼손하는 '틈'을 만들어 내는 문학적 담론의 의미라 할 것이다.

심이 될 때 그것은 더 이상 타자가 아니다.(권택영, 「타자비평」 ─기술문명의 한계를 넘어, 『한국문학』, 1999. 가을.)
261) 今村仁司, 김수정 역, 『근대성의 구조』, 민음사, 1999, pp.211-212.

Ⅵ. 결 론

　　본 연구에서는 채만식 문학이 내용과 형식 면에서 다양성·복합성을 주요 특질로 하고 있다는 전제 아래, 그의 문학에 나타난 근대체험과 주체 구성양상을 살펴보았다.

　　채만식 문학에서 근대체험과 주체 구성양상을 주목한 이유는 다음과 같다.

　　첫째, 채만식은 전근대적 세계와 근대세계, 근대성과 식민지성 등 다양하고 이질적인 요소들이 혼재하는 주변부적 삶을 살았고, 문학에서도 이런 점이 특징적으로 드러난다. 이는 일제 강점기라는 근대의 이중성에 대응하는 문학적 방법이기도 하다. 따라서 작품에서 주체의 근대체험과 그것이 서술되는 양식을 살펴봄으로써 채만식 문학의 주요한 특질을 이해할 수 있다고 판단했다.

　　둘째, 식민주의가 타자 배제·억압에 기초한 근대의 동일성 담론에서 비롯되었다는 사실을 고려할 때 타자와 관계를 통한 새로운 주체 구성은 중요한 문제이다. 특히 채만식이 근대·식민지 체계가 소외시킨 주변부 삶 ─ 여성, 어린이, 룸펜 ─ 에 주목했다는 사실도 주체 구성문제를 살펴봄으로써 설명할 수 있다.

　　본 연구는 다음 세 가지 단계로 이루어져 있다.

첫째, 근대화 이후 시·공간의 변모는 개개인의 생활세계 전반을 재조직하고 사회구조를 재편시켰다는 전제 아래, 채만식의 문학작품 속 주체들이 경험하고 있는 현실을 살펴보았다. 이를 위해 전근대적인 체험, 일본 제국주의에 의해 강제 이식된 자본주의의 체험, 식민지 체험으로 나누어 고찰했다. 이를 통해 궁극적으로는 주체가 관계하고 있는 세계의 부정성이 어떻게 주체를 변형시키고 있는 지를 살펴보았다.

둘째, 본 연구에서는 작품 속 주체가 타자와 관계하고 있는 양상을 살펴보았다. 특히 채만식 문학에서 주변부로 배제된 타자들이 적극적으로 형상화되고 있음을 주목했다. 여성, 아이, 룸펜 지식인 등이 바로 그들이다. 이들이 어떻게 자신의 이질성을 발현하고, 주체와 관계 맺느냐에 따라 탈식민지적 의미 혹은 탈근대적 의미를 확보하는 주체가 구성되어 나갈 수 있다고 판단했다.

셋째, 본 연구에서 사용한 주체-타자 개념은 근대적 주체 개념을 반성적으로 사유한 탈근대 이론의 논의에 기대고 있다. 이에 따르면 주체는 특정한 사회적 혹은 역사적 과정을 통해 구성되어지고 만들어지는 것으로 간주된다. 타자는 주체 중심적 동일화에 순응하지 않고 그 강제적 동일화에 반발하는 존재를 말한다. 따라서 타자란 나로 하여금 동일성의 주체화 담론을 벗어나 타자성의 주체로 구성될 수 있게 해준다. 이전의 타자 개념은 상호 주관성의 보장을 바탕으로 나와 '동일한' 또 다른 주체로서의 타자였고, 궁극적으로는 소통 가능성을 공유하는 '주체들'의 공동체가 어떻게 가능할 것인가라는 묻기 위한 것이었다는 점에서 본 연구에서 사용하는 개념과는 다르다. 본 연구에서 사용하는 타자 개념은 그 성격상 근대의 담론 중심에서 배제되었던 주변부적 존재들을 주체를 구성하게 해주는, 긍정적인 타자로 재조명한다.

넷째, 서술양식에서 서술자의 개입과 의미해석 및 수용의 문제, 주변부 언어로써 방언의 문제를 살펴보았다. 기존 논의가 채만식 문학의 형식적 특질의 다양함을 세밀히 분석해내었다면, 본 연구에서는 그것이 작가의 창작의도, 작품 주제와 어떻게 연관되는 지를 고찰하는 데 중점을 둔 시도라 할 수 있다.

본 연구에서는 앞에서 밝힌 방법론을 바탕으로 채만식의 소설과 희곡을 다음과 같이 분석했다. 그 외 평론, 서평, 수필 등은 2차 자료로 사용했다.

Ⅱ장에서는 작품 속 주체가 경험하는 근대 시·공간을 세 단계로 나누어 살펴보았다.

첫째, 『태평천하』, 「사호일단」, 「과도기」, 「이런 처지」, 「얼어 죽은 모나리자」, 「두 순정」, 「쑥국새」, 「생명의 유희」, 「앙탈」, 「보리방아」, 「동화」, 「병이 낫거든」을 분석한 결과, 다음과 같은 결론을 얻을 수 있었다. 작품 주체가 경험하는 전근대적 가치 세계는 박제화된 장식품이거나 근대적 지식인 주체를 억압하는 굴레로 나타난다. 예를 들면 전통 문물은 현실적인 구체성을 잃어버렸고, 조혼과 같은 봉건적 제도는 주체를 억압하는 전근대적 가치로 형상화되어 있다. 이와 같은 세계에서 주체는 현실에서 차단되고, 상상의 영역에서 폐쇄적인 체험을 한다. 작가는 특히 주체가 전근대 – 근대의 혼란 속에 놓여있음을 밝히고 있다.

둘째, 「병조와 영복이」, 『탁류』, 「회」, 「정거장 근처」, 「소년은 자란다」, 「상경반절기」, 「화물자동차」, 「이런 남매」를 분석한 결과, 다음과 같은 결론을 얻을 수 있었다. 이 작품들의 주체는 근대적 문물의 도입과 자본주의적 질서가 일상화됨에 따라 규율화되어 가는 모습을 보여준다. 근대적 시간질서, 기차·자동차·학교 등의 근대문물은 주체의 생활을 전반적으로 재조직해나간다. 그러나 이와 함께 식민지적 상황이 본격화되고 있다는 사실 때문에, 작가는 근대문물에 대한 무분별한 동경, 지식인의 계몽성을 비판한다. 아울러 작가 스스로도 대일협력에 빠져드는 모습도 나타내고 있었다.

셋째, 「산동이」, 「레디메이드 인생」, 「빈(貧) …… 제1장 제2과」, 「불효자식」, 「동화」, 「병이 낫거든」을 분석한 결과 다음과 같은 결론을 얻을 수 있었다. 식민지적 억압 특히 절대적으로 빈곤한 현실에서 주체는 극심한 현실의 부정성에 억압되거나 타자와 제대로 관계 맺지 못하고 자신의 영역에 고립되는 모습을 보여주었다. 부정적 현실의 억압으로 타자 또한 자신의 이질성을 드러내기보다는 소멸하는 경우가 대부분이기 때문이다. 극단적인 경우 타자는 동일성담론에 포섭되고 전도된 차연을 일으키는 모습까지도 드러냈다.

요컨대 채만식 문학의 주체들은 전근대와 근대가 혼재된 시·공간을 체험하는 한편, 근대적 문물과 자본주의적 질서가 제국주의에 의해 주어지고 있다는 사실로 인한 모순을 체험하고 있다고 판단된다. 한편 근대의 부정성은 주체와 타자가 관계 맺지 못하는 원인으로 작용하고 있기도 하다.

Ⅲ장에서는 주체와 타자의 관계를 중심으로 어떻게 주체가 근대체험을 비판하고 타자성을 인식해나가는지를 세 단계로 살펴보았다.

첫째, 「근일」, 「처자」, 「패배자의 무덤」, 『탁류』, 「산적」, 「민족의 죄인」을 분석한 결과 다음과 같은 결론을 얻을 수 있었다. 이 작품들은 특히 남성주체와 여성 타자의 관계를 보여주었다. 남성주체는 현실적 억압을 여성 타자에게 전가하거나 여성 타자를 소외시킴으로써 주체중심주의적 태도를 나타냈다. 이때 여성 타자는 배제되거나 소멸되고 말아, 남성 주체는 동일성 담론에 고립된다. 여성 타자가 미약하게나마 이질성을 드러내는 경우 그것은 현실에 억압된 주체의 저항을 유발시키는 계기가 되었다. 그러나 남성 주체의 계몽적인 성격은 타자의 이질성을 발견하는 데 머무를 뿐, 새롭게 주체가 구성될 수 있는 단계로 가지 못하는 원인이 되었다.

둘째, 「병조와 영복이」, 『아름다운 새벽』, 「이런 남매」, 「낙조」, 「농촌 스케치」, 「감독의 안해」, 「부촌」을 분석한 결과 다음과 같은 결론을 얻을 수 있었다. 이 작품들의 여성인물들은 자신의 동일성을 고수하는 남성주체에게 그 계몽적인 태도를 일깨워주거나, 적극적으로 주체를 비판·풍자한다. 이때 여성인물의 타자적 위치는 주체와 제국주의의 동일화 담론을 깨트리는 데 유용하게 작용한다. 특히 작가가 카페 여급, 양공주,

여성 노동자, 농촌 여성, 빈민 여성 등 주변부 삶을 살아가는 여성의 타자성을 부각시키고 있음을 주목했다. 이와 같이 타자성을 적극적으로 발현시킴으로써 채만식은 새로운 주체 구성의 가능성을 보여줄 수 있었다고 판단되었다.

셋째, 「명일」, 「역사」, 「늙은 극동선수」, 「아시아의 운명」, 「제향날」, 「창백한 얼굴들」, 「종로의 주민」을 분석한 결과, 다음과 같은 결론을 얻을 수 있었다. 채만식은 근대화에 의해 부정되거나 폐기되었던 타자－아이, 여성 화자, 여성창조신, 산책자를 통해 탈근대적 시간을 전망했다. '아이'는 현재에 존재해 있지만 현재를 구별할 수 있는 '차이의 시간' 즉 '탈근대의 시간'을 인식시켜 주는 존재로 해석되었다. '여성 화자'는 남성 중심의 근대체계를 재구성하는 존재이며, '여성 창조신'은 근대를 부정할 수 있는 신화적 시간을 근원적으로 생산해내는 존재의 의미라고 판단되었다. '산책자'는 현실에서 자본주의적 시간 질서를 부정하는 존재이며, 아울러 그가 산책하는 경로를 통해 식민지 질서로 재편된 '경성'의 공간 배치가 드러났다. 따라서 산책은 주체에게 반성적 성찰의 가능성을 열어주고 있었다.

요컨대 채만식은 타자가 자신의 이질성을 발현하고, 주체가 그 타자와의 거리감을 인식할 때, 비로소 주체와 타자는 근대적 동일성의 지반을 벗어날 수 있음을 보여주었다. 비록 그것이 가능성으로 주어져있기는 하지만, 주체와 타자의 관계에 주목한 점과 여성 타자의 주변부 담론을 적극적으로 끌어들였다는 점에서 의의가 있다.

Ⅳ장에서는, Ⅱ장과 Ⅲ장에서 살펴본 주체의 근대 체험, 주체와 타자의 관계가 서술되는 방식을 두 가지 양상으로 살펴보았다.

첫째, 「세길로」, 「선량하고 싶던 날」, 「해후」, 「홍보 씨」, 「치숙」, 「소망」, 「이런 처지」를 살펴본 결과 다음과 같은 결론을 얻을 수 있었다. 채만식은 주체가 세계, 타자와 관계 맺는 방식으로 '시선'의 문제를 중요하게 다루고 있었다. 주체는 타자와 시선 교차를 통해 변화해나가고 '차이'의 인식까지 드러냈다. 한편 작품에서 서술자의 개입·해설이나 '말 건넴의 어투'는 표면적인 의미와 다른 이면적인 의미를 드러내기 위한 장치로 사용되었다. 이는 작품 수용과정을 고려하고 있는 작가의 창작태도로 판단되며, 지배적 담론에 대한 주변적 담론의 부각이라는 의미가 있다.

둘째, 『태평천하』, 「부촌」, 「치숙」, 「다섯귀머거리」, 「영웅모집」, 「예수나 안 믿었더라면」, 「당랑의 전설」, 「냉동어」를 살펴본 결과 다음과 같은 결론을 얻을 수 있었다. 언어적인 관점에서 채만식은 의사소통의 불화, 의미의 지연을 강조하고 주변부 언어의 복원에 상당한 노력을 기울였다고 판단되었다. 작가는 의미의 미결정성을 강조함으로써 단일하고 고정된 의미 체계를 깨트리는 효과를 얻었으며, 주변부로 배제된 방언을 적극적으로 사용함으로써 언어적 단일성을 해체할 수 있었다.

요컨대 채만식은 서술 양식에서도 다양하고 이질적인 의미를 표현할 수 있는 장치와 언어 사용에 관심을 기울였다고 판단된다. 특히 기존 논의에서 전통 계승의 의미로 해석되었던 문학적 기법들은 일제 강점하 근대라는 복합적인 현실을 드러내는 데도 효과적으로 이용되었음을 알 수 있었다.

본 연구에서는 채만식 문학을 대상으로 근대체험과 주체구성 양상을 살펴봄으로써, 그의 문학이 가진 다양성을 해명하고자 노력했다. 그 결과 채만식 문학에서 근대는 복합적이고 중층적인 의미로 드러나며, 근대 담론에서 배제된 타자가 작품에서 부각되고, 주변부 언어와 의미의 단일성이 해체됨으로써 탈근대적 힘을 획득할 수 있었다고 평가했다. 이는 기존 논의가 채만식 문학의 부분적인 평가나 단선적인 평가에 머물렀던 한계를 어느 정도 극복할 수 있었다는 점에서 의미가 있다. 아울러 채만식 문학의 다양성이란 당대 현실의 복합성에 대한 문학적 대응이었고, 그가 보여준 탈근대적 가능성을 확인하는 결론에 도달할 수 있었던 점도 큰 의의가 있다. 그러나 이러한 논의는 앞으로 당대 문학인들과의 비교·대조를 통해 좀 더 구체화·정교화되어야 될 것이다. 아울러 본 연구에서 2차 자료로 사용한 평론, 서평, 수필, 동화, 꽁트 등도 본격적으로 검토되어야 한다는 것을 연구과제로 남겨 둔다.

참고문헌

1. 기본 자료

『채만식 선집』 4, 어문각, 1976.
『한국근대단편소설대계』, 태학사, 1986.
『한국근대장편소설대계』, 태학사, 1986.
『채만식 전집』 1~10, 창작과 비평사, 1989.

신문 및 잡지

『동아일보』, 『매일신보』, 『중앙일보』,

『동광』, 『동방평론』, 『문예월간』, 『문장』, 『문학사상』, 『별건곤』, 『비판』, 『삼천리』, 『신동아』, 『신소설』, 『월간문학』, 『인문평론』, 『자유문학』, 『제일선』, 『조광』, 『조선문단』, 『창작과 비평』, 『청색지』, 『춘추』, 『현대문학』, 『혜성』

2. 국내 단행본

강내희, 『공간, 육체, 권력』, 문화과학사, 1995.

강영안, 『주체는 죽었는가 - 현대철학의 포스트모던 경향』, 문
　　　예출판사, 1996.

______, 『우리에게 철학은 무엇인가 - 근대, 이성, 주체를 중심
　　　으로 살펴본 한 현대한국 철학사』, 궁리출판, 2002.

고미숙, 『한국의 근대성, 그 기원을 찾아서』, 책세상, 2001.

국어국문학회 편, 『채만식 문학연구』, 한국문화사, 1997.

권보드래, 『한국 근대소설의 기원』, 소명, 2000.

권성우, 『모더니티와 타자의 현상학』, 솔, 1999.

김상선, 『채만식연구』, 약업신문사, 1989.

김연숙, 『레비나스 타자윤리학』, 인간사랑, 2001.

김영옥 편, 『"근대", 여성이 가지 않은 길』, 또하나의문화, 2001.

김외곤, 『한국근대리얼리즘문학비판』, 태학사, 1995.

김용성, 『한국소설과 시간의식』, 인하대 출판부, 1992.

김유동, 『아도르노의 철학 - 고통의 인식과 화해의 모색』, 문
　　　예출판사, 1988.

김윤식, 『채만식』, 문학과 지성사, 1984.

______, 『한국근대문예비평사연구』, 일지사, 1976.

______, 『한국문학의 근대성 비판』, 문예출판사, 1995.

김윤식·정호웅, 『한국소설사』, 예하, 1999.

김정현, 『니체의 몸 철학』, 지성의 샘, 1995.

김재용·이종주, 『왜 우리 신화인가-동북아 신화의 뿌리, 〈천궁대전〉과 우리신화』, 동아시아, 1999.

김재홍, 『한국 현대시 형성론』, 인하대 출판부, 1985.

______, 『현대시와 역사의식』, 인하대 출판부, 1988.

김종회, 『한국소설의 낙원의식 연구』, 문학아카데미, 1990.

김진균·정근식 편저, 『근대주체와 식민지 규율권력』, 문화과학사, 2000.

김진송, 『서울에 딴스홀을 허하라-현대성의 형성』, 현실문화연구, 1999.

김천혜, 『소설구조의 이론』, 문학과지성사, 1991.

김현주, 『판소리 담화 분석』, 좋은날, 1998.

김홍수, 『채만식 문학연구』, 한국문화사, 1997.

길희성 외, 『전통·근대·탈근대의 철학적 조명』, 철학과현실사, 1999.

나병철, 『근대서사와 탈식민주의』, 문예출판사, 2001.

______, 『한국문학의 근대성과 탈근대성』, 문예출판사, 1996.

대중문학연구회 편, 『추리소설이란 무엇인가?』, 국학자료원, 1997.

동국대학교 한국문학연구소 편, 『한국문학과 근대성의 형성』,

아세아문화사, 2001.

문병호, 『아도르노의 사회이론과 예술이론』, 문학과지성사, 1993.

문학과 사상연구회 편, 『채만식 문학의 재인식』, 소명출판, 1999.

박지향, 『제국주의』, 서울대출판부, 2000.

백철, 『신문학사조사』, 민중서관, 1955.

____, 『한국신문학발달사』, 박영사, 1980.

서경석, 『한국근대문학사 연구』, 태학사, 1999.

서동욱, 『차이와 타자』, 문학과 지성사, 2000.

서울사회과학연구소 편, 『근대성의 경계를 찾아서』, 새길, 1997.

__________________, 『탈주의 공간을 위하여』, 푸른숲, 1997.

손정목, 『일제 강점기 도시화 과정 연구』, 일지사, 1996.

손종업, 『극장과 숲 - 한국근대문학과 식민지 근대성』, 월인, 2000.

송재룡, 『포스트모던 시대와 공동체주의』, 철학과 현실사, 2001.

송하춘, 『채만식』, 건국대학교출판부, 1994.

신범순, 『한국 현대시사의 매듭과 혼』, 민지사, 1992.

역사문제연구소 편, 『한국의 '근대'와 '근대성 비판』, 역사비
    평사, 2000.

오현, 『백릉 채만식 생애와 문학』, 신아출판사, 2000.

우한용, 『채만식담론의 시학』, 개문사, 1992.

유민영, 『한국현대희곡사』, 기린원, 1991.

윤효녕 외, 『주체 개념의 비판 – 데리다, 라캉, 알튀세, 푸코』, 서울대출판부, 2001.

이광호, 『미적 근대성과 한국문학사』, 민음사, 2001.

이기문·이상규 외, 『문학과 방언』, 역락, 2001.

이미원, 『한국 근대극 연구』, 현대미학사, 1994.

이보경, 『문(文)과 노벨(novel)의 결혼 : 근대 중국의 소설 이론 재편』, 문학과지성사, 2002.

이재광, 『식민과 제국의 길』, 나남출판, 2000.

이재선, 『한국현대소설사』, 홍성사, 1979.

이재철, 『아동문학개론』, 서문당, 1983.

이종영, 『주체성의 이행』, 백의, 1997.

이진경, 『근대적 시·공간의 탄생』, 푸른숲, 2000.

______, 『마르크스주의와 근대성』, 문화과학사, 1997.

이창배 편저, 『가요집성』, 홍인문화사, 1992.

이호규, 『1960년대 소설 연구 – 일상, 주체생산, 그리고 자유』, 새미, 2001.

이화어문학회, 『우리문학의 여성성·남성성』, 월인, 2001.

임무출, 『채만식어휘사전』, 토담, 1997.

임원재, 『아동문학교육론』, 신원문화사, 2000.

장수익, 『한국 근대 소설사의 탐색』, 월인, 1999.

전경갑, 『현대와 탈현대의 사회사상』, 한길사, 1997.

정정호, 『탈근대인식론과 생태학적 상상력』, 한신문화사, 1997.

정현기, 『한국 근대 소설의 인물 유형』, 인문당 1983.

조남현, 『지식인 소설 연구』, 일지사, 1984.

__________, 『한국현대문학사상연구』, 서울대출판부, 1994.

조창환, 『해방전후 채만식 소설연구』, 태학사, 1997.

차범석, 『동시대의 연극인식』, 범우사, 1987.

최원식, 『민족문학의 논리』, 창작과 비평사, 1982.

최혜실, 『신여성들은 무엇을 꿈꾸었는가』, 생각의 나무, 2002.

______, 『한국현대소설의 이론』, 국학자료원, 1992.

한국극예술학회 편, 「채만식」, 태학사, 1996.

한국문학연구학회 편, 『한국 근대문학과 일본 문학』, 국학자
　　　료원, 2001.

한국문학연구회 편, 『한국문학과 민족주의』, 국학자료원, 2000.

한국산업사회연구회 편, 『탈현대사회사상의 궤적』, 새길, 1995.

한국정신문화연구원 편, 『일제 식민통치와 사회구조의 변화』,
　　　한국정신문화연구원, 1990.

황국명, 『채만식 소설연구』, 태학사, 1998.

한승옥, 『한국현대소설과 사상』, 집문당, 1995.

한용환, 『소설학 사전』, 고려원, 1992.

3. 국내 논문 및 평문

강내희, 「서울, 그 일상공간의 동락」, 『문화과학』 5호, 1994.

고헌, 「채만식 문학의 배경에 대한 연구」, 군산대 『논문집』, 1982.

김경수, 「식민지 수탈경제와 여성의 물화과정」, 작가세계, 2000. 겨울.

김광형, 「고소설에 나타난 조선조 여인상」, 『여성문제 연구』 제17집, 효성여자대학교 부설 한국여성문제연구소, 1989.

김남천, 「탁류의 매력」, 조선일보, 1940. 1. 15.

김동식, 「한국의 근대적 문학개념 형성 과정 연구」, 서울대 박사, 1999. 8.

김만수, 「탁류 속의 인간 기념물」, 『민족문학사연구』, 민족문학사학회, 1998.

김사이, 「채만식의 『인형의 집을 나와서』 연구」, 상명대 석사, 2000.

김성수, 「이야기의 전통과 채만식 소설의 짜임새」, 한국정신문화연구원박사, 1983.

김성일, 「주체 구성에 대한 사회학적 일고찰」, 고려대 석사, 1996.

김수정, 「알튀세르의 이데올로기론의 성립과 발전 과정에 대한 일고찰」, 서울대 석사, 1991.

김양선, 「1930년대 후반 소설의 근대성에 대한 반응 양상연구」,『한국근대문학연구』창간호, 태학사, 2000.

김연숙, 「1920-30년대 소설에 나타난 '귀향' 양상 연구-염상섭·이태준·이기영을 중심으로」, 경희대 석사, 1994.

김영민, 「채만식의 새 작품『염마』론」,『현대문학』, 1987.

김영택, 「식민지시대 작가의 문학적 응전력」,『국어교육』, 한국 국어교육연구회, 1997.

김용성, 「채만식의『태평천하』연구」, 경희대 석사, 1984.

김윤식, 「민족의 죄인과 죄인의 민족-채만식의 경우」,『수필문학』, 1976. 3.

__________, 「서사양식과 극양식-채만식의 경우」,『한국학보』16집, 1979.

__________, 「풍자의 방법과 리얼리즘」,『현대문학』, 1968 10.

김재용, 「민족주의와 관념적 국제주의를 넘어서」,『한국근대문학연구』창간호, 태학사, 2000.

김종욱, 「1930년대 한국 장편소설의 시간-공간 구조 연구」, 서울대 박사, 1998.

김주남, 「"천하태평춘"의 서술자 연구」, 「서강어문」 5집, 1986. 12.

김주리, 「근대적 패션의 성립과 1930년대 문학의 변모」, 현대문학연구 7집, 1999.

김충실, 「채만식 소설연구」, 고려대 박사, 1994.

김홍기, 「채만식 소설연구」, 연세대 박사, 1990.

남두현, 「채만식의 「치숙」에서의 아이러니 연구」, 경희대 석사, 1985.

노광복, 「채만식 소설의 서술상황연구」, 서강대 석사, 1986.

도정일, 「자크 라캉이라는 좌절/유혹의 기표」, 『세계의 문학』, 1990. 여름.

류보선, 「중심을 향한 동경 – 한국근대문학연구의 정치적 무의식」, 『한국근대문학연구』 창간호, 태학사, 2000.

노광복, 「채만식 소설의 서술방식 연구」, 전남대 석사, 1998.

박천화, 「채만식비평사연구」, 중앙대 석사, 1986.

방민호, 「채만식 문학에 나타난 식민지적 현실 대응 양상」, 서울대 박사, 2000.

______, 「한국근대문학 연구의 이론주의적 경향」, 『한국근대문학연구』 3, 태학사, 2001.

배봉기, 「채만식 문학 인물의 특성과 형상화에 대한 연구」, 연세대 박사, 1992.

______, 「채만식 소설에 나타난 판소리의 서술양식에 대한 고찰」, 연세대석사, 1985.

三枝壽勝, 「상황과 문학자의 자세 – 일제말기 한국문학의 경우」, 경희대 석사, 1979.

서동욱, 「들뢰즈의 주체 개념」, 『현대비평과 이론』 14호, 1997.

서연호, 「현실인식과 대응방법 – 채만식의 희곡을 중심으로」, 『한국극예술연구』, 한국극예술학회, 1992.

손병우, 「라깡의 주체이론과 이념작용 분석에 관한 연구」, 서울대 석사, 1988.

송두율, 「우리에게 근(현)대는 무엇을 의미하는가」, 『현대사상』, 1977, 여름, 민음사.

송현호, 「채만식의 탈식민적 경향에 대한 고찰」, 『관악어문연구』 17집, 1992.

신아영, 「1920-30년대 한국 희곡의 극적 구조와 수용에 관한 연구: 김우진·채만식·유치진의 작품을 중심으로」, 이화여대 박사, 1996.

양운덕, 「탈구조주의의 이론과 기초」, 한국철학사상연구회 편, 『시대와 철학3호』, 동녘, 1991.

여홍상, 「이데올로기의 개념과 문학비평」, 『소설과 사상』, 1999. 봄.

염무웅, 「식민지 민족현실과의 대결」, 『혼돈의 시대에 구상하는 문학의 논리』, 창작과비평사, 1995.

우명미, 「채만식론」, 서울대 석사, 1977.

우한용, 「채만식 소설의 담론특성에 관한 연구」, 서울대 박사, 1991.

유려아, 「채만식과 노사소설에 나타난 서술방식의 비교연구」, 『비교문학』, 비교문학회, 1991.

유재건, 「식민지, 근대와 세계사적 시야의 모색」, 『창작과 비평』, 1997. 겨울.

유화수, 「채만식 소설연구」, 전북대 박사, 1996.

윤영옥, 「채만식 풍자 소설의 서사기법 연구」, 전북대 박사, 1999.

이복웅, 「백릉 채만식의 생애와 문학」, 『군산문화』, 군산문화원, 1996.

이동재, 「20세기 한국 소설에 나타난 근대적 집의 형성사 연구」, 고려대박사, 1999.

이래수, 「채만식 연구」, 동국대 박사, 1985.

이상갑, 「채만식 연구」, 서울대 석사, 1987.

이상호, 「채만식의 희곡 〈제향날〉 연구」, 『민족학 연구』, 한국민족학회, 2000.

이승렬, 「불신의 정치학」, 『현대시사상』, 1996. 봄.

______, 「지구화, 민족문학, 마샬 버만」, 『안과 밖』 4, 1998.

이재명, 「채만식 소설 연구」, 연세대 석사, 1986.

이주형, 「채만식 연구」, 서울대 석사, 1973.

______, 「채만식 소설에 나타난 일제하 인텔리의 운명과 저항」, 『경북대국어교육연구회국어교육연구』 9집, 1977.

이진경, 「자크 라캉: 무의식의 이중구조와 주체화」, 『철학의 탈주』, 새길, 1995.

이창익, 「시간과 죽음의 상관성에 대한 연구」, 서울대 석사, 1998.

이철승, 「근대화 담론에 관한 사회학적 연구」, 연세대 석사, 1997.

이현식, 「한국근대문학사론과 근대성의 담론들」, 『한국근대문

302

　　　　학연구』 3, 태학사, 2001.

이희정, 「채만식『탁류』의 인물과 공간연구」, 서강대 석사, 1998.

임기현, 「채만식 소설의 공간성 연구」, 충북대 석사, 1997.

임명진, 「채만식의 문학평론」, 『국어문학』, 국어문학회, 1997.

임화, 「세태소설론」, 『동아일보』, 1938. 4. 1~6.

장석만, 「한국의 근대성 이해를 위한 몇 가지 검토」, 『현대사
　　　　상』, 1997. 여름.

장성수, 「일제말 채만식의 지식인 소설」, 『국어문학』, 국어문
　　　　학회, 1997.

장양수, 「채만식의 민족주의문학 연구」, 동아대 박사, 1988.

정현기, 「『삼대』·『탁류』·『태평천하』에 나타난 인물 연구」,
　　　　연세대 박사, 1982.

정호웅, 「채만식의 허무주의와 역사담당 주체의 문제」, 외국
　　　　문학 18호, 1989.

조남현, 「채만식 문학이 주요 모티프」, 『민족문화연구』, 고려
　　　　대학교 민족문학연구소, 1987.

조동일, 「채만식의 ‘탁류’－소설수법의 새로운 양상과 그 효
　　　　과」, 『문학연구방법』, 지식산업사, 1980.

조석곤, 「수탈론과 근대화론을 넘어서」, 『창작과 비평』 97호, 1997.

조선일보사 편, 「부록 서울의 역사지도」, 『월간조선』, 2001. 3.

조성면, 「탐정소설과 근대성」, 『민족문학사연구』, 소명, 1998.

______, 「한국 근대 탐정소설 연구」, 인하대 박사, 1999.

조영복, 「1930년대 문학에 나타난 근대성의 담론 연구」, 서울대 박사, 1996.

________, 「근대성의 개념과 구조」, 『소설과 사상』, 1998. 겨울.

조창환, 「채만식의 해방전후소설연구」, 전주우석대박사, 1994.

조형준, 「포스트모던 이후에는 무엇이 오는가」, 『세계의문학』, 2002. 봄.

주은우, 「현대성의 시각체제에 대한 연구」, 서울대 박사, 1998.

최원식, 「비서구 식민지 경험과 아시아주의의 망령」, 『창작과 비평』, 1996. 겨울.

________, 「한국문학의 근대성을 다시 생각한다」, 『민족문학과 근대성』, 문지, 1995.

최혜실, 「'소설가 구보 씨의 일일'에 나타나는 '산책자'연구」, 『관악어문』 13, 1988. 12.

한계전, 「1930년대 모더니즘 시에 있어서의 '문명비판'」, 『국어국문학』, 114호, 1995. 5.

한기, 「채만식의 '여성주의'와 『인형의 집을 나와서』」, 『문학정신』, 열음사, 1990. 3.

한지현, 「리얼리즘 관점에서 본 『탁류』 연구」, 연세대 박사, 1987.

________, 「채만식의 '인형의 집을 나와서'에 나타난 여성문제 인식」, 『민족문학사연구』 9집, 창작과 비평사,

　　1996.

한형구, 「일제 말기 세대의 미의식에 관한 연구」, 서울대 박사, 1992.

　　　　　, 「채만식의 세계관과 창작방법 연구」, 서울대 석사, 1987.

한혜경, 「채만식 소설의 언술구조 연구」, 이화여대 박사, 1993.

홍기삼, 「풍자와 간접화법」, 「문학사상」, 1973. 12.

황국명, 「채만식 소설의 현실주의적 전략 연구」, 부산대박사, 1990.

황도경, 「지워진 여성, 반쪽의 문학사」, 『한국근대문학연구』 창간호, 태학사, 2000.

황수진, 「한국 근대 소설 속에 나타난 신여성상 연구」, 건대 석사, 1999. 2.

황영미, 「한국 근대 소설의 내면 서술 연구」, 숙명여대 박사, 1999. 8.

황종연, 「한국 문학의 근대와 반근대」, 동국대 박사, 1992.

황호덕, 「체념과 해방」, 『세계의 문학』, 민음사, 2002. 봄.

4. 외국 단행본 및 논문

Ashcroft, B. etc, 이석호 역, 『포스트콜로니얼문학이론』, 민음사, 1996.

Bal, M., 한용환·강덕화 역, 『서사란 무엇인가』, 문예출판사, 1999.

Baudelaire, C., 박기현 역, 「현대적 삶의 화가-모더니티, 댄디, 예술가」, 『세계의 문학』, 2002. 봄.

Benjamin, W., 조형준 역, 「아케이드 프로젝트」, 『세계의 문학』, 2002. 봄.

Bergson, H., 정연복 역, 『웃음-희극성의 의미에 관한 시론』, 세계사, 2002.

Berman, M., 윤호병·이만식 역, 『현대성의 경험』, 현대미학사, 1995.

Booth, Wayne C., 이경우·최재석 역, 『소설의 수사학』, 한신문화사, 1987.

Bourdieu, B., 최종철 역, 『자본주의의 아비투스』, 동문선, 2002.

Bourneuf, R. & Ouellet, R., 김화영 역, 『현대소설론』, 1997, 현대문학사.

Calinescue, M., 이영욱 외 역, 『모더니티의 다섯얼굴』, 시각과 언어, 1987.

Chatman, S., 한용환 역, 『이야기와 담론』, 고려원, 1991.

Chodorow, N., *Reproduction Of Mothering*, University of California Press, 1978.

Davis, C., 김성호 역, 『엠마누엘 레비나스-타자를 향한 욕망』, 다산글방, 2001.

Derrida, J., 김보현 편역, 『해체』, 문예출판사, 1996.

Deleze, G., 신순범・조영복 역, 『니체, 철학의 주사위』, 인간사랑, 1993.

__________, 이강훈 역, 『매저키즘』, 인간사랑, 1996.

__________, 이경신 역, 『니체와 철학』, 민음사, 1998.

__________, 이정우 역, 『의미의 논리』, 한길사, 1999.

Deleze, G. and Guattari, F., 최명관 역, 『앙띠오이디푸스』, 민음사, 1997.

Descombes, V., 박성창 역, 『동일자와 타자』, 인간사랑. 1990.

Eagleton, M., *Feminist Literary Theory*, Basil Blackwell, New York, 1987.

Felski, R., *Beyond Feminist Aesthetics*, Harvard University Press, 1989.

__________, *The Gender of Modernity*, Harvard University Press, 1995.

Foucault, M., 박홍규 역, 『감시와 처벌』, 강원대 출판부, 1989.

__________, 이광래 역, 『말과 사물』, 민음사, 1986.

__________, 이규현 역, 『성의 역사 1권, 앎의 의지』, 나남, 1986.

__________, 홍성민 역, 『권력과 지식』, 나남, 1991.

Habermas, J., 장은주 역, 『의사소통의 사회이론』, 관악사, 1995.

Gandhi, L., 『포스트식민주의란 무엇인가』, 현실문화연구, 2000.

Genette, G., 권택영 역, 『서사담론』, 교보문고, 1992.

Genette, G., 외, 석경징 외 역, 『현대 서술이론의 흐름』, 솔, 1997.

Giddens, A., 『현대성과 자아정체성』, 새물결, 2001.

Lacan, J., 권택영 외 역, 『욕망이론』, 문예출판사, 1994.

Lejeune, P., 윤진 역, 『자서전의 규약』, 문학과 지성사, 1998.

Levines, E., 강영안 역, 『시간과 타자』, 문예출판사, 1996.

__________, 양명수 역, 『윤리와 무한』, 다산글방, 2000.

Moore-Gilbert, B., 이경원 역, 『탈식민주의! 저항에서 유희로』, 한길사, 2001.

Nandy, A., 이옥순 역, 『친밀한 적 — 식민주의 시대의 자아의 상실과 재발견』, 신구문화사, 1993.

Nehamas, A., *Nietzsche: Life as Literature*, Cambridge, Massachusetts, 1985.

Nietzsche, F., 한기찬 역, 『인간적인 너무나 인간적인』, 청하, 1998.

Ong, W. J., 이기우·임명진 역, 『구술문화와 문자문화』, 문예출판사, 1997.

Rich, A., 『더 이상 어머니는 없다』, 평민사, 1995.

Said, E., 박홍규 역, 『오리엔탈리즘』, 교보문고, 1991.

Shiles, E., 김병서·신현순 역, 『전통』, 민음사, 1992.

Spivak, G. etc., 김지영 외 역, 『탈식민페미니즘과 탈식민페미니스트들』, 현대미학사, 2001.

Stanzel, F. K., 안삼환 역, 『소설형식의 기본유형』, 탐구당, 1982.

Uspensky, B., 김경수 역, 『소설구성의 시학』, 현대소설사, 1992.

Zizek, S., 김소연·유재희 역, 『삐딱하게 보기』, 시각과 언어, 1995.

姜尙中, 이경덕·임성모 역, 『오리엔탈리즘을 넘어서』, 이산, 2000.

今村仁司, 김수정 역, 『근대성의 구조』, 민음사, 1999.

魯迅, 한무희 역, 『노신문집』 3권, 일원서각, 1987.

炳谷行人, 송태욱 역, 『탐구 1』, 새물결, 1998.

________, 박유하 역, 『일본 근대문학의 기원』, 민음사, 1997.

三枝壽勝, 심원섭 역, 『사에구사교수의 한국문학연구』, 베
　　　　틀·북, 2000.

檜山久雄, 정선태 역, 『동양적 근대의 창출』, 소명, 2000.

· 저자 ·

김 연 숙   · 약력 ·
(金 淵 淑)   경희대학교 문과대학 국어국문학과 졸업
            경희대학교 대학원 문학석사
            경희대학교 대학원 문학박사

            (사)한국여성연구소 문학연구실 연구원
            『여성과 사회』 편집위원
            민족문학사학회 기초학문연구단 공동연구원
            (현)경희대 강사
            (현)중앙대 문화컨텐츠연구소 전임연구원

            · 주요논저 ·
            『소설구경 영화읽기』(공저)
            『불멸의 춘향전』(공저)
            『한국의 식민지 근대와 여성공간』(공저)
            『여성의 몸, 시각·쟁점·역사』(공저)
            「1930년대 소설에 나타난 여성육체의 재현양상」
            「식민지 근대소설에 나타난 모성담론 연구」
            「소설담론 주체와 의사소통」
            「여성타자의 근대체험과 대응방식」
            외 다수

광기의 시대와 반시대적 문학
- 채만식과 그의 문학에 대해

· 초판 인쇄	2005년 12월 30일
· 초판 발행	2005년 12월 30일
· 지 은 이	김연숙
· 펴 낸 이	채종준
· 펴 낸 곳	한국학술정보㈜
	경기도 파주시 교하읍 문발리 526-2
	파주출판문화정보산업단지
	전화 031) 908-3181(대표)·팩스 031) 908-3189
	홈페이지 http://www.kstudy.com
	e-mail(e-Book사업부) ebook@kstudy.com
· 등 록	제일산-115호(2000. 6. 19)
· 가 격	20,000원

ISBN   89-534-4090-4 93810 (Paper Book)
       89-534-4091-2 98810 (e-Book)